世界を愛するランダム・ウォーカー

Random Walker who LOVES the WORLD

西 条陽

illustration
細居美恵子

Random Walker who LOVES the WORLD

CHAPTER 1

第1章

『死者と語らう音楽会』

建物のあいだを小舟が進んでゆく。

窓からもれる夜の明かりに手がとどきそうだ。

民家の玄関すら運河に面している水上都市。

ヨキは小舟の後方にたち、艪《ろ》を漕《こ》ぎながら、街並みを眺めていた。水面に張りだしたテラスでは、身なりを整えた紳士と淑女が夕食を楽しんでいる。目を閉じ、耳を澄ませば、遠くで奏《かな》でられる弦楽器の音が聴こえてくる。

「さすが、水と音楽の都グランナーレ。とてもいいよ」

小舟の前に座るシュカがいう。黒のリボンタイにオフホワイトのドレスシャツ、そしてヴェルベットのジャケットにスカートというフォーマルな格好をしている。ヨキもスラックスを履き、胸元にはネクタイまでして、服装を街の雰囲気に合わせていた。

「意外ですね」ヨキはいう。「先輩はこういうクラシカルな音楽は好きじゃないと思っていました。退屈だって」

「大好きだよ。交響曲も、長いコンサートも。だって、気持ちよく眠れるじゃないか」

船は森のなかへと入ってゆく。水底から背の高い木々がはえる海漂林。葉が茂るのはかなり上のほうだけで、真っ白な幹と枝が暗闇のなかに林立している。ヨキにはそれが、白骨の森のように感じられた。

シュカが船にそなえつけられたランタンにマッチで火を入れる。

青みがかった水は澄んでいて、水中には、複雑に枝分かれした根がみえた。

「ああいう身を隠せそうな場所をみるとさ、どんな生き物が潜んでいるのかなって、気になっちゃうよね。変わった魚がいるといいなあ」

「僕はグロテスクなやつを期待しちゃいますね。でも、今回は生物調査ではないですからね」

「わかってるって、音楽でしょ。大丈夫、街に入ってからどんどん高まってきてるよ、私の音楽センスってやつがさ。ああ、うずうずしてきたね。私もなにか演奏したいよ」

「先輩、楽器できるんですか？」

「うん。小さいころ、いっぱい笛を吹いていたよ」

小舟は海漂林のあいだを縫うように進んでゆく。白く大きな根が水面に張りだして広場のようになった場所に、子供たちがいた。みな、それぞれ金管楽器や弦楽器を手に持っている。材質や形状に多少の差はあるが、セントラルの楽器とさほど変わりはない。よい音を奏《かな》でられる形状は限られていて、どの地域でも同じような形に収束するのだろう。トロンボーン、チェロ、バイオリン。子供たちは陽が暮れているにもかかわらず、ランタンの灯《あか》りで楽譜を照らしながら、熱心に演奏をしていた。

「素人目《しろうとめ》にも上手だとわかりますね。先輩が洟《はな》たらしながら、ぴぃひゃら吹いていた笛とはわけが違いますよ」

「洟《はな》はたらしてないって」

それにしても、とシュカはいう。

「本当に、音楽と暮らしが一体となった街なんだね」

「ええ。あんなに小さいころから楽器にさわって、本格的な演奏をしてるんですから。強迫的な英才教育にもみえますが、まあ、この街ではそれが当たり前なんでしょう。言葉を覚えるように、音楽を覚える」

そして今宵《こよい》、そんな街の人々ですら驚く、世にも奇妙な音楽会がおこなわれるという。

小舟は進み、その会場がみえてくる。

木々がひらけ、海漂林のなかにぽっかりと空いたスペースに小島がある。そこに、誰からも忘れ去られたような、古びた教会が建っていた。月明かりに照らされる、蔦《つた》に覆われた煉瓦《れんが》造りの壁。岸にはすでに多くの船が泊められており、厳かな服装の人々が建物のなかに入ってゆく。それは、入口からもれる暖かい光に吸い寄せられているようにみえた。

「ここで、件《くだん》の音楽会がおこなわれるわけですね」

「うん。けれど、それは本当に音楽会といえるのかな。私には、もはや人の領分を越えているように思えるけどね」

シュカは少し暗い口調で、しかしどことなく喜色を帯びた声でいう。

「死者と語らう音楽会なんてさ」

◇

天高く、遥《はる》か上空にセントラルという名称の天空国家がある。

セントラルは突出した文明水準にあり、かつては地上の管理者を自負し、地上の広大な地域を支配下に置いていた。しかし文明の成熟期に至った現在では、かつての征服国家としての野心は鳴りをひそめ、地上への不干渉を貫き、位置や視覚情報を偽装しながら、ただ、ぼんやりと空に浮かんでいる。今のところ、セントラルより進んだ文明は観測されていない。しかしそんなセントラルでも全てを知るに至ったわけではない。

世界は広く、深い。

いまだに未知の現象、生命は数多く存在し、地上の人間が未知の技術を開発していることもある。そしてなにより、世界地図が完成に至っていない。大量の敵性生物、対策不能のウイルス、地域一帯に広がる放射能ベルトなどが、人の侵入を許さない『未踏地域』を形成していた。未踏地域にはセントラルを凌駕《りようが》する文明が存在する可能性もある。

そんな広大な世界を解き明かすため、セントラルは中央調査局という国家機関を設置していた。調査局には多数の調査官が勤務し、日夜、世界各地の調査にいそしんでいる。

ヨキはそんな数多《あまた》いる調査官のひとりで、シュカはその女上司だった。

二人は個人的な興味が九割、国家への忠誠心が一割くらいの気持ちで、日々、調査に励んでいた。そして今回、ヨキが目をつけたのが、グランナーレの周辺地域で話題になっている異形の音楽会だった。なんでも、音楽会に参加すると死者と邂逅《かいこう》できるという。

霊魂の存在と死者の証明という、議論の尽きないテーマに心惹《ひ》かれ、ヨキはセントラルの調査官室で、シュカにその調査を提案した。

「死者かあ、ちょっとダークな香りがするなあ。私は今、未開の地にある古代遺跡を大冒険！って気分なんだよ、困ったことに」

シュカは最初、そんなことをいってしぶっていた。しかしほどなくして、「やっぱいこう」と急に立ちあがってロッカーに旅行鞄《かばん》を取りにいった。

ディスプレイに表示されていたのは、グランナーレの人々の服装に関する資料のページだった。ゴシック調の服装の数々。リボンタイとシャツとジャケット、それらにマーカーラインが引かれていた。

◇

演奏をするのはジョエルという名の放浪の演奏家であるらしかった。街の人々によれば、ひと月ほど前にふらりとあらわれ、すでに三度の音楽会をおこなったという。

古びた教会にはすでに多くの人が集まり、演奏者の登壇を待っていた。みな黒を基調とした服を着て、厳かな面持ちをしている。

シュカが前にいきたがったので、ヨキも最前列に座ることになった。左にシュカ、右には黒いレースで顔を覆った婦人が座っていて、膝の上に人形を置いて両手で握りしめている。

「娘のものです」ヨキの視線に気づき、婦人がいう。「気に入っていたので、持ってきました」

薄い布越しにみえる目はすでに赤らんでいた。

「あなたは初めて?」

「はい。あの、ぶしつけな質問で恐縮なのですが本当に死者と会えるのですか?」

ヨキがたずねると、婦人はうなずいた。音楽会のたびに死んだ娘と再会しているという。ブロンドの髪の、透きとおるようなソプラノの声の女の子だったと婦人は語った。

「僕にも娘さんの姿をみることはできるのでしょうか」

「いえ、死者は必要とする人のところに訪れるそうです。それぞれが、己の求める死者と会う。ですので、娘をみることができるのは私だけです」

「そうですか」

セントラルの執務室で、ヨキとシュカはひとつの仮説を話しあった。死者に会うというのは一種の催眠状態ではないか。楽器の演奏で暗示をかけ、過去の記憶を呼び起こす。それが、さも目の前に故人がいるような錯覚におちいらせる。記憶がベースになっているから、故人を知らない人間がみることはできない。

婦人の話した死者との対話は、その仮説から予想される現象そのままだった。

左どなりをみれば、シュカが膝の上に置いた両手の指を立てたり倒したりしている。左手の小指から順に倒していき、五本の指が倒れると、右手の指がひとつ立つ。五進法で、一定のリズムを刻んでいる。脳に一定の思考をさせることで、暗示や催眠にかかりにくくする手法だ。ヨキも同じことをはじめる。

誰よりも冷静な目で、死者と語らう音楽会を見定めなければいけない。

壇上にのぼったのは、背の高い帽子をかぶり、正装に身をつつんだ男だった。指輪やラペルピン、カフスをしており、装飾過多な印象だ。繊細な顔つきはどこか女性的で、男装の麗人といっても通用しそうだ。

「女の人じゃないよね」

「ええ。ジョエルというのも男性名ですし」

会場が静かになり、二人は黙る。

ジョエルは木製の棺《ひつぎ》を背負っていた。それを腰の高さほどの台の上に置く。死体でも入っているのだろうかとヨキは思ったが、そうではなかった。ジョエルが棺のなかから持ちあげたものは、長い、円筒状の棒だった。それはガラスのような透過性のある物体で、ロウソクの灯《あか》りを受け、虹色の輝きをはなっている。棺《ひつぎ》のなかに燭台《しょくだい》のような二本の金色の支え棒を立て、そこに円筒を置く。ジョエルはそれで準備が整ったとでもいうように、指輪をはずしてポケットに入れ、まるで鍵盤にむかうように、両手をかまえた。

人差指でガラスの円筒をなぞった瞬間、今まで聴いたこともない高音が響いた。

耳に聴こえたというよりも、目の奥に訴えるような、直接脳に響くような音だ。

ヨキは、一瞬、めまいがして、なぜか小さいころに父親の書斎にはじめて入ったときの記憶がフラッシュバックした。

ジョエルは聴衆の反応をどこか無感情な瞳で眺《なが》めながら、次に二本の指を使って、なぞる。そこには音階があった。だんだんと、使う指を増やして、複雑な旋律を奏《かな》ではじめる。メロディーも和音もあるように聴こえるし、しかし渾然一体《こんぜんいったい》となってひとつの音のようにも聴こえる。おそくなったり、はやくなったり、抑揚がつく。

ガラスの円筒の、指でなぞる部分によって、違う音が出るようだった。

単純な構造のものを、力もこめず、指でなぞっているだけなのに、複雑怪奇な音楽が織りなされる。白骨のような海漂林、古びた教会。そんな舞台とあいまって、その音色は呪術的な力を帯びているように感じられた。

ジョエルの口元が薄く笑っている。

ヨキは演奏を聴きながらも、手元で五進法の加算をおこないながら、音楽に全ての意識を持っていかれないようコントロールし、周囲を観察した。

会場のあちらこちらから、すすり泣く声や、話し声が聴こえる。不思議なことに、それらもジョエルの奏《かな》でる音楽の一部であるように感じられた。

右隣の婦人が、熱心に空中にむかって話しかけ、手に持っていた人形を差しだしている。

教会のなかは、名状しがたい、異界のような空間になっていた。

聴衆たちはたしかに冥界と繋《つな》がり、死者と話している。しかしヨキにはなにもみえていない。まるで自分だけが別世界の住人で、それこそ世界と隔絶した死者のように思えた。

もうひとりの異邦人であるシュカに目をやる。

シュカは椅子に深く座り、こめかみに手をあて眉間《みけん》にしわを寄せていた。

「なんてことだ。死者がみえる」

◇

演奏が終わり聴衆が帰りはじめても、ヨキはそのまま座っていた。シュカが気分のすぐれなそうな顔をしていたからだ。シュカは調査官の前は軍属だったから、多くの死者をみてきたはずだ。なにかしら嫌なものでもみたのだろうと気をつかったのだが、どうやら考えごとをしていただけのようだった。

「やっぱり、脳への干渉なんじゃないかな」

顔をあげてシュカがいう。

「暗示や催眠のなかには本人が忘れている過去の記憶を呼び起こすやつがあるでしょ。外部からの干渉で、人は容易に様々なものを引きだされる」

「つまり、音楽をトリガーにして過去にみた視覚情報を引きだされた、と。理論上は可能でしょうね、脳は今までみた全てのものを深層に記録しているといわれていますから。それで、先輩は、あくまで死者は独立して存在するものではなく、各個人の記憶に立脚していると推測しているんですね」

「うん。私は死者と言葉をかわさなかったし、話しかけられることもなかった。だって、私はその死者たちの声を知らないんだ。私には、話したことのない人たちがみえていたのさ。呼び起こすべき声の記憶がなかったから、話すことができない。説明がつくでしょ？」

「ええ。そして先輩がみていた死者が僕にはみえていなかったこととも、整合性がとれます」

「ヨキは誰か死者をみた？」

「いえ、誰も」

「心が冷たいんだな」

亡《な》くなった人のことを大切に思わないサイコパスだから死者をみなかったのだと、シュカは悪戯《いたずら》っぽくいう。ヨキは、祖父母も含めて家族が生きているからだと反論する。そんなやりとりをしているときのことだった。

「死者は必要とする人の前にあらわれる。それは自分でも気づかない、心の奥底の願望でもい。もしみえなかったのだとしたら、それはおそらく心のどこにも死者に会いたいと望む気持ちがなかったからだろう」

礼拝堂の後方に、装飾過多な男が立っていた。ジョエルだ。帰り支度を整えていて、棺《ひつぎ》を背負い、指輪もしている。「素敵な演奏をありがとう」とシュカはいう。それはお世辞でも皮肉でもなく、本当の称賛の言葉だった。死者と語らうという未知の部分をのぞいて、演奏だけをみれば、その音楽はたしかに神秘的で感動的ですらあった。

「とても不思議な楽器を使うんだね。初めてみたよ。音楽の都グランナーレの人たちですら、あなたがくるまではみたことがなかったらしいね」

シュカがいうと、「僕は遠いところからきたからね」とジョエルはこたえる。

「この楽器はね、ハープティカというのさ。指でなぞると、共振《きょうしん》して音が出る。みためにはわからないかもしれないけれど、演奏しているときは指先にとても強い感触がある。僕が生まれた街では、その振動で気分を悪くする奏者も多くいた」

「あの透明な筒はガラスでできているの？　とてもきれいだよね」

「人骨さ」

一瞬、場の空気が停止する。しかしジョエルは平然とつづける。

「背骨を取りだしてね、磨きつづけるんだ。虹色の光沢が出てくると、音もだいぶよくなる」

「人骨はいくら磨いてもそんな風にはならないよ」シュカがいう。

「なるさ。ハープティカの奏者はみんなそうやって自分の楽器をつくるんだ。誰かの背骨をもらう。肉親が多いけれど、僕のは、若くして死んだ友人のものだ。とても、大切な楽器だよ」

ジョエルはやわらかい表情を浮かべており、どこまでが本気で、どこまでが冗談なのかヨキにはわからない。シュカもひとまずそこは判断を保留するつもりのようだった。

「少し話を聞かせてもらったけれど、君たちは死者の存在を信じていないね」

ジョエルは特に気分を害したふうもなくいう。

「そういうわけではないんだけれど」

ヨキは申し訳なさそうな顔をつくる。

「死者が独立した存在であるとするならば、死後の世界や、肉体の消滅後にもこの世界になんらかのパーソナリティが残留していることを肯定しなきゃいけない。魂というやつだね。けれどそういったものはいまだ観測されていないからさ」

「僕は音楽家だから難しいことはわからないね。けれど、死者というのはそんなに受け入れがたいものなのかな。僕の生まれた街ではその存在は当たり前だったたし、今も演奏しているときは死んだ友人を感じている。どうしたらみんなも、僕が感じているように、死者というものをソリッドに、身近に感じてくれるんだろう。インチキなんかじゃないんだけどな」

ジョエルは本当に悩んでいるといった顔でいう。死者と語らうことを前向きにとらえていて、それを親切心から広めたい。そんな心が汲《く》みとれ、ヨキは少し気の毒になる。

「僕たちは君が起こす現象を、記憶の再構成だと推測している。それを覆《くつがえ》すのであれば、会ったことのない死者に会うことが必要だ。それができれば、記憶のフラッシュバックじゃないと明確に否定できる。さらにその死者を複数人が同時に目撃できれば、なお独立した存在として証明できるかもしれない」

「記憶にはない死者、か。そういうことなら、ちょっと一緒にきてくれないかな。困っていることがあるんだ。けれど、もしかしたら君たちのいうところの死者の証明に繋《つな》がるかもしれない。実は外に男の子を待たせていてね。演奏が終わっても死者が視界から消えないっていうんだよ。僕もこんなことは初めてで、どうしていいかわからなくてね。君たちは死者に興味を持っているようだから、よければ手伝ってくれないかな」

ジョエルにつれられ、教会の外に出てみれば、十代前半くらいの小太りの男の子が待っていた。ジョエルの顔をみるなり、すがるような顔で歩みよってくる。

「僕、どうしたらいいんだろう」

男の子がいい、「あわてる必要はないよ」とジョエルがこたえる。

「この根暗そうなお兄さんと、きれいなお姉さんが協力してくれるからさ」

「いや、根暗というのは語弊が――」

ヨキの言葉をさえぎって、シュカが男の子に話しかける。

「なにか怖いことがあるの？」

シュカが問いかけると、男の子は「うん」とうなずく。

「ずっといるんだ」

誰もいない、船着き場の暗闇を指さす。

「演奏が終わっても、消えないんだ」

「なにがみえてるの？」

「女の子」

「それは知ってる子？」

「ううん、知らない子」

ヨキとシュカは顔を見合わせる。

「演奏がはじまったときから、ずっと僕をみてるんだ」

男の子は泣きだしそうな顔でいう。

黒いドレスを着た女の子が、充血した目で睨《にら》みつけているのだそうだ。

◇

男の子の名前はパオロといった。十二才で、ふっくらとしていて、短パンをサスペンダーで吊《つ》っている。マシュマロみたいでカワイイ、とシュカはいう。そんな、少しおっとりとした印象の子供だった。死者がずっとみえていては怖いだろうと、ジョエルが当分は付き添って生活することになった。

ヨキはジョエルの真意を測りかねた。なぜあえてヨキとシュカにパオロの手助けを頼んだのだろうか。たしかに死者の存在について二人は疑問を持っているが、死者の存在を信じさせたいのであれば、他にも同じような人間はいるだろう。

「まあいいじゃないか。まさに渡りに船といったところだよ」

シュカはいう。

「今、ジョエルといえばグランナーレで時の人だ。その旅の仲間ということにしてもらえれば、色々と調べやすい。パオロも助けられる。あんな年で、ずっと視界にホラーな存在がいるなんて、可哀想《かわいそう》すぎるよ」

「一応いっときますけど、死者の調査が主な目的ですからね」

「わかってるって。パオロが本当に知らない死者をみてるんだったら、私たちの、死者は記憶の再構築という仮説が否定される。そして死者というものが本当に独立して存在している可能性が肯定されれば、霊魂や、死後の世界といった観念も肯定され得る」

「そういうことです。全ては学術的調査のため。人助けは基本なし。そもそも僕たちの職場には調査官三原則というものがあってですね、地上の人間への干渉行為は――」

「あー、えー、いー、うー、えー、おー、あー、おー」

「発声練習してごまかそうったってそうはいきませんよ」

二人は、ナルサス音楽院にきていた。グランナーレの子供たちが九才から通う学校で、中庭を歩いてみれば、あちこちで、制服を着た学生たちが思い思いに楽器の練習をしている。二人組になって、互いの演奏について意見を言いあったり、セッションしているものもいる。まさに切磋琢磨《せっさたくま》する学び舎《まなや》といった雰囲気だ。

「これは死者からのメッセージだよ！　まずは身元調査だな！」

昨夜、教会の前でパオロから事情を聞いてすぐ、シュカは、この死者が誰なのかをつきとめようと提案してきた。それについて、ヨキも同意した。パオロのみている死者は、ジョエルも含め他の誰にもみえてない。つまり、嘘《うそ》をついている可能性もある。そのため、その死者が現実に存在していた人間なのかをたしかめようと思ったのだ。そんなわけで二人の思惑は一致し、街の子供たちが通う音楽院にやってきたのだった。ちなみに、演奏が終わっても死者がみえつづけている原因はジョエルにもわからないとのことだった。こんなケースは初めてだという。

音楽院の中庭をさっそうと歩くシュカ。小脇にはスケッチブックを抱えている。なかに描かれているのは、パオロから聴き取った死者の似顔絵だ。赤い髪で、耳の裏に右手の人差し指と中指をあてている女の子で、年ごろはパオロと同じくらいだ。

「ああ、それはエヴァです。エヴァンジェリン・グレイス。やはり亡くなっていたのですね」

応接間で、老境にさしかかろうという女性の楽院長はいった。死者と語らう音楽会の話をして、シュカが似顔絵をみせてすぐのことだった。

「赤い髪の、音楽の神に愛された少女。耳の裏に指をあてるのは彼女のくせです。エヴァの耳は特別だった。普通の人には同じように聴こえる音でも、その微細な違いを聴き分けることができた。優れた画家が、黒のなかに何色もの違う黒をみるように。そしてそんなエヴァが奏《かな》でるバイオリンは、繊細な音の洪水だった」

楽院長は、長い髪をかきあげながら染《し》み入《い》るように語った。

「今、『やはり』亡くなっていたといいましたね」

ヨキが指摘すると、楽院長はうなずき、エヴァがずっと行方不明であることを告げた。

「失踪したとか、誘拐といったことでしょうか」

行方不明と聞いて、ヨキはすぐに暗い想像を口にし、シュカに足を踏まれる。しかし学院長は気にしなくてけっこうですよと、哀《かな》しげに笑ってとりなした。

「そういう不穏なことではないのです。不幸なことではありますけど。去年の夏、数十年に一度あるかないかという大水がグランナーレを襲い、そのときに多くの学生が流されました。エヴァもそのひとりです。惜しい子を失《な》くしました。あれほどの才能は、それこそあの大水のように、数十年に一度しかあらわれないというのに」

楽院長は、死者としてあらわれたエヴァは楽器を演奏できないのかとたずねた。おそらくできないだろうとヨキがこたえると、楽院長はがっかりした顔をした。それは、学生を亡《な》くして哀しいというより、素晴らしい楽器を失くして哀しんでいるような表情だった。

「学内でエヴァのことをたずねてまわってもいいかな。どうして死者としてあらわれたのか、なぜ消えないのかを突き止めたいのさ。心霊探偵としてはね」

シュカがいうと、楽院長は自由にしていいといった。ヨキとシュカはその場を辞そうとする。ヨキは念のため、「エヴァの友人にパオロという学生がいませんでしたか？」とたずねたが、楽院長は「わかりません」とこたえた。生徒数は多く、把握しきれないという。

「パオロについての質問は意味がないかもしれないよ」

廊下に出たところでシュカがいう。

「街を観察していて思ったんだけど、ほとんどの子供たちは制服を着て楽器を持ってる。でも少数だけど、楽器を持たずに、制服も着ていない子供たちがいる。なんとなく事情がありそうで黙っていたけど、パオロもその子たちも、多分、学校にいってないよ」

「でしょうね。まあ、華やかな都には常に影があるものですから」

二人は学生たちにエヴァについての質問をしてまわった。

赤い髪の、音楽の神に愛されたという少女。

その評判は――、最悪だった。

学生たちはみな、言葉を選びながらも、ほぼ悪しざまに罵《ののし》っているのとかわらないことを口にした。高飛車だった、自分のことしか考えていなかった、人の気持ちを踏みにじることを平然とやっていた。特に、エヴァがいたときに学年二位だったバイオリニストの女の子は、エヴァの名をきくだけで眉間《みけん》にしわを寄せた。

「あの子は、ひどい人でした。自分以外の演奏を、その奏者を全て見下していたんです。楽譜をみながら私が苦戦していると、そこにやってきて、さらりと弾くんです。そして決まって、そんな腕で演奏家を気取っているなんてお笑いね、と罵《ののし》りました。下手くそに使われる楽器が可哀想《かわいそう》だと、楽器をとられた子もいます。みんな一生懸命練習していたのに」

他の学生も同じような調子だった。

エヴァがいなくなって音楽院が平和になったと、みなが遠回しに表現した。上級生たちも口をそろえた。エヴァに逆らうことは誰もできなかったそうだ。楽院長のお気に入りだったし、グランナーレの音楽家たちがみなエヴァの才能に注目していたからだという。

『あなたたちにこんな演奏ができる？』

エヴァはあらゆる楽器を弾きこなし、音楽院のなかを他の生徒たちを馬鹿にしてまわったという。

『音楽なんてやめたら？　才能、ないよ』

その振る舞いは、才能におぼれ、人格の形成を怠った子供のやることに思えた。ヨキがそういうと、シュカは「どうだろうね」という。

「そういう音楽の腕で全てが決まるような風土が根付いているんじゃないのかな。ほら」

教室で、今では学年一位になったあのバイオリニストの女の子が、自分の楽器を他の生徒に手渡し、後片付けをやらせていた。

「エヴァがいたときは、みんなその振る舞いを受け入れていたんじゃない？　そしてエヴァがいなくなって、次の子がそのポジションにおさまった。それが真実なんじゃないかな。この街のみためは美しいけれど、少し暗いところもあるんだと思う」

「かもしれませんね。音楽の才能の多寡が人の優劣を決めるという価値観が身に染《し》みついているのかもしれません。でなければ、多感な子供たちがなかなかこうはなりませんよね」

ヨキは大量の楽譜を台車に乗せて運んでゆく男子生徒をつかまえて、なぜ君は雑用をしているのかとたずねる。すると、その生徒は自分の席次が低いからだとこたえた。

ヨキとシュカは得られる情報はこのくらいだろうと判断し、音楽院を去ることにする。そして校門を出たところで、ブラウンの髪の、背の低い女の子が泣いているのをみつけた。

「大丈夫？　どうしたの？」

シュカが駆け寄って頭をなでる。心配してもいるのだろうが、ヨキの目からは、「ついでに可愛《かわい》い年下の女の子にさわっとけえ！」という下心があるようにもみえる。シュカは毛むくじゃらの柔らかい生きものと、可愛《かわい》い女の子が大好きだ。

「旅の人ですか？」

「まあね。ほら、ジョエルと一緒にね」

「ああ、あの不思議な演奏をする」

女子生徒は少しいいづらそうにしていたが、街の人間でないと知り、事情を話してくれた。

「進級試験に落ちたんです」

グランナーレに生まれたものはみな、三才で音楽学校に入り、九歳、十二歳、十五歳、十八歳になるタイミングで進級試験がおこなわれる。この女子生徒は十五歳の進級試験を受けて落第し、追試も失敗して、今日で音楽院を去るというのだった。

「厳しいね」と、ヨキはいう。

「楽器も取りあげられます。落第になったものは、街のダイニングや路上で演奏することも許されません。音楽の都に、質の低い音はいらないんです」

女子生徒が泣いていたのは音楽院を去るだけでなく、音楽と別れるつらさもあったのだ。

「これまで、音楽と共に生きてきました。これからどうしていいかわからなくて」

ヨキはなんと声をかけていいかわからなかった。ただ、こういう音楽の、才能の世界の厳しさに息苦しくなるだけだった。自分だったら、こんな張りつめた環境で青春時代を送れただろうか。想像するだけで、その閉塞感に気が重くなる。

「エヴァっていう子を知ってる？　後輩にあたると思うんだけど」

苦し紛れにエヴァの質問をした。もしかしたら、感情をさらけだしたこの子なら、エヴァの違った一面について話してくれるかもしれないと思ったのだ。人の善性を信じるシュカも期待した顔をしている。しかし、返ってきたのは、ある意味では期待通りのものだった。

「あの子は、最悪です」

校門から煉瓦《れんが》造りの階段をくだり、小舟に乗る。シュカが前に座り、「しゅっぱつー」というので、ヨキは後ろに立って艪《ろ》をにぎり、漕《こ》ぎだした。

「しかし、この街の教育システムは思春期の感性を先鋭化させるね」

「そういうのが音楽にはいいんですかね。極限状態といいますか」

セントラルのそれに比べ、人格形成において危ういように思われたが、二人が否定的に考えることはない。場所が変われば価値観も変わる。ここではすべての尺度が音楽になっているだけ。すべての尺度が優しさである社会、人格である社会、それぞれあるうちのひとつ。世界は多様で、死者すら身近だという街があるかもしれないくらいなのだ。

「天才少女エヴァンジェリン・グレイス、か。パオロは本当に会ったことがないのかな？　たしかに接点はなさそうにも感じるけど。どう思う？」

「まあ、普通に考えたら忘れてるってとこでしょうね。それがジョエルの演奏によってビジョンが引きだされ、知らない女の子がみえているように感じている」

「出会ったけど、短い時間だったから、とか？」

「その可能性もありますし、自分にとって不都合な記憶を無意識のうちに消しているのかもしれません。そういう例、よくありますよね。パオロはエヴァに出会っていないことにしたい」

「ヨキは暗いことを仄《ほの》めかすなあ。そんなんだから恋人できないんだよ」

「僕、先輩に恋愛遍歴を申告してませんよね？」

「どうせ全部空白さ。シュカ様にはわかるんだ」

シュカはふふんと鼻を鳴らす。そして遠い目をしていう。

「心が耐えられない記憶を無意識下に封印する、『抑圧された記憶』か。もしそうなら、パオロはどんな記憶を封印したんだろうね」

◇

古い教会に、パオロとジョエルはいた。ステンドグラス越しに夕日がさしこんで、二人を照らしている。ジョエルが演奏して、パオロがそれを聴いていた。ジョエルが弾いているのは、友人の背骨を使ったというハープティカではなく、普通のチェロだった。

「まだみえるかい？」

ヨキがたずねると、パオロはうなずき、誰もいない空間を指さした。

「首尾はどうだった?」ジョエルが演奏をやめてたずねる。

「エヴァンジェリン・グレイス。推測の域は出ないけれど、パオロがみているのは昨夏の鉄砲水で行方不明になっているバイオリンの天才少女だと思う」

「天才少女か。この街で天才と呼ばれるのであれば相当なものだろう。是非とも演奏を聴いてみたいね」

ジョエルはパオロに、エヴァのこと知ってる? とたずねる。パオロは首を横に振る。

「パオロの記憶にない女の子があらわれているのだから、これは君たちのいう死者の証明に一歩近づいたんじゃないかな?」

ジョエルがいうが、「まだわからない」とヨキは慎重な姿勢を崩さない。

「ねえパオロ、赤い髪の女の子に呼びかけてくれるかな? 君はエヴァなのかってさ」

パオロは虚空《こくう》にむかって呼びかけ、首を横に振る。反応はないらしい。

「死者と語らう音楽会というのは人々が勝手にそう呼んでいるだけでね」

ジョエルがいう。

「実際のところ、死者には記憶や感情といったものがところどころ欠落していて、話せないことも多い。無理やりつれてきているような側面があるからね。僕のハープティカの演奏がもっとうまくなれば、完全な死者をつれてこられるようになるかもしれないけれど」

話せないのは声を知らないから、もしくは会話をほとんどしたことがないからではないか、とヨキは思う。しかし、あえて口に出さない。今はまだ、ジョエルが正しいか、ヨキの信じる科学が正しいかの判断は保留する。

「ねえパオロ、君は学校には行っていないの？」

シュカがたずねる。ジャケットの襟を立て、あごに手をあてている。街の雰囲気にあてられて心霊探偵気分になったな、とヨキは思う。エヴァの状況はわかったから、次はパオロの事情聴取ということなのだろう。

「僕は落ちこぼれだから」パオロはいう。「三才で学校に入って、九才のとき、ナルサス音楽院への進学に失敗した。そこから僕は学校に通わなくてよくなって、楽器も取りあげられて、エンリコおじいさんのところでお手伝いをしてるんだ」

「エンリコおじいさん？」

「お墓をきれいにしたり、廃墟《はいきょ》になった家を掃除してる人。僕も将来、その仕事をするんだ」

グランナーレにおいて、進級できなかったものは、街から仕事を割りふられる。仕事の内容は落第した年齢によって変わる。九才で落第するものは少なく、そういうものにはおのずと一番きつい仕事が与えられる。

「どうやら、パオロには音感というものが一切ないみたいなんだ」

ジョエルがいう。彼が今、チェロを持っているのは、パオロが九才までさわっていた楽器だからという理由らしい。ヨキとシュカがいないあいだに色々と音を聴かせたのだが、まったく違いをわかっていなかったという。おそらく先天的なもので、九才までの演奏も、楽譜通りに必死に指を動かしていただけというのがジョエルの見解だった。

「僕はナルサス音楽院にいなかったから、多分、エヴァっていう女の子のことは知らないと思う。天才と呼ばれる女の子と、僕が知りあいになることはないよ」

シュカが、九才までパオロが通っていた学校についてたずねる。「キーリーク音楽学校という、地区の学校に通っていたよ」とパオロはこたえる。

ヨキは、ナルサス音楽院長から受け取ったエヴァの経歴書に目を通す。三才から九才までの欄に、キーリーク音楽学校と記載されている。エヴァは天才少女で、幼いころから有名だった。同じ学校にいて、本当に知らなかったのだろうか。しかしヨキはそれよりも核心に近づくための質問をする。

「ねえパオロ、去年の夏、大水に襲われたときのことを教えてくれないかい？」

「え？」

「数十年に一度の大水で、街は水に沈んだんだろ。そのとき、君はどこにいた？」

ヨキの問いかけに、パオロは目を見開いて、口を開ける。そしてなにかをいおうとして、けれどその口からは、なかなか言葉が出てこなかった。

顔面が蒼白《そうはく》になり、僕には、僕には、と繰り返す。そして、いう。

「僕には、大水に襲われたときの記憶が、ない」

◇

パオロは巡回船で帰っていった。乗りこむとき、巡回船は船着き場にとまらなかった。ゆっくり進んでいたから、パオロはそれに飛び乗った。街の清掃人はみな、そんな風に空気のように扱われている。どこまでも、音楽の才能のない人間に厳しい街だった。

古い教会に残った三人。

「キーリーク音楽学校で一緒だったのなら、少なくとも、顔くらいはみてるだろうね」

シュカがいう。死者がみえるのは記憶の再構築という仮説を強固にする事実だが、別にそれでジョエルに対して勝ち誇ったりしない。シュカのことだから、パオロとエヴァのあいだに生じている問題を解決することしか考えていないのだろう。

「エヴァはパオロになにかを伝えようとしてるんじゃないのかな。霊の告白だっけ」

「映画の知識ですよね、それ。怖い幽霊につきまとわれていると思ったら、本当はよい幽霊で、その人に危機を知らせようとしていた、とかそんなやつ」

「やっぱ違うかな」

違うだろうね、と二人のやりとりを聞いていたジョエルがいう。

「僕のハープティカにはルールがある。死者は、望んだものの前にあらわれる。自発的にやってくることはない。つまり、会っているか否《いな》かはわからないけど、パオロが望んだということなんだ。エヴァがとどまっているのは、パオロがどこかで執着しているからだと思う」

死者の存在はさておき、パオロの心がエヴァのビジョンに影響しているという点にはヨキも同意だった。

「霊の告白じゃなくて、『罪の告白』なんじゃないですかね」

ヨキは、犯罪学の概念を持ちだす。

罪の告白とは、文字通り、罪悪感から自分の犯したことを他人に伝えることだ。ただ、そのやり方はダイレクトなものでなく、微細なサインだ。自分からはいいだしにくい、けれど他人に伝えたい。その気持ちが迂遠《うえん》な方法を選択させる。

「ストレートにいいましょう。パオロはエヴァの死にかかわった。殺したかどうかはわからない。いずれにせよ、やましい記憶として、それを無意識のうちに消した。そして今、エヴァをみている。それが罪の告白のサインです。深層心理では、誰かに伝えたいんですよ。もしくは抑圧された心が助けを求めているのかもしれない。いずれにせよ、罪悪感がエヴァの幻影をみせている。欠落した記憶。それを取り戻せば、エヴァは消えるんじゃないでしょうか」

「どうやって取り戻すのさ」

「僕たちが死者を否定するために使った仮説を実践するんですよ。脳は今までのことを全て記録しているんです。催眠による暗示で、欠落した記憶を呼びおこし、再構築するんですよ」

「催眠術は科学だから、私たちでも可能かもしれない。けれどあれは熟練の技だよ。質問するだけなら簡単だけど、抑圧された心を解放するために意識レベルを下げるには高度な話術や音楽が――」

シュカがいったところで、おまかせあれとばかりにジョエルがチェロを鳴らした。

「聴衆に死者をみせたままでは街を去れないからね。協力させていただくよ」

シュカは眉間《みけん》にしわをよせて難しい顔をする。本人が一度は封印した記憶を呼び覚ますことに抵抗を感じているのだ。特に、相手は十二才の少年なのだ。その取り戻した記憶が、彼の精神を歪《ゆが》めてしまう可能性だってある。

「先輩が望まないならかまいませんよ。現時点では、パオロはエヴァのことを知っていた可能性が高い。よって、音楽会でみえる死者は、やはり催眠による記憶の断片的な再構築だったと結論づけて、調査を終わらせることは可能です」

死者はたしかにいるのになあ、とジョエルが哀しそうにチェロを鳴らす。

シュカはしばらく黙っていたが、やがて口を開いた。

「実はね、さっきからお腹《なか》が減って、なにも考えられないんだよ」

テラス席で、ヨキとシュカはテーブルをはさんで向かいあう。演奏家たちが弦楽器で演奏している。音楽院を無事卒業し、音楽家になれた人たちだ。

◇

「コース料理ってのは、まどろっこしいよね」

「先輩の望みを叶《かな》えると、メイン、メイン、メイン、メインなんでしょうけど、そういうのは趣《おもむき》がないというんですよ」

「風情《ふぜい》よりも食欲優先の社会の到来を望むよ」

結局、肉料理だけ四品も追加することになった。

「証明の方法はさておき、死後も存在が残ると思う？　直感的にさ」

シュカが口を拭きながらいい、ヨキはどうでしょうねとこたえる。

「意識は脳に依存していますからね。死ねば灰と骨になってなにも残らないというのが科学的ですよ。死後の世界があったとして、僕たちの意識はどうやって運ばれていくんですか」

「十九グラムの魂だよ」

シュカが笑いながらいう。自分でも非科学的だとわかっているのだ。

「また古い文献からの出典ですね。あの実験をおこなったのは、科学者というよりただのロマンチストですよ」

　大昔に、魂を観測しようとした科学者がいた。

　死によって魂がどこかへゆくとすれば、質量保存の法則からいって、死後、身体《からだ》から一定の質量が減っていなければならない。そのため、その科学者は瀕死《ひんし》の人間を体重計に乗せ、死ぬ直前と死んだ直後の体重差を測りつづけた。そしてその前後で平均して十九グラム減少していたとし、それが魂の重さだという論文を発表したのである。

「あれは測定の方法も、心臓が止まったときなのか脳の機能が停止したときなのか、どの時点を死とするかも曖昧で、根拠のあるものではありませんよ。現在のセントラルの設備で再調査することに興味は湧きますけど」

「じゃあ、魂はないと思う？」

　シュカがきき、ヨキは少し自分に正直になって、こたえる。

「まあ、質量保存の法則からいって、どこにいくのかわからないものはありますね」

「なに？」

「情熱ですよ」

　世界の謎を解き明かすべく、心を燃やして仕事をしている。熱くなったり、強く祈ったり。そういったものは死んだ後になにも残らないのだろうか。こんなにも、身を焦がすように想《おも》っているのに。眠れない夜もあるのに。願っているのに。

「まあ、残らないから死は無常なのかもしれないし、そのヨキの情熱は調査報告書に変換されているのかもしれない。もちろん感情のまま残っていて欲しいけどね。誰かを強く愛した感情も、ただの脳の電気信号で、死ねば停止して終わり。そう考えるのは寂しいよ」

「死後の世界ですか。それがあれば、死者を呼びだすジョエルも本物ってことですよね」

「不思議な男だよね。死者を身近に感じ、人骨で楽器をつくる街。ホントにあると思う?」

「未踏地域なら可能性はなきにしもあらずってとこじゃないですか。確認不能ですけど」

セントラルの技術をもってしても侵入できない地図の空白、未踏地域。例えば放射能ベルトのなかであればどうだろう。そんな場所に適応して住んでいる人間がいたとしたら、もしかしたら背骨はガラスのような物質でできていて、磨けば虹色になるかもしれない。

「いってみたいね、ジョエルの故郷。それともあいつの背骨を抜いて確認してやろうかな」

そこでシュカは辺りを見回し、苦笑いして会話をやめる。骨とか灰とか、死体の体重差などを大きな声で話していたため、他の客が青ざめていたのだ。シュカがおしとやかぶって、コホンなどと咳《せき》をしていると、食後のコーヒーが運ばれてくる。コーヒーを注ぐバリスタ風の女の子には見覚えがあった。ナルサス音楽院で泣いていた子だ。

「食堂《トラットリア》で働くことになったんだね」

ヨキがいうと、ブラウンの髪の女の子は「ええ」と笑う。彼女の表情は音楽院を追い出されたにもかかわらず、晴れやかにみえた。そう伝えると、女の子は「これはこれでよかったのかなと思うんです」という。

「自分に才能ないってわかってたんです。それでも、練習すればなんとかなるって無理やり思いこんで、ずっとやってました。すると、ちょっとは上手《うま》くなるんです。でもそのたびに、自分より才能のある人の演奏のよさがもっとわかるようになっちゃって。自分が上手《うま》くなればなるほど、みえてくるんです。才能のある人と、そうでない自分との差が。どうやったら楽譜にとらわれずにあんな自由に演奏できるんだろう、いいな。そう思って自分もやってみるんですけど、楽譜と違うことをするとすぐに破綻しちゃって。上手《うま》くなって、絶望して。上手《うま》くなって、絶望して。そんな繰り返しのなかで、自分がたいしたことないって、何度も残酷にみせつけられて。今はそんな終わりのない場所から外れられて、よかったなって」

つらかったね、とシュカはいう。

「コーヒー、とってもいい香りだよ」

「やさしいんですね」

女の子は注ぎ終わると、頭を下げて去ろうとする。しかし、思いだしたように足をとめた。

「そういえばお二人は、学院長に、パオロについても質問したんですよね？」

音楽院から去ったのち、友だちから聞いたのだという。

「私、ナルサスの前にはキーリークにいたから、パオロのことも知ってます」

その言葉を聞いて、ヨキはカップを机に置く。

「二人は知りあいだった?」

「ええ。エヴァはキーリークにいたころから女王様のように振る舞っていて、放課後にパオロを呼びつけたりしていました。学校では、あまり一緒にいませんでしたけど。パオロは見た目も性格もぼおっとしていて、見てくれも悪いので、人目のあるところでは他の子を使い走りにしていたのかもしれません」

女の子が去ってから、シュカが神妙な顔になっていう。

「やろう」

琥珀《こはく》色の瞳には、強い光が宿っていた。

「なにをですか?」

「催眠による記憶の再構築だよ」

どうしたんです急に、とヨキはたずねる。

「ヨキはさ、とても残酷な結末を想定しているでしょ」

「まあ、可能性の上では」

エヴァは高飛車で、才能のないものを虐《しいた》げてきた。パオロと知りあいだったのだとしたら、もっとも才能のないパオロは一番ひどい扱いを受けたはずだ。パオロが恨みをもって、増水した川にむかって背中を押した可能性はある。そして本来的に善良なパオロはそれに耐えられず、記憶を消した。それがジョエルの死者と語るという暗示によって顕在化している。それがもっともあり得るとヨキが考える真実だった。

「私もさ、夢見る少女じゃないから、残酷な現実があることは知ってる。才能のないものがあるものに嫉妬することも、恨みを買ったものが報復されることがあることも。今回のケースも説明しやすい。でも、別の可能性もある」

「別の可能性、ですか」

「うん。エヴァがパオロをいじめるかな？　音感がなくて、放っておいても進学できないことが確定的な生徒だよ？　そもそも彼女は才能の軽重で扱いを判断したかな？　それなら、二番目の生徒とは仲良くなるはず。でも、ナルサスではつらくあたっていた。エヴァが憎悪《ぞうお》していたのは、本当に才能のないものだったのかな？」

「本人でないと、わかりませんよ」

「そんなことはないさ。パオロが教えてくれるよ。エヴァの生前の言葉を、きっとね」

◇

教会の椅子に、パオロが仰向けに寝かされている。

頭の上に置かれた端末が、パオロの脳の状態を数値化して表示していた。セントラルの端末であるから本当はみせてはいけないのだが、催眠療法による記憶の再構築を優先させた。友人の背骨でつくった楽器で人々に死者をみせるという男を前に、オーバースペックなデバイスだのなんだのという議論は無粋に思えた。

「嫌だったら、いつでもやめるからね」

催眠はシュカがおこなうことになった。「ヨキはたまに優しくないからなあ」というのがその理由だった。

「最後までやるよ」

パオロはいう。

「僕は、あの女の子にひどいことをしたかもしれないんでしょ。もしそうなら、ちゃんと思いださなきゃいけないと思うんだ。そのあとは、どうしていいかわからないけど……」

「あんまり気を張っちゃだめだよ。眠るか眠らないか、そういう力の抜けた状態にならなきゃいけないんだからさ」

シュカは昨夜調べた手順通りに催眠をおこなっていく。数字を数えさせたり、果てしなくつづく道をイメージさせたり。一定の調子、抑揚で言葉をかけつづける。

となりではジョエルがハープティカを演奏している。チェロとは違い、手に馴染《なじ》んだ音であることがヨキにもわかる。とてもスローテンポでシンプルな音色。聴いているだけで意識が茫《ぼう》漠《ばく》としてくる。

端末をみれば、早くもパオロの脳の状態は覚醒と睡眠のあいだ、あわいの領域に落ちこんでいた。なかなかやるだろ、とジョエルが片目をつむってみせる。いちいち芝居がかった男だ。

シュカがゆっくりと質問をする。最初は、どこで育ったかとか、お父さんとお母さんのことか、あたりさわりのないこと。そしてだんだんと、キーリーク音楽学校での生活のことになり、エヴァのことになる。

核心となる大水の日の質問になると、パオロの息は荒くなり、汗が噴出した。しだいに身体《からだ》が大きく痙攣《けいれん》し、泡を吹きはじめる。拒絶反応が出ていて、精神にも肉体にも大きな負担がかかっているのは明らかだった。

シュカはいそいで演奏をとめさせ、覚醒へとむかわせようとする。しかしそれよりも早く、パオロの体が跳ね起きた。

「僕はバカだ！」

荒い息のまま、叫ぶ。そして泣きはじめた。嗚咽《おえつ》をもらしながら声をしぼりだす。

「バカなんだ。たったひとりの友だちを忘れてしまうなんて」

◇

小舟が海漂林のあいだを進んでゆく。パオロのいう通りに、いりくんだ白骨のような木々の迷路を抜け、奥へと入ってゆく。もはや街から離れ、家もなにもない。木々の密度も濃く、昼だけれど、まるで夜のようだった。

先端に座るパオロとシュカ。ジョエルはチェロを気に入ったのか、ずっと音を奏《かな》でている。

ヨキはすっかり定位置となった最後尾で艪《ろ》を漕《こ》いでいた。

「演奏する楽しみを忘れてしまった。エヴァはいつもそういっていた」

パオロが水面をみながらいう。

「音楽が他人から称賛され、自分の将来の地位を築くための、なにかよくわからないものになってしまったって、いつも泣いていた。エヴァは自分の演奏も嫌いだったんだよ」

そしていつも怒っていた、とパオロはエヴァと過ごした日々を語る。

「キーリークにいたころから、そうだった。クラスメートたちをとにかく嫌っていた。みんなの演奏も、もう、音楽以外のなにかだって。音楽のふりをした他人との競争にすべてをささげて、極限まで練習して、そうなったら才能の大小しか残らないのに。そして自分より下の人をこきつかって、そんな醜い自分に気づいていない。だからみんな嫌いだっていってた。みんなで、こんな競争をやめればいいのに、って」

私はこんな醜い自分に気づいているだけ、まだましよね？　と、悲しい顔で何度もパオロに問いかけていたという。

「驕《おご》れる神を罰する、また、驕《おご》れる神」

シュカが誰にいうともなく呟《つぶや》く。

「それで、エヴァはみんなに意地悪して、嫌われてしまったんだね」

「うん。でも、あんまり彼女のことを悪くいって欲しくないんだ。たしかにエヴァは色々な人にたくさんひどいことをしたんだけど、その後はいつもひどく傷ついていたんだ」

「君はエヴァと親しかったの？」

「うん。エヴァは僕にだけは優しかった」

　小舟はやがて、白い根が大きく張りだした場所にたどりつく。平らで、まるで島のようだった。パオロが根にあがるので、三人も後につづく。

「エヴァは僕の演奏を褒めてくれた唯一の人だよ。いつも放課後になるとここへきて、二人で一緒に演奏した。エヴァはバイオリンで、僕はチェロ。僕は自分の演奏に必死で、エヴァの音を聴く余裕もなくて、ただ必死に下手な音を出してた。情けなくて、涙が出そうになるんだけど、エヴァはいつもいってくれるんだ。僕の音がいいって。その、必死になって出している音がいい。世界で一番きれいな、純粋な音だって。エヴァは僕と一緒に演奏をしているときだけは怒った顔をしないで、笑っていたんだ。なんで笑うのと聞いたら、僕と一緒にいるときだけは、なにも考えずに、本当の音楽ができる、真実の音が出せるっていうんだ」

　パオロが落第し、エヴァがナルサス音楽院に進学しても関係は変わらなかったという。放課後、ここに集まって演奏した。パオロはチェロを取りあげられていたから、エヴァが持ってきた。エヴァが他の生徒から楽器を取りあげたのは、パオロのためだったのだ。

「エヴァは多分、誰ともわかりあえずに生きていくんだと思った。彼女は悪い女の子だったのかもしれない。でも、僕は、僕だけは彼女の友だちでいようと思った。エヴァは、エヴァだけは僕の音を褒めてくれた。なのに――」

「大水の日ね」

シュカがいい、パオロがうなずく。

「あの日も、僕たちはここで演奏していた。突然、水かさが増して、エヴァが流されそうになったんだ。僕はすぐに腕をつかんだ。でも力がなくて、引っ張りあげられなくて、離してしまったんだ。もしかしたら、僕は自分が助かりたかったのかもしれない。あのままだと、二人とも流されてしまったから。多分、そうなんだ。僕は離してはいけない手を離してしまったんだ。だから、記憶を失《な》くした。そんな自分に耐えられなかったから」

パオロは虚空にむかって、「ごめんよ」という。エヴァがみえているのだろう。

「死者は誰も恨みはしないよ」

ジョエルはいう。

「君が望んだから、エヴァはきたんだ。君と語りあうために。それが僕の音楽会だ。そして君たちの語りあい方は言葉じゃない」

ジョエルは手に持ったチェロをかたむける。

「ねえ、聴かせてくれないか。天才少女が、世界で最も美しいといった音を。なにを隠そう、僕もどちらかというと技術におぼれがちでね。エヴァの言葉は心に刺さったよ。エヴァも、もう一度、君の音を聴きたいはずだ」

「伝わるの？」

「もちろんさ。僕のハープティカを信じてくれたまえ」

ジョエルがチェロを手渡す。パオロの手がそれに触れようとしたときだった。

頭上、少し離れたところで、葉のこすれる音がする。

次の瞬間、水面になにかが落ちてきて、水しぶきをあげ、波紋をえがく。

少し離れた場所に、白骨が浮いていた。

頭蓋には燃えるような赤い髪が残っていた。

◇

翌日、ヨキとシュカ、そしてジョエルの三人は小舟に乗ってパオロの家へとむかっていた。

昨日、エヴァの死体がみつかったため、まずはそれをしかるべきところに届けることになり、パオロの演奏は後回しになった。そのままになるかと思いきや、ジョエルがどうしても聴きたいというものだから、パオロが招いてくれたのである。

「明日、僕の家にきてよ。そこで演奏するよ」

そういうわけで三人は朝から集まり、小舟に乗って、教えられたパオロの家にむかっているのであった。

木もれ日が気持ちよく、ジョエルなどはチェロのケースを抱きながら目を閉じ、鼻唄をうたっている。

「才能のないものが奏《かな》でる音が一番美しい。そういう解釈もあるんですね」

ヨキはパオロの顔を思い浮かべながらいう。皆からは才能がないと烙印《らくいん》を押され、しかし天才少女からは評価された男の子。そして、人によってみえかたが違うのはエヴァも同じだ。

「楽院長からみたエヴァ、学生からみたエヴァ、パオロからみたエヴァ、様々でしたね」

「他人の目に映る自分は万華鏡《まんげきょう》みたいなものさ。自分で感じる自分だって、それが本当なのかはわからない」

シュカはいう。他者が認識する自分。自分が認識する自分。そしてそれがあるのかはわからないが、他者の認識でもない、自分の認識する自分でもない、絶対的な本当の自分。

「その絶対的な自分というやつが、魂みたいなものなのかもしれないね。それが死後も残る」

「科学的じゃないですけど、悪くないですよ、その考え方」

この街は青春を先鋭化させたような場所だったね、とシュカはいう。

「才能の明暗と苦悩、自分がどうあるべきなのか。おそろしく息苦しくて、つらくて、でも、繊細で美しい」

「先輩も十代のころは悩んだりしました？」

「忘れてしまったよ。他人に映る自分も、自分で認識する自分も、どれも小さなことさ。この広すぎる世界の前ではね。雷の鳴る大平原の真ん中で、そんなことを考えるのは無意味だよ」

「繊細な心をなくした大人っていわれちゃいますよ」

「時がきたら、なくなるべきだよ。青春時代の思い出はつらくて美しくみえるからこそ、そこにとどまりつづけちゃいけないのさ。私たちは調査官で、新しいところに歩いていく。感性も同じさ。変わることを恐れたり、気に入ったところをずっと反芻《はんすう》してちゃいけない。青い感性は過ぎ去ったひとつの風景に過ぎないよ。新しい景色と、新しい感性さ」

晴れやかな日差しのなか、パオロにいわれた住所に小舟が到着する。しかしそこは廃墟《はいきょ》だった。家はなく、土台となっていた石垣だけがある。最近になって取り壊されたようだ。

周囲に生えた植木の緑が鮮やかで、どこか遺跡めいている。石で組まれた土台と、陽光をうけて輝く緑の木々、そして水の音。

ヨキとシュカは首をかしげながら船をとめ、あがってゆく。ジョエルもそれにつづく。

人がいるが、パオロではない。

老人が、清掃していた。

「やあ、君たちか。今回はお手柄だったね」

エンリコという名の、街の墓守と清掃を担当している老人だった。エヴァの遺体も彼が埋葬するということで、昨日、役所で軽く挨拶をかわした。

「ありがとう、礼をいうよ」

エンリコ老人はいう。

「パオロの墓のとなりに、エヴァを埋葬してやることができた。みんな知らないけれど、二人は仲良しだったからね」

とても自然に語る老人。そうですか、よかったですねと思わずいいそうになるが、ヨキは「パオロの墓」という言葉を聞き逃しはしなかった。

「あの、パオロは？」

ヨキの質問の意図を測りかねたようで、老人は少し考えてから、パオロについて語った。音感のない子供で、底抜けに性格がよく、老人の仕事を手伝うようになり、エヴァの唯一の理解者だった、と。ヨキたちがパオロのことを知らないと思ったのだろう。

「それで、そのパオロは今どこに？」

ヨキがきくと、老人は風化しそうな思い出を語るように遠い目でつづけた。

「大水の日に、多くの人々が流された。パオロとエヴァもそうだ。エヴァの死体だけはなかなかみつからなくてね。ああいう子だったから、この街に戻ってきたくないんじゃないかと思ったよ。私としては、パオロが寂しいだろうからとなりに墓をつくってやりたかったんだ。でも、エヴァもこうして戻ってきてくれたから、同じ気持ちだったんだろう」

「一応おききするんですけど、パオロの死体がみつかったのは？」

ヨキがたずねるとエンリコ老人は、「大水の翌日にはみつかったよ。よく働くいい子だったのに」と哀しそうに目をふせた。

ズボンをサスペンダーで吊《つ》った少年、パオロはヨキたちがグランナーレを訪れるよりも遥かに前に、すでに死んでいたのだった。

思わずヨキは背後をふりかえる。

「君が望んだんだよ」

ジョエルが微笑《ほほえ》んでいる。

「死者は望むものの前にあらわれる。僕のハープティカのルールは絶対だ」

ヨキは死者と語らう音楽会でのことを思いだす。死者の存在を肯定するには、記憶の再構築という仮説を覆《くつがえ》すことが必要だった。そのために、記憶にない死者と出会い、そしてそれを複数人が同時に認識できる状態を求めた。

ヨキはパオロという少年を知らなかった。

パオロのことを、シュカもジョエルも認識していた。

死者は記憶が欠落していることが多いとジョエルは語った。パオロはエヴァを忘れていた。

「ヨキ、君が望む死者に会えたのなら、僕は嬉《うれ》しいよ」

どういたしまして、とでもいうようにジョエルは帽子を取った。

第11章『春を迎える』

Random Walker who LOVES the WORLD

CHAPTER2

朝陽《あさひ》を受けて輝く雪原。ふいにあらわれた茶色い野うさぎをみつけ、タキリが短い弓をひいた。しかし、狙いを定めたのち、おもむろに、つがえた矢をおろす。

野ウサギはこちらをしばしみつめたのち、真っ白い雪に足跡をつけて去っていった。

「どうして見逃したんだい？」

ヨキがきく。するとこの精悍《せいかん》な顔つきの現地の青年は、あれは野ウサギではないという。

「大地の神が姿を借りていただけだ。矢を射てはいけない」

「僕には普通のウサギにしかみえなかったけど」

「長くここで暮らしていればおのずとわかるようになる」

タキリは新しい獲物を探すため、姿勢を低くして林立した樹氷のあいだに目をこらす。

「私はあんなカワイイ毛玉ちゃんを殺さなくてすんでホッとしてるけどね」

後ろから、シュカが雪を蹴って遊びながらやってくる。手にはタキリと同じ短小の弓矢を持っていた。ヨキとシュカとタキリ、三人で山に狩りにやってきたのだ。ヨキも念のため弓矢を持っているが、あてられる気はしない。

「先輩はホント、毛がふさふさの生きものが好きですよね」

「カワイくていいよ。彼らがぎゅうぎゅうに詰まった牧場をつくってそこに飛びこみたいね」

「でも、狩りをしないと食料が尽きてしまいますよ。ひもじくなってもいいんですか？」

肉のない鍋、野菜だけの串、木の根をぺろぺろとなめるだけの寒い夜。ヨキがとうとうと語って聞かせると、シュカは苦悶《くもん》の表情を浮かべた。

「わかった。今度獲物があらわれたら、一点の迷いもなく射るよ」

「カワイイ動物でもいいんですね？」

シュカは、「カワユキものよ我が血肉となって生きよ」と簡単に開きなおった。

雪山を散策する。ヨキとシュカはタキリと同じ、現地の服に身をつつんでいる。袖や襟に民族紋様の入った前合わせの服を着て、さらに獣の皮の上着も羽織っているのだが、調査局支給の服よりも保温性が低く、寒かった。

「やっぱり、さっきのウサギを見逃したのは失敗だったんじゃないかな」

ヨキはいう。かれこれ長く歩きつづけているが、あれ以来、めぼしい獲物はみつかっていない。靴が雪に沈んで歩きづらく、体力は消耗する一方だった。

「土地の神には敬意を払う」

タキリはいう。この秋、十八になったばかりの青年は、喋《しゃべ》り方も表情も、ずいぶん大人びていた。彼はライラケレの里で、巫術師《カムロ》とよばれる、最高位のシャーマンの任を受け継いでおり、その立場が彼をそうさせているのかもしれない。長髪を後ろで結び、額にはカムロにだけ許された呪術的な紋様が刺繍《ししゅう》された布をまきつけている。

「敬意を払えば、神々は人に恵みを与えてくれる」

タキリはいう。果たして、神の導きなのか、樹氷のかげに立派な鹿をみつけることができた。

大きな角を持ち、それで幹のまわりについた氷を削《そ》ぎ落し、木の皮を食べている。

タキリは素早く矢をつがえ、まじないめいた言葉を唱えながら、矢を放った。シュカも、「スマヌスマヌ」と口のなかでもごもごいいながら弓をひいた。

タキリの矢が首を貫き、シュカの矢が額に突き立つ。鹿が倒れて雪が舞いあがり、陽《ひ》の光をうけてきらきらと輝いた。遅れてヨキが放った矢は、あさっての方向へ飛んでいった。

「ま、これも厳しき生物世界の掟《おきて》ってところだね」

シュカが近づいてゆき、そりの上に鹿を乗せる。どちらの矢のおかげかはわからないが、鹿は即座に絶命していたようだった。

「さて、ヨキがこれを引きたまえ」

そりに結びつけられた荒縄を渡される。

「やっぱり僕ですか」

「ひとりだけ矢を盛大に外したからね。働かざるもの食うべからずだよ」

ライラケレの里の外れにある小高い丘に、タキリの住む家はあった。カムロが代々住む家で、薬を調合する部屋や、祭壇を置いている部屋があるため広い。ただ、シャーマンが住まう場所であるため屋敷《やしき》といった風情はなく、古びた大木のようなたたずまいだ。そんな家が、雪に覆われた白い丘の上に、ぽつんとあるのだった。

「おかえりなさい」

　そりを引く音と、話し声が聞こえたのだろう。丘の家の戸が開き、年のころ十くらいの少女が飛びだしてくる。タキリの妹、ユカラだ。雪に沈みながらもあくせくと足を動かし、屈託なく笑っている。幼い頬が冷気にふれ、すぐに赤くなった。

「ヤポの具合は？」タキリがたずねる。

「今日は調子がいいみたいで起きてるよ」

　それを聞くと、タキリは足早に家のなかへと入っていく。ユカラはそりに乗せられた鹿をみて、白い息をはきながら歓声をあげた。シュカは満足そうに胸をはる。

「これで当面、食糧不足は解消だ。感謝してくれたまえ」

「ありがとう。不足した原因はシュカさんがよく食べるからなんだけどね」

「雪の結晶がきれいだねぇ」

　シュカは雪を手に乗せ、目を細める。そんな二人をしりめに、ヨキはソリの上の鹿を検分した。とても大きく、体格もがっしりしているのだが、肉のつき方が悪い。

「寒冷地の鹿は脂肪組織が発達しているものですが、この個体は痩せていますね」

「仕方がないさ」

　シュカが雪景色に目をやりながらいう。

「春が、こないんだから」

　この地方におとずれるはずの雪解け。それが例年に比べ、すでに二か月もずれこんでいた。

「二人とも、お兄ちゃんの前でいっちゃだめだよ。気にしてるんだから」

ユカラは子供をしつけるようにいう。そして、湯を沸かしてほしいと兄に呼ばれ、家のなかへと駆けこんでいった。

ヨキは辺りを眺《なが》める。見渡すかぎりに広がる、雪化粧した平原、森、山麓。空は晴れ渡り、すがすがしい心地もするが、生物の気配はなく、いまだ冬が凍《い》てつき、とどまっていた。

ライラケレの里では、春は自然と訪れるものではなく、カムロが土地の神と協力して迎え入れるものと考えられている。昨年までは、ヤポという名の、タキリの師にあたる老女がその儀式をおこなっていたのだが、病床に伏すに至り、今年からタキリがその役を継いだ。

春を迎える儀式はもっとも難しく、また人々に期待される儀式でもあるから、二か月も春の到来が遅れていることにタキリは責任を感じているようだった。ユカラによると、タキリは無口にみえるかもしれないが、本来は、唄と踊りを愛する陽気な青年であるという。

「春がこないことに責任を感じる必要はないんですけどね」

「まあね。夏から予想されていた異常気象だしね。近海の暖かい海流が弱くなってしまって、海面温度が低くなったとなれば、当然気温は下がるよ」

気温と海面温度は密接な関連がある。海面温度が上がれば気温は上がるし、下がれば低くなる。その海面温度は、海流や、海底の水が表面に上がってくる湧昇流によって決まる。特に寒い地域においては、温暖な地域からの海流と、海底火山が温めた深層水の湧昇流によって、人が居住可能な温度が保たれていることが多く、ここ、ライラケレの里も例にもれない。

今年の夏、セントラルはライラケレの里がある地域において、海流と湧昇流の弱まりを観測した。つまり、異常気象が起きる予兆を事前に察知したのだ。そして周辺の気温が下がることを予想し、どのような経緯をたどるかを調査するため、ヨキとシュカ、二人の調査官を派遣したのだった。長期に渡り降雪量と気温の推移を記録するだけの退屈な調査であり、ヨキとシュカが派遣されたのは、真面目に仕事をしない二人への上層部によるお仕置きだというのが、調査局内でのもっぱらの噂《うわさ》だった。

しかしヨキとシュカに反省の色はみられず、どうせ長期間滞在するのであればと、現地の人々に溶けこんでその暮らしを体験することにした。そこで目をつけたのが、山にも森にも神がいると信じ、大地を駆け、川を泳ぎ、自然と共に生きることを尊ぶ人たちが住まうライラケレの里だった。興味を持ったヨキとシュカは勢いそのままに、タキリのところに転がりこんだ。

そして土地の生活を楽しみながら天候の記録をつけているのだが、二か月が経《た》っても、いまだ調査目的である異常気象の終わりはみえず、春がこないままに冬がつづいている。

「まあ、春がくれば私たちの調査は終わるわけだけど、セントラルの観測機関は別の結末を予測しているんでしょ」

「ええ、そうです」

あくまで七〇パーセントほどの確率だと前置きしてからヨキはいう。

「過去の記録と照合して、観測機関はすでにこの地域が高い確率で氷河期に入ったと推測しています。三ヵ月で調査期限が切られているのも、それだけ冬がつづけば、異常気象ではなく氷河期への移行だと結論づけることができるからでしょう。もちろん、ふざけてばかりいる僕たちに雪のなかで頭を冷やしてこいっていう上層部のメッセージもあるんでしょうけど」

「つまり――」

「まあ、そういうことです。タキリには悪いですけど」

セントラルの観測によれば、もう、ライラケレの里に春は訪れないのだった。

◇

夜、ヨキとシュカ、タキリとユカラ、そしてヤポの五人は、大部屋であぐらをかいて囲炉裏《いろり》を囲んでいた。火の上には鍋があり、朝とらえた鹿の肉が入っている。衰えたヤポの口に、ユカラがかいがいしく肉や野菜を運ぶ。

「元気になってね、ヤポ」

真っ白な髪に彫の深い顔。ヤポには苔《こけ》むした遺跡のような風情があった。しかしその顔は憔悴《しょうすい》している。病だけでなく、この長くつづく寒さが体力を奪っていた。

「私は長く生きたからいいよ。もう十分だからお前がお食べ」

「ヤポ、そんな弱気なこといわないで」

火にくべた枝がはぜ、音をたてる。黙ってしまえばそれ以外に音はなく、小屋の周りを密度の濃い、冬の静寂がとりまいていた。

「ヤポ、俺は明日にでも春を迎える儀式をやりたい」

タキリがおもむろに椀《わん》を置き、いう。

「里の人たちも困っている。川沿いの小屋のじい様だって、いつも通りに春がきていれば乗り越えられたかもしれない。動物たちも飢えはじめている」

それはヤポの体調も気づかってのことだったが、そのヤポといえば首を横に振るのだった。

「お前ひとりで、できるものではないよ。春を告げる神様、もしくはその使いと一緒《いっしょ》でないとね。私のときはアユハラヤの使いだった」

「アユハラヤは太陽の神様のことだよ」

ユカラが、ヨキとシュカのために説明してくれる。

毎年、雪解けの時期になると白い渡り鳥の群れがやってくる。そのなかに太陽の神アユハラヤの使いが一羽いて、家の戸を叩《たた》く。その一羽を家のなかに入れて飼っていると、ある日、いつのまにか全身の羽が真っ赤になり、尾の先に炎が灯《とも》っている。それを合図に、夜、ヤポは木を組んで、アユハラヤの使いから火をもらい、大きな焚火《たきび》をしたという。

「丸太を正方形に組んで、それを重ねてね、そのなかに鳥の尾から取った火を入れるの。ヤポは焚火《たきび》がすごくうまいんだよ。その木組みからのびる炎はね、すごく高くて、まるで天まで届きそうなんだ」

焚火《たきび》の翌日には解け残っていた雪はすべて消え、黒い土の野が広がり、木々の緑が芽吹いていたとユカラは語った。その瞳は焚火《たきび》の前にあるように輝き、春を強く待ちわびているようだった。

「白い鳥たちはもうきていて、そして凍えている」

もう春を迎えられるはずだとタキリはいう。しかしヤポは、「白い鳥が神の使いだったのは私のときだけだよ」と、やはり首を横に振った。

「春の迎え方も、やってくる神の使いも、そのときのカムロによって変わる。歴代のカムロで、誰ひとりとしてそれらが同じだったものはいない。アユハラヤの使いと焚火《たきび》は、私だけに与えられたもの。先代は、大地の神ロルヌが宿った虹色の蕗《フキ》の芽に、ひと晩中まじないを唱えることで春を迎えていた。お前にはお前のための神の使いがあらわれるのだよ」

「でも、あらわれないまま時が過ぎている。里の人たちも、動物たちも、木々も、春を待ちわびている。神の使いがあらわれないのは、俺にその資格がないからではないのか」

そうではない、とヤポはいう。

「お前は私よりも才のある子だよ。よく考えてごらん。夜明け前が一番暗い。春に咲く花は、寒さが厳しいほど美しい。この冬の長さは、お前の才能の深さをあらわしているのだよ。神々からのしらせを待ちなさい。森の奥にある湖のように。静かに、じっと」

ヤポはそれだけいうと、ゆっくりと寝床のある自分の部屋へと戻っていった。


ヨキとシュカは片手間に気象記録を取りながら、現地での生活をつづけた。氷河期に突入しているのか、一過性の異常気象なのか、まだ最終的な判断には至っていない。シュカはいつものごとく、春がきてタキリやユカラが幸せになることを望んでいるようだった。

「どう思う?」

シュカがたずねる。二人は凍った湖面に木製の椅子を置き、足元の氷に丸い穴を空け、釣り糸を垂らしていた。今夜の夕飯を調達するためだ。

「どう思うって、なんのことですか?」

「ここでの暮らしのこと。神々を信じ、自然と共に生きる」

「そうですね。まあ、響きはよいですけど、僕は暖房の効いた部屋で、ポットでお湯を沸かしてすぐにコーヒーが飲める生活がいいですね」

「私も基本的にはそうだよ。オフィスにいながらクリックひとつで注文して、家に帰ったら、ぬいぐるみが届いてる。そんな生活が大好きさ」

「家に帰るもなにも、先輩、いつもオフィスに配達させてますよね?」

シュカはニコニコしながら釣り糸をあげる。魚はかかっていない。都合が悪くなると急に耳の遠くなる上司を冷ややかな目でみながら、ヨキはいう。

「いずれにせよ、こういった暮らしは発展と共に消えゆくものでしょう。事実、この里にもその波はきているわけですし。歴史の必然として滅びるものだと思いますよ」

平野部にラガシュという街がある。貿易をして、貨幣経済が発展しはじめ、そこには富や新しい技術など、現代社会への足がかりがあった。ライラケレの若者のなかにも、里を捨て、発展をはじめたラガシュの街へゆくものが後を絶たないという。

『他人と己を比べ、いつも競争をしている。物をたくさん持ち、神々の土地を己の土地という。祈る心と、唄い、踊る喜びを忘れてしまった哀しい人々の街だ』

タキリはそのようにいっていた。

「極端な意見だとは思うけれど、私はタキリのいいたいことはわかるな。文明が進むとお金とか名誉とか、地位や経歴なんかが重要になるんだけど、そういうのって手ざわりがないんだよね。セントラルなんて、給料が振りこまれてもデータ上の数字が増えるだけだし、支払いも全部データでやりとりするから、なにも実感がない。でもライラケレには手ざわりがある。雪は冷たいし、こうやって魚を釣れば、それがご飯になる。私はこのたしかな生活の感触が好きだよ。わけのわからない資料をつくっているうちにデータになった給料をもらうよりはね」

シュカは今度こそと、釣り糸をあげる。小魚が三匹かかっていた。

「先輩は文明の発展に肯定的だと思っていましたけど」

「もちろんそうだよ。でもさ、発展した先には、なにがあるんだろうね。最も長くつづいているのは、私の知る限りセントラルだ。でも、セントラルはずっと発展をつづけていて、みんながどんどん幸せになって、栄華を極めているといえるかな？」

「まあ、衰退にむかっているといえるでしょうね」

成熟した文明によくあるように、外への拡大の意欲は減退し、少子化も通過して小規模だけれど効率的な経済が成立している。それがセントラルだ。そしてゆるやかに頽廃《たいはい》していて、誰しもが、今すぐではなくとも、いつか静かに滅亡することを予感している。ヨキなどは、がらんどうとなった空の島に、地上から冒険者がやってきて、そのテクノロジーの残骸のなかを歩いている光景をよく想像する。

「上流から下流に流れていくようなものだよ。自然と共に生きるところから出発して、発展して、経済も技術も高度化して、生命力のようなものを失いながら衰退していく。であれば、上流の、自然と共に生きるところでとめておけば、滅びはないかもしれない」

「難しい問題ですね。文明のレベルを常に一定に保っておくことは難しいですし。それに文明の最後が滅亡と決まったわけじゃありません。まあ、ほとんどの場合そうなんですけど、セントラルもありますしね。たしかにセントラルの文明としての活力はどんどんなくなっていますけど、こうやって調査官を各地に派遣して外からの刺激を取り入れようとしていますし」

「まあ、文明がどこに収束するのか、人がどこへゆくのか。そのあたりは人類学の研究者にまかせるよ。結局のところ、私はタキリとユカラの味方をしたいだけなのかもしれないしね」

「そんなとこでしょうね」

二人はタキリの見回りにも付きあった。

タキリは里の家々をまわって人々と話すだけでなく、冬ごもりしている動物や、雪の下の植物の状態まで気にかけていた。

岩肌にある小さな洞窟にも入っていった。かがまなければ頭をうってしまいそうなほど狭く、奥には親子の熊が冬眠していた。黒い毛に覆われ、首筋に白が走っている。

「危なくないの？」ヨキがきく。

「ああ。冬ごもりした熊は春にならなければ起きてこない。この熊は低温では動けないんだ。ところで、シュカはなにをしてるんだ？」

タキリが不思議そうにたずねる。熊が目を覚まさないときいた瞬間から、シュカは子熊のやわらかいお腹にダイブしてその感触を堪能《たんのう》しているのだった。

「放っておいていいよ。あれは先輩なりの儀式みたいなものだから」

「そうか」

タキリは真剣な眼差《まなざ》しで、熊の首筋をさわる。

「痩せてしまっている。冬が長引いているせいだ」

熊だけでなく、木の幹のなかにいるリスも、土のなかにいるモグラも、ほら穴の狸《たぬき》も、多くの動物たちが眠ったまま、痩せてしまっていた。そして長引く冬の影響は、タキリの近くにまで及んだ。ユカラが凍傷になったのだ。

「どうして黙っていたんだよ」

タキリの顔は、責任感にあふれたカムロのそれではなく、ただの泣きだしそうな青年の顔になっていた。

「平気だよ、このくらい」

ユカラはいうが、左足の薬指が倍くらいの大きさになって、変色している。春がこなくて焦《あせ》る兄を気づかって、ずっと我慢していたのだろう。タキリは涙を流しながら、その両手で妹の足を温める。もはや切断はまぬがれないほどに悪化しており、タキリはずっと謝りつづけた。

ユカラは「森の神様が治してくれるから平気」と強がっていた。

夜中、シュカは布団《ふとん》から抜けだした。細胞を活性化するアンプルを手に持っていて、ヨキはそれを横目でみていた。ユカラの指に注射したのだろう。翌日にはきれいに治っていた。

「なかなかいい働きをしますね、神様」ヨキはいう。

「そうでもないさ」

シュカはなにくわぬ顔をしている。

「凍傷はくせになるからね。暖かくならないと根本的な治療にはならないよ」

タキリの焦《あせ》りは手に取るようにわかった。そんなある日の朝、めずらしくヤポが寝床から起きだしてきた。家の前に椅子を置き、そこに腰をおろす。そしてヨキとシュカに、そのあたりの雪をどけておくれといった。二人は黒い土が顔を出すまで、せかせかと雪をかいた。次にヤポは、太い木と、細い木を集めてきておくれ、といった。二人は森のなかから、せっせと木を集めた。ヤポはそれらを一本一本手に取って眺《なが》め、これはいいね、これはダメだね、と選別していった。何度も木を運び、ヨキはふらふらになった。

「弱っちいなあ」シュカがいう。

「先輩の体力が異常なんですよ」

ヤポに指示されるまま、土の上に大きな木を正方形に組みながら積みあげていく。ヨキの身長くらいに達すると、なかに小枝を入れてゆく。

夜になったところで、みなで囲み、火を入れた。

音を立て、炎がのびる。下から見あげると、それはまるで天に昇ろうとしているようだった。

「見事ですね」

ヨキはいう。寒冷地での焚火《たきび》は難しい。それでもヤポは、二人に火床をつくらせ、乾いた枝を選び、ときには濡《ぬ》れた表面を削らせて、これほどの大きな炎をおこしたのだ。

「なんだか厳かな気持ちになりますよ」

星空の下、舞いあがる炎。それは太古の昔に人がはじめておこした、原初の火のように思えた。古来、炎は神聖なものだった。信仰の対象となり、火祭りという形で継承される文化も多い。この炎の力で天をも動かせると思えるほど、幻想的な焚火《たきび》だった。

「たしかに、なにかが起きそうな気がするよ」

シュカがいうと、「起きはしないよ」と、ヤポはいった。

「もう私の焚火《たきび》に力はない。儀式をして、タキリにカムロの地位を譲ったことを霊峰に告げたからね。この炎はただの祈りだよ。命脈尽きようとしている老人の、最後の祈りさ──」

しかし、その祈りの炎が天に通じたのか、翌日から不思議なことが起こりはじめた。

◇

ユカラが赤い石を拾ってきた。朝、水を汲《く》みに沢にいったところ、帰り道の雪原でみつけたという。なにかの結晶のようで、ガラスのように透き通っている。さわってみてというので、ヨキはそれを手のひらの上に乗せてみる。すると、ほんのりと温かかった。

「山からの贈り物だよ」

ユカラは嬉しそうだった。タキリはそれをじっくりと眺《なが》め、窯の神が宿っているのだろうといった。ユカラはその赤い石をヤポの布団のなかに入れた。

狩りにゆけば、シュカが樹氷のわきに黄金に輝く花をみつけた。花弁の一枚一枚が雪の結晶のような形をしていて、この氷の世界で咲いていることも含め、セントラルの常識では考えられないものだった。最初はなんの花なのかわからなかったが、試しにユカラが枕元に置いて寝ると異国の夢がみれたという。幻覚作用のある物質を放出しているのではないかと、シュカが気密性の高い袋に入れて枕元に置いて寝たところ、やはり不思議な国の夢をみたという。

「先輩の妄想の産物なんじゃないですか」

「そんなことないって。だとしたら凄《すご》い想像力だよ。服も、価値観も、しっかりとあって、不思議な人たちもいたんだから。ヨキもためしてみなよ」

「また今度にします。強固な世界が構築された夢なんて、怖いじゃないですか。その世界から、戻ってこられなかったらどうするんですか」

ほとんど冗談だったが、シュカはそうだねとうなずいた。

「多分、この里には不思議なことが本当にあるんだよ。スケールは小さくてもね。もともと科学で解明されないことは全部超常現象だったんだ」

「つまり、神々と生きるこの里には、まだ科学では解明できないことが残っている、と」

「うん。カムロだってさ、実際、私たちには理解不能なところがあるでしょ」

出会ってすぐのころ、タキリから「お前たち、空からきたのか?」といわれた。セントラルの存在を知るよしもない。なぜそう思ったのかとヨキが聞き返したところ、二人からは大地の香りがせず、雲の上の風景がみえたという。

「まあ、たしかに不思議なところはありますね。それは認めましょう」

集まってきた不思議なものの全てがよいものというわけではなかった。

ヨキとシュカが食料調達のため、凍った湖面で釣りにいそしんでいたときのことだ。これはでかいですよ、とヨキが得意満面で釣り糸をたぐり寄せてみれば、魚ではなく短剣が糸にからまっていた。この地方の刃物は全て片刃にもかかわらず、釣りあげたそれは両刃だった。さっそく持って帰ってみると、「これは悪い神が憑《つ》いている。とても邪悪なものだ」と、タキリはその短剣を、まじないに使う木偶《でく》人形と一緒《いっしょ》に、外の軒先にならべて吊《つ》るしてしまった。

「どうやら、ライラケレの里における神様とは、全能の唯一神とは違うみたいですね」

「そのようだね。人の手に余るもの、不思議なもの。良いも悪いもふくめて、すべてを神として敬っているといったところかな」

ヨキとシュカは、軒にぶらさがり風にゆれる短剣を眺《なが》めながらいう。

「悪い神が憑《つ》いてるって、どういうことなんでしょうね」

「妖刀ってことじゃない？　あったよね。当主を殺しつづける名刀が」

「ああ、そういえば一度調査しましたね。ルグレンライトが含有されてたんでしたっけ」

ルグレンライトとは、発見者ルグレン・アセデートの名を冠した鉱物で、闇の鉱物と呼ばれるほど毒性が強く、そばに置いているだけで頭髪が抜け、発がん性も強い。妖刀の刃にそのルグレンライトが含まれていたのだった。つまり、持ち主が代々短命になっていたのは、呪いでもなんでもなく、鉱物の毒性によるものだったということである。

「この短剣も、そういうからくりなのかね」シュカがいう。

「どうでしょうかね」

風が吹くたびに短剣がゆれ、なぜか人形の首筋ばかりを傷つけていた。

最後にやってきたのが、ユカラが「走る金色《クルルエンケ》」と名づけた、金色がかった体毛を持つ犬のような、狐《きつね》のような獣だった。樹氷の林のなか、トラバサミに足をかまれていたのを、狩りをしていたタキリがみつけたのだ。

「ラガシュの連中の仕業だ。ここは神々が住まう地で、時折、神宿りの獣や、あの赤い石のようなものをみつけることができる。街の奴《やつ》らはそれを遠くの街に高く売るために、こうやって罠《わな》をしかける」

クルルエンケは怪我《けが》をしていたため、家のなかで飼われることになった。シュカとユカラは、どちらがクルルエンケを膝に乗せるかでよくケンカをした。ユカラは子供で、シュカは大人である。クルルエンケは膝に乗せられても、毛をなでられても、素知らぬ顔をしていた。

金色の体毛は暗闇でも薄《う》っすらと輝いていて、手足の先の毛が黒く、どことなく誰にもなつかない気品があった。そのたたずまいは、普通の獣とは一線を画していた。右の前足に包帯を巻き、ユカラやシュカに抱かれていないときは、部屋のすみで静かにしていた。

「御山から多くのものが贈られた。どれかが春を迎える神の使いで、もう儀式をおこなえるのではないのか」

タキリがいう。ヤポも起き出し、五人で囲炉裏《いろり》を囲んでいるときのことだ。夜で、外は猛吹雪だった。風が戸を叩《たた》いている。まるで、冷気がわたしを入れろ、とでもいっているようだった。

「天の時を待ちなさい」ヤポはいう。「私のときはアユハラヤの使いである白い鳥が全身を赤く染め、尾に火を灯《とも》して、それを儀式に使った。神の使いは必ず、天の時がくれば、我々にその時を知らせてくれる。無理やりにするものではないよ。神の使いが明確な意志を伝えて、お前は確信と共に儀式をおこなわなければいけない」

ヨキはそれを聞きながら、そうやって待ちつづけていれば儀式などなくても春がくるのではないかと、身も蓋もないことを思った。一方のシュカは、完全に現地民として溶けこんでおり、ふむふむと真剣な顔でうなずきながら聞いている。

「じゃあ、どれが春を告げてくれるんだろうね。かつては植物もあったという話だから、あの金色の花であるかもしれないし、赤い石ということも考えられる」

シュカがいうと、ユカラは首を横に振った。

「絶対、クルルエンケだよ」

「どうしてそう思うの？」

「だって、こんな不思議な獣、他にみたことないもの。かわいいし」

カワイイのは同意するけどね、とシュカは部屋のすみにいたクルルエンケに手を伸ばすが、するりと逃げられる。クルルエンケはあくびをして、尻尾を振り、タキリが用意した藁《わら》くずの寝床へと入っていった。

「それはそうと、外にぶらさげてる短剣の線はないのかな？」

ヨキがたずねると、あれはよくないものだとタキリはいう。彼には、短剣に宿っているものがはっきりとみえるのだそうだ。タキリは苦々しい顔をしながらいう。

「黒い異国の女だ。年齢はわからない。顔が潰れてしまって、とても悪い神となっている」

「ふうん」

冷気が部屋に入ってきたのか、ヨキは背筋に冷たいものを感じて肩をすくめた。

ヨキとシュカは、ライラケレの里で不思議な日々を送った。

夜コツコツと戸を叩《たた》く音があり、タキリに「絶対に出てはいけない」といわれたり、昼間、男の子と雪合戦をして遊んだのだが、目を離したすきに忽然《こつぜん》と消え、里の人にたずねてみればそんな子は知らないといわれたり。

「いつもはここまで不思議じゃないよ。まるでヨキとシュカが呼び寄せているみたい」

ユカラはそんなことをいっていた。

タキリとユカラは春の到来に希望を募らせていた。

一方で、ヤポの体調はよくなかった。赤い石の熱だけではヤポの体調を支えられなくなっていたのだ。明らかに病と、冬型の栄養失調を併発していた。寒い場所では生きているだけで身体《からだ》の熱量が奪われるため、普段よりも、多くの栄養が必要になる。

夜、シュカは布団の上に座り、ヤポが眠る部屋のすだれをみつめていた。手にはセントラルから支給された栄養剤のタブレットが乗っている。ヨキは布団をかぶったまま見守っていたが、シュカはやがてそのタブレットを自分の口のなかに放りこみ、ガリガリと噛《か》み砕《くだ》いた。

「僕は見逃すつもりでしたよ」

「だろうね。でも、これはユカラの凍傷とは違うんだ」シュカはいう。「凍傷は治して、再発しないように気をつければいい。けれど栄養状態は継続的なものだからね。里の他の老人たちだって似たような状態になっている人も多いし」

文明が高度化していない段階においては、体力のない子供や老人が冬を越えられるかどうかはいつでも大きな問題で、ある種、冬に老人が死にゆくのは自然の摂理ともいえた。つまりヤポを助けるというのは、文明が普遍的に直面する潮流への介入といえ、シュカといえどもさすがに、そこまですべきではないと考えたのだろう。

「こういうとき、私はやっぱり、ただの空からきた傍観者なんだって思う。安全圏のなかから他人の苦労を眺《なが》めて、なんて卑怯《ひきょう》な奴《やつ》なんだろうね」

「生まれた場所や今いる立場というのは、なかなか選べるものじゃないですよ」

「そうだね。こういうときは、ホント、祈るしかないね。ライラケレの里の人々が、みんな幸せになりますようにって。ああ、早く春がこないかなあ。私も寒いのは苦手だよ」

しかしシュカの祈りが届くことはなかった。

二人で沢にゆき、釣りをしているときのことだ。ヨキの携帯端末が震えた。

「先輩、調査局から連絡入ってますよ」

空中にディスプレイを表示する。

「帰還命令？　まだ調査期間の途中でしょ。向こうから長期派遣しておいて、なにさ」

シュカは釣竿《つりざお》をあげ、エサだけなくなっているのをみて、悔しそうな顔をする。このごろ魚が賢くなって釣れなくなってきているのだ。

「先輩、件名だけじゃなくて、ちゃんと本文も読んでくださいよ」

「どれどれ」

シュカがディスプレイに顔を近づける。表情がどんどん曇っていく。

「まずいね」

「ええ。まさか熱塩循環が停止するなんて」

それはこの地域の長期的な寒冷化を意味していた。

◇

海水は、海流や深層から湧きあがる力により、常に循環している。セントラルからの連絡によると、ライラケレの里がある大陸周辺で、その循環が停止してしまったという。この地域は、温暖な地方からの暖流と、海底火山が熱した深層の湧昇流により海水温が保たれていた。その暖かい海面温度が大気に影響し、人の住める環境となっていたのだが、その海水の循環が停止したとなると、残るのは寒流と冷やされた表層の海水だけになる。

「循環の停滞によって異常気象が起きて冬が長引いていたわけですけど、まさか停止するところまでいくとは。これは本当に氷河期の到来かもしれませんね」

「熱塩循環の停止による寒冷化現象か。名前なかったっけ？」

「初めて観測された地点の名にちなんで、カーセルレート・イベントと呼ばれていますね」

ヨキとシュカは屋根にのぼり、鋤《すき》を使って、雪を落としていた。建物が雪の重みで潰れないようにするためだ。タキリたちの住む丘の上の家ではない。働き盛りがいない、里の老人の家をまわって、手伝いをしているのだった。

「カーセルレートでは何年くらい寒冷化がつづいたんだっけ？」

「十数年気温が下がりつづけて、そこから三百年ほど氷に閉ざされたと研修で習いましたよ」

シュカはセントラルからの帰還命令に対して、即座に、調査目的の変更という手段で対抗した。『カーセルレート・イベントの推移及びそれにともなう民族移動の相関性』という、いかにもな目的をでっちあげ、調査官規則の該当条文まで添えて調査を継続させた。カーセルレート・イベントはたしかに希少な現象で、上層部としては却下する理由がない。あるとすれば、二人の勤務態度がすこぶる悪いということくらいだが、そこは小言をいわれる程度で済んだ。

「よくもまあ、あんな悪知恵が働きましたね。しかし先輩、いつまでいるつもりなんですか。本当に氷河期がきてしまったのなら、春を待っていたら一生戻れませんよ」

「申告した調査目的の通りさ。民族移動。冬があけなければ、住処《すみか》を移すしかない。その臨界点はもう近いと思うんだ。そこまでは見届けたいところだね」

乗りかかった船だし、とシュカはいう。

「空から観測して、寒冷化にともなって人々が移動しましたと考察するのは簡単さ。一行で済む。でもそれじゃあ、あんまりだよ。そこには血の通った人たちがいて、本当に凍えて、哀しみと共に故郷を捨てる選択をする現実があるんだ。だからせめて、居合わせた私はそれをこの目に焼きつけようと思うんだ。カムロとしての責任に耐えるタキリ、そんな兄を想うユカラ、弟子を導くために弱った命を繋《つな》ぐヤポ。彼らのことを、誰も知らない物語にはしない。きちんと記録に残したいのさ」

「どうせ記録調書《サーチレコード》を作るのは僕なんでしょうけどね。先輩、書類仕事から逃げまくるし」

ヨキがいうと、シュカは沈黙したのち、「おっと手が滑った！」と鋤《すき》に乗せた雪をヨキの顔にかけた。ヨキも、よろしい、と応戦する。二人はしばらく激戦を繰り広げたのち、我に返る。

「それに、私たちはカムロの力を非科学的なものって心のどこかで思ってしまっているけど、もう少し信じてみようよ。実際、この里で起きていることは不思議なことばかりなんだから」

たしかに、とヨキは同意する。雪の結晶の形をした花弁を持つ花、熱を発する赤い石、いずれも科学的に説明できないものばかりだ。軒先にぶらさがった短剣も、すでに三体の木偶《でく》人形の首を斬り落としている。

「待ってみようじゃないか。神々とタキリが、カーセルレート・イベントを覆《くつがえ》して、春をよべるかどうかを」

非科学的な力が科学を覆《くつがえ》す。それこそが想像を越えた新たな発見。エウレカ。その片鱗《へんりん》をみせたのは、やはりクルルエンケで、ヤポがその心臓の動きを止めたときのことだった。

◇

朝食を食べようと、起きだして囲炉裏《いろり》を囲みはじめたときのことだった。ヨキがお椀《わん》を手に、寝ぼけた顔であくびをしていると、ヤポの寝床から、ユカラのすすり泣く声が聞こえてきた。どうしたのかと部屋に入ってみれば、ヤポは目をつむり、微動だにしない。そして、その体にすがってユカラが泣いていた。おくれてやってきたタキリがヤポの首筋に手をあて、無念の表情を浮かべる。ヨキも口元に顔を近づけ、呼吸がとまっていることを確認した。

「まだ体が温かいですね。息を引き取ったのは、今しがたといったところでしょう」

ヨキがいう。そのときだった。するりとクルルエンケが入ってきて、ヤポの体の上に両の前足を置いた。お前も悲しんでくれているの？　と、ユカラがいうと、違うよといわんばかりにふわりとした尾でユカラの顔をなで、あくびをする。呑気《のんき》なやつだとヨキが思っていると、小さな黒みがかった足の下で、ヤポの身体《からだ》が跳ねた。二度、三度。四度目で、ヤポが咳《せ》きこむ。

「ヤポ！」

跳ね起きたヤポの背をタキリが支《ささ》え、さする。ヤポはなにが起きたかわからないというように目を見開いていた。ヨキとシュカも驚きを隠せない。たしかにヤポの呼吸はとまっていたし、脈もなかった。

「私はみたよ」とヤポがいい、「なにを？」とタキリがきく。

「冥府の門さ。そこに入っていこうとしたんだけど、金色の光が広がってね」

ヤポは畏敬の念のこもった表情でクルルエンケをみつめる。クルルエンケはもう興味を失ったとでもいうように、藁《わら》の上に戻って丸くなった。

「タキリ、お前のもとにはとても素晴らしいものがきてくれたのかもしれないね」

神の使いが春を告げる時を待ちなさい、とヤポはいった。クルルエンケはそれから、二人の老人を蘇生《そせい》させた。ヤポのときと同じように、息を引きとったもののところにあらわれ、前足をつき、死の眠りから起こした。トラバサミで負った前足の怪我《けが》が癒えるほどに、その力は強まっているようだった。ヤポのときにやってきたアユハラヤの使いが、尾に火を灯《とも》したように、クルルエンケが時を告げるのをタキリは待った。

「クルルエンケは生死を司《つかさど》るものなのだろうか」

ある夜、タキリがたずねた。ヤポは、わからないと首を横に振った。

「いずれにせよ、とても偉大な神の使いだろうね。私も長く生きたけれど、ここまで不思議なことをしたものはみたことがないよ」

人を蘇生させたことから、生死を司《つかさど》る超常の存在かとヨキも考えた。とある国を訪れたとき、電脳の世界で、生と死の帳面を持つそれらしい存在と出会ったことがある。しかし、そうではなかった。ヨキとシュカがまたもや沢で釣りをしていたときのことである。

クルルエンケが軽い足取りで、雪原を歩いてやってきた。ヨキとシュカには目もくれず、沢に入ってゆく。なにをするわけでもなく、浅瀬に足をつけ、じっとしている。

「なにやってんだろうね？」

「さあ？」

ほどなくして、水面にたくさんの魚が腹をみせて浮かびあがった。クルルエンケは、拾ってこいとでもいうように二人に一瞥《いちべつ》をくれると、また軽やかに去っていった。竹の網で魚をすくってみれば、死んでいるのではなく、痙攣《けいれん》して気絶しているだけのようだった。

「生死を操ったって感じじゃないんだよね」

「ええ。クルルエンケはそういう概念的な感じがしないんですよ。以前に邂逅《かいこう》したウーチェンの父親らしき存在とは違う、もっとソリッドで、自然の手ざわりを感じるんです。タキリには悪いですけど、超常の存在ではなく、科学的な説明がつきそうな気がしています」

真相に気づいたのは、息を引き取った老婆の家にいったときのことだった。そのころにはクルルエンケは里で有名になっており、そのときも家族が丘の家にやってきて、老婆の蘇生を頼んだ。しかし、つれていってみたものの、クルルエンケは老婆に近寄ろうともしない。

「先輩、気づいてます？」

「うん。クルルエンケは死者を蘇生させるときとさせないときがあるね」

「ええ。いくつか法則性があるんですよ。例えば、死後、時間が経過しているときは絶対に蘇生させない。あと、明らかに怪我《けが》で亡くなったときも。僕にひとつ考えがあります」

ヨキは夜、タキリたちが寝静まったあとで、クルルエンケを部屋につれてくる。クルルエンケは誰にもなついていないが、丁寧にあつかえば、素知らぬ顔でなすがままになってくれる。

「じゃあ、クルルエンケについての科学的な見解を聞こうか」シュカがいう。

「まあ、みていてください」

ヨキは携帯端末にケーブルを繋《つな》ぐ。未開の地の調査では、それをぜんまい式の手動発電機に繋《つな》いでは、ちまちまと充電をおこなっている。しかし今、ヨキはそのケーブルの先端を手動発電機ではなく、クルルエンケへとむけた。背から腹にかけてなぞってみる。そのとき、ほんのわずかの瞬間ではあったが、ディスプレイに充電中のアイコンが表示された。

「みました？」

予想通りのことが起き、ヨキが喜声をあげる。それをわずらわしいと思ったのか、クルルエンケがケーブルの先端を前足で蹴る。すると端末は電圧異常のアラートを鳴らした。

「もう、わかりましたよね。クルルエンケは、電気を発することができるんですよ」

クルルエンケが動くたびに、ディスプレイでは充電中のアイコンが明滅した。

「なるほどね。死者の蘇生は電気による心臓の再始動だったわけだ」

ゆえに心肺停止から時間の経過したもの、怪我《けが》で亡くなったものの蘇生はおこなわれなかったのだ。沢でクルルエンケが足をつけるだけで魚が浮かびあがったのは、電気を流して感電させたに違いない。

「そういえば自然界にはいたね。すごく珍しい奴《やつ》。一属一種、頭がプラス極で尾がマイナス極の電気を発生させるお魚さんがさ」

「ええ。川に入った人間がうっかり踏んでしまって不整脈をおこす事例も多いですから、逆にとまった心筋を動かすこともできると思うんですよ。理論上はですけどね。心臓を再始動させるなんて、電圧の調整がかなり精緻にできないといけませんし。しかし、クルルエンケは平気なんでしょうかね。そもそも電気というのは自然界においては強すぎる力です」

「文明の初期には雷信仰がおこるくらいだしね。雷は『鳴る神』だ」

「そんな強い力をクルルエンケはどうやって使ってるんでしょう。身体《からだ》のなかに電極となる部分があるとして、そんなエネルギーを発生させたら自分も感電して傷つくはずです。あの一属一種の魚は分厚い脂肪を絶縁体としていましたけど。お前、本当はデブなのか?」

ヨキがいうと、クルルエンケはさも不満そうに鼻を鳴らす。とたんにヨキの髪の毛が逆立った。周囲に静電気が発生したようだ。

「こんなカワイイ電気ワンコちゃんにデブなんていうからだよ。ん〜、やっぱ電気キツネかな? いや、やっぱワンコでしょ。よしよしよしよ〜し」

シュカが抱きしめ、頬ずりをする。すると今度はシュカの髪の毛が逆立った。クルルエンケの毛に顔をうずめるたびに、ばちばちと痛そうな音が鳴っている。

「先輩、うっとおしがられてますよ」

「そんなはずないよ。イタタ。私はケモノと心が通じあってるからね。イタタタタ」

「いずれにせよ、クルルエンケには生物界に似た事例があるというわけです。心臓にピンポイントで電気をあてるような精密で高度な操作ができるのはこのケモノだけでしょうけれど」

ライラケレの里における、春を迎えるという儀式。ヨキの頭のなかには、ある科学的な説明が浮かんでいた。

「僕は思うんですけど、この地域には春を察知する特殊な生物がいるんじゃないでしょうか」

動物たちのなかには、人間に知覚できないものを感じ取ることができるものが数多く存在する。人にはわからない匂いをかいだり、聞こえない周波数の音が聴こえたり。それらと同じように、人よりも鋭敏に季節の到来を察知する動物や植物が存在するのではないか。

「春の到来を感じると、その動物や植物は身体《からだ》が変化するんですよ。例えば、白い渡り鳥のなかに、特殊な個体がいて、春と共に羽毛が赤くなる」

「ヤポに春を告げていた使者だね」

「ええ。カムロというのは、そういう動物たちのサインをみつける観察眼に優れた人間なんじゃないでしょうか」

「なるほどね。神の使者も、カムロも、自ら春を迎えているのではなく、その訪れを人よりも早く感じ取っていると」

「ええ。そしてこの科学的な説明は希望でもあるんです。クルルエンケは異質で、特殊な個体です。最近、電気の力が強くなっているのは、ヤポの渡り鳥が、羽毛を赤くしたように、春の到来を予感してるのではないでしょうか。電気ですから、地軸の傾きによる磁場の変化が影響しているのかもしれません。磁気と電気は密接不可分ですし。まあ、メカニズムはクルルエンケを解剖してみないとわからないでしょうけどね」

ヨキがいったところで、クルルエンケが前足で床を叩《たた》いた。ヨキは冗談だよ、と平謝りする。

「クルルエンケが電気を帯びている限り、この地に春がくる可能性は残されていると思うんです。熱塩循環が停止したといっても、一時的な停止かもしれませんし、その観測はセントラルの人間の手によるものです。クルルエンケの体内にある器官は、人やその観測システムより鋭敏に、熱塩循環の再動の予兆を感じ取っているのかもしれません」

「そうだといいねえ」

しかし調査らしくなってきたね、とシュカの顔は嬉しそうだ。

「いいじゃないか、未知の獣と季節の到来の関係性。すごくいいよ、是非とも解き明かしたいね。そして、動物や植物が人のために春を知らせにくるような共生関係が成立しているのだとしたら、すごくいい。そういう優しい世界であって欲しいよね」

世界の秘密を教えておくれ、電気ワンコちゃん。といいながら、シュカは静電気にもめげず、クルルエンケをめでつづけた。季節の到来を察知する動物との共生。それはとても面白いテーマに思えた。しかし、その仮説の証明は突如として困難なものになる。

鍵となる存在、クルルエンケが強奪されたのだ。

◇

昼、ヨキが薪《まき》になりそうな木を拾って戻ってきたときのことだ。

丘をのぼっている途中で、家からユカラの悲鳴が聞こえてきた。その調子から、ただごとではないとわかった。すっかり釣りにはまったシュカは朝から湖にいっており、家にいるのは他にヤポとタキリだけだ。

ヨキは、雪の上を走りだした。そしてたどりついたと同時に、板戸が突き破られて大柄な男が倒れてくる。ヨキが飛びのくと、その男は背中から地面に仰向けになった。みれば、クルルエンケをかかえ、苦悶《くもん》の表情を浮かべている。クルルエンケの体をつかむ両手に熱傷ができていた。感電しているのだ。

「たかが犬ころ一匹になにやってんだ、情けねえ」

さらに大柄で、浅黒い肌の男がでてくる。あっけにとられるヨキをしりめに、腰にさげていた長刀の鞘《さや》で、したたかクルルエンケをうった。頭を二回、腹を一回、その動作は素早く的確で、すぐにクルルエンケはぐったりとして動かなくなった。

「ちょいと不思議な奴《やつ》だが、獣は獣よ。扱い方に変わりはねえ。ほら、ぼさっとしてねえで、袋に入れてそりに乗せろ」

指図を受け、熱傷を負った男はいそいそと立ちあがり、背中にかけていた麻袋にクルルエンケを入れた。ヨキはこの事態にどうすべきか逡巡《しゅんじゅん》する。タキリのためとはいえ、地上の人間の争いに介入していいものだろうか。しかし、結論を出さぬうちに、浅黒い肌の男に、問答無用で剣の鞘尻《さやじり》を額に叩《たた》きつけられた。しりもちをついたところで、抜いた剣を眼前に突きつけられる。ヨキの眉間《みけん》からは血が滴《したた》った。

さらに家のなかから、タキリが色白の長身の男と組みあいながら転がりでてくる。二人は互いに体を離したところで短刀を抜いてかまえた。

「タキリ、そいつを捨てろ」

浅黒い肌の男にいわれ、タキリはヨキを一瞥《いちべつ》し、惜しげもなく短刀を捨てた。ヨキが痛恨の表情を浮かべると、「どうせかなわない」とタキリはいう。右の瞼《まぶた》が腫《は》れあがっていた。

「コウザは里で一番の狩人《かりゅうど》だった男だ」

浅黒い肌の男がコウザというらしかった。齢《よわい》三十くらいで、筋骨隆々といった体格をしている。眼光が太く、まるで猛禽類《もうきん》のような顔立ちだった。他の二人は手下といったところか。

「何年も前に里を捨て、ラガシュの街へと走った男だ。魂まで汚れてしまったのだろう。こうやって里に戻ってきては、山や森でみつかるものを奪って街で売っている」

「おいおい、人聞きの悪いことをいうなよ」

コウザがいう。

「ここら一帯の土地は全部俺のものなんだぜ。そう、台帳に書かれてるんだ」

「ここは神々の土地だ。誰のものでもない」

「そう思ってるのはお前らだけだ」

街では所有権の概念がすでに整っているのだろう。そして里の人たちが知らないうちに、コウザのものとなった。コウザはいかにも盗賊のようにみえるが、もしかしたら街ではそれなりの地位にいるのかもしれないとヨキは思った。

タキリとコウザが話しているうちに、手下のひとりがそりにクルルエンケの入った麻袋を乗せる。そりの前には短足の馬が二頭繋《つな》がれていて、三人はどうやらこれに乗ってきたようだった。色白の手下が赤い石と金色の花を持っている。

「売るのか」タキリがきく。

「里でとれる神宿りのものは高く売れる。だが、そうだな。今回のは売らねえかもな。あの犬は人を生き返らせるんだろう？　だったら手元に置いて、死んだ人間のところに連れていったほうが金になる。家族がたんまり払ってくれるだろう。この赤い石も、お前が春を迎えられないなら持っていようか。寒いしな」

タキリの表情が怒りにかわる。コウザは、そう怒るなよと肩をすくめた。

「冗談だよ。俺は春がこないことをお前のせいだなんて思ってねえよ。里の人間は知識がねえからカムロの力が足りねえと思ってるだろうがな。北の寒い空気がいつもより長くとどまってるだけだ。街にはそういう知識が溢《あふ》れてるんだぜ。まあ、知っていたところで天気やその寒い空気をどうこうできるわけじゃねえけどな。いずれにせよ雪解けが遅くて、街も困ってる。色々と金がいるから、こうしてやってきたというわけさ」

「コウザさん」色白の手下が呼びかける。「こいつも神宿りの品ですかい？」

軒下に吊《つ》るされている短剣を指さしていう。そして一緒に吊《つ》るされたまじないの人形と共にコウザに投げ渡した。

「異国の短剣か。短いのは好みじゃねえから、これは売っちまうか」

コウザはその抜身の短剣を帯にさした。

「コウザさん、あのユカラってガキはどうします？　この里の女は高く売れますよ」

「やめとけ。ここでユカラを縛りあげたら命のやりとりになっちまう。追い詰められたネズミは猫を噛《か》む。負けやしねえが、こっちが怪我《けが》してまでやることじゃねえだろ」

コウザはタキリに小さな革袋を投げてよこす。

「砂金だ。仕入れの代金は払っておくぜ。反乱でも起こされたらめんどくせえからな」

「こんなもの、里では必要ない」

「必要になるさ。お前たちは認めないが、ここはもうデケエ国の、ひとつの地方なんだ。抗《あらが》えねえよ。なあ、タキリ、いい加減賢くなれ。これからは金と力がものをいうんだ。祈りや神様なんて無力だ。オレは金のためなら、祈りも神様も、テメエらだって売る」

手下二人が荷物を積み終わり、ラガシュの街からきた三人の男が去ろうとする。そのときだった。屋根の上から、笑い声が聞こえてきた。

「運も尽きたな！　悪党ども！」

シュカが両腕を組み、屋根の上で仁王立ちしていた。気配をさとられないよう、まわりこんだのだろう。ユカラの悲鳴を聞いてすぐに駆けだしたヨキに比べて、おそろしく冷静だ。

シュカは屋根から飛び降りながら、稲妻のような蹴りをコウザに見舞った。

「こいつ！」

コウザは起きあがって長刀を抜いたが、それを鞘《さや》にしまい、かまえなおした。

「てめえは高く売れそうだな」

「悪いけど、シュカ様は非売品だよ」

シュカは落ちていた短刀を拾ってタキリに渡す。

「タキリがひとり、私が二人、ヨキが零人倒して終わりだね」

「こんなときまで僕の弱さを強調しなくていいんですよ！」

ヨキが言い終わるよりもはやく、シュカはコウザに、タキリは色白の男にむかっていった。

熱傷を負った男はそりのところに待機したため、二対二になり、タキリと色白の男は拮抗《きっこう》しているから、結局のところ、勝負の帰趨《きすう》はシュカとコウザに委《ゆだ》ねられることになった。

そしていうまでもなく、シュカが圧倒的に強かった。徒手空拳でも意に介さない。タキリが鞘《さや》に収まった長刀を振り下ろしてきたが、身を縦《たて》にして鼻先でかわし、民族服の垂れた袖でコウザの手首をしたたか打ち据え、長刀を叩《たた》きおとす。そこからは素手と素手、そうなれば、軍用格闘術を極めたシュカの独壇場だった。突きだしてきた腕をひねりあげ、コウザがそれを抜けるために体を回転させながら繰りだした後ろ回し蹴りをふわりとかわす。シュカが手を離した時点で、折れてはいないが、コウザの右腕は使いものにならない状態になっていた。

「私も命のやりとりまでは望んでいないからね」

シュカがぽきぽきと指を鳴らして、最後の仕上げに入ろうとする。しかし、コウザが帯のなかから取りだしたものをみて、シュカは動きをとめた。色白の男もそれをみて、同じ筒状の物体を帯から取りだす。ヨキは、タキリに近づいてはいけないと叫んだ。

「なんだ、知っていたのか」

コウザがシュカにその物体をむけながらいう。銃だった。雷管を使っていない、火打ち石を使った、もっとも原始的なフリントロック式の木製銃。

「ヨキ、あれはなんなんだ？」タキリがきく。

「凄《すご》い速さで小さな鉄の塊を撃ちだすんだ。あたったら、体に穴が空く」

シュカも動かない。フリントロック式の木製銃は一発しか撃てず、命中精度も粗悪だ。しかしこちらも、現地の服に身をつつんでおり、万が一にもあたってしまえば重傷は避けられない。

「そうだ、大人しくしてろよ」

コウザたちも木製銃の粗悪さを承知しているようで、こちらを制圧する気はなく、銃をむけたままそりへとむかっていく。三人はそりに乗ると、馬の尻を叩《たた》いた。丘をくだりながらぐんぐんと加速し、みるみるうちに遠ざかっていく。

「タキリ、弓だ！」

シュカが叫ぶ。タキリは弾《はじ》けたように動きだし、家のなかから弓と矢を持ってくる。

「あんなチャチな銃よりもシュカ様の弓の方が射程は広いって教えてあげないとね」

ギリギリと弓を絞る。ともすれば弦《つる》が切れてしまいそうなほど引いたのち、シュカはその強弓を放った。雪原に刺しておいた二本の矢をたてつづけに追い討ちで放つ。計三本の矢は驚くべき精度でそりに乗る三人にむかってゆく。狙撃の名手の妙技。

遠目にも三人の顔が引きつっているのがわかった。そりの上では身のかわしようもない。シュカの放った矢は、そりの進む速度まで計算されているように、精確だった。絶対あたる。誰しもがそう思ったが、そうはならなかった。

コウザが三本の矢を、すべて斬り落としたのだ。シュカの矢を妙技とよぶなら、コウザのやったことは神技だった。しかし、それをやった本人が一番驚いているようだった。斬り落としたままの姿勢で固まり、自身の右手を凝視している。その手には、あの短剣が握られていた。悪い神が宿っているとされる、軒先に吊《つ》るされていた短剣だ。

「なんなのさ、今の」シュカがいう。「あいつ、二本目と三本目は目で追うことすらできてなかったのに。まるで体が勝手に動いたみたいじゃないか」

「あの短剣が、コウザの体を操った」

タキリには、異国の女がコウザの体に重なったのがみえたという。タキリはそういったあとで、家のなかに入り、コウザが持っていたような長刀を板の間から出した。

「やめたほうがいいよ」

シュカが冷静な口調でいう。

「クルルエンケを取り返したい気持ちはわかるけど、返り討ちにあうだけだよ。街にはもっと大勢いて、たくさんの銃があるだろうから」

「あれはそれほど危険なのか」

「撃ちだされる鉄の塊はみえないし、あたれば基本的に負けると思ったほうがいい」

タキリはがっくりとうなだれた。

シュカも難しい顔をしている。相手が大勢であっても、セントラルの技術を使えばなんとでもなる。現地の服から調査局の服に着替えるだけで、木製銃や長刀の刃は通らない。しかしそれは、規則違反もはなはだしく、あまりにゆきすぎた介入行為といえた。

タキリは肩を落としながら家のなかへと入っていく。ユカラがそんな兄を励ましていた。

考えこむように目を閉じ、立ち尽くすシュカ。ヨキはその肩を叩《たた》いた。

「先輩の判断は間違っていなかったと思いますよ。薄情ないい方ですけど、命を投げだしてまでクルルエンケを取り返しにいく必要はありません。だって、ほら」

袖のなかに入れていた携帯端末を取りだし、先ほど入ったセントラルからの連絡文書を表示する。そこには熱塩循環が再始動したと記載されていた。

「つまり、氷河期は回避されたってことか。やっぱり、クルルエンケは感知していたんだね」

「はい。そして、おのずと春はきますから、迎える必要はないんですよ」

僕たちの調査も終わりです、とヨキはいった。

◇

湖面の上を歩く。足元も白く、雪原も白く、見渡す山々も白い。青い空すら、白みがかってみえる。閉ざされた凍結世界のようだが、足元では氷の軋《きし》む音が音楽のように奏《かな》でられていた。海水の循環が再び始まったおかげで温度が上がり、氷が解けはじめたのだ。

「あのときはよく踏みとどまりましたね。絶対、取り返しにいくと思いましたよ」

ヨキは隣を歩くシュカにむかっていう。シュカの性格からすれば、タキリと手を組んで、ラガシュの街に乗りこんでもおかしくはなかった。

「どっちが正しいかわからないんだよ」とシュカはいう。

「タキリか、コウザかですか？」

「ううん。私がわからないのは、タキリがこのままの生活をつづけるべきか、やめて街におりるべきなのか、どっちが幸せかなってこと。今の生活をつづけることを肯定するのは簡単なんだけどさ。昔ながらの暮らしを守って、自然の掟《おきて》を守って生きていく。それってとても美しい響きがあって、いってる方も聞いてる方もすごく気持ちいい」

「でもその全てを肯定しづらいと思っているんですね。先輩は」

「うん。私たちはさ、こういう文明の流れをたくさん学んだし、みてきた。その例からすると、タキリがこの里の暮らしを守りつづけていたら、待っているのは悲劇なんだよね」

貨幣経済や所有権、銃のような武器の近代化がはじまれば、それらの文化の浸透力の方が圧倒的に強い。いずれ、古いものを守っているものたちは駆逐される。蛮族《ばんぞく》として滅ぼされるかもしれないし、新しい社会の貧困層として取りこまれるかもしれない。

「コウザの方が新しい環境に適応したといえるんだ。それって生物的な強さだよね。適者生存」

新しい環境に適応せず、古い生活を守ることは滅びに繋《つな》がる。そんな事例をみてきたがために、タキリたちの考え方を全面肯定できず、シュカは悩んでいるようだった。

「やっぱり、人間は生きていてこそだし、幸福である方がいいと思うんだ。そうなると、今の生活をつづけると、それはとても美しいんだけど、本当にタキリにとって幸せなのかな？　だって、私たちは彼らのやり方が、破滅に繋《つな》がる事例を星の数ほど知ってるんだ」

「文明は進みつづけなければ、自然の力によって滅びるか、他の進歩的な文明に併合される。とどまることは許されない、不可逆性。難しい問題ですね」

だからこそ、その選択に介入しない方がいいんじゃないですか、とヨキはいう。

「もはや部外者がどうこういっていい問題ではないでしょう」

「そうかもしれないね。というより、そうなんだろうね。私も、タキリたちに委ねるべきだと思う。願わくば、彼らが幸せになるような選択をして欲しいね」

二人は残った調査期間で、文明の行く末について時間をかけて話しあった。とどまりつづければば滅んでしまうし、進みつづけてもまた滅んでゆく。今のところ一番進みつづけたセントラルですら滅びの予兆からはまぬがれていない。文明もまた、生命のように永続性はなく、世界において代謝していくものなのかもしれない。

　議論をしているあいだにも、セントラルの観測通りに、気温は上がってゆく。しかしライラケレの里の人々は、神の使者が連れ去られたため、もう春はこないと悲観的になっていた。

　一度は、タキリの家のある丘に、弓や槍《やり》を持った里の人々が集結した。クルルエンケを取り返しにいこうというのだ。ヨキは彼らの命を危ぶんだ。シュカなどは犬死にだからやめなさいと、あと少しでいいそうになっていた。けれど、現地の人たちの選択に口を出すべきではない。

　そんな二人にとってまだましと思える結果に落ち着かせたのは、皮肉にもコウザだった。

　コウザはラガシュの街の憲兵隊長を務めているようで、里で蜂起の兆《きざ》しありとの報《しら》せをうけ、手勢を率いてやってきた。コウザは銃の威力をみせつけ里の人々の意気をくじき、武器のほとんどを回収し、里の長を連行して去っていった。

「激突して、全滅するよりまし。ゆるやかに併合された方がいい。そんなことを私は思っちゃったよ。優しさやロマンが足りないのかもね」

　シュカが自嘲的にいう。「現実的なだけですよ」とヨキは返した。

　里の人々の嘆きとは裏腹に、気温《きうん》は上がり、雪は解け、それは川となった。ほどなく過ごすうちに、雪はきれいさっぱり消え失せた。里の人たちも、一度は春がきたと喜んだ。これで寒くない、飢えなくてすむ、と。

「さて、僕たちも帰りましょうか。途中で強引に調査目的を変更したりしましたから、それ相応のボリュームのある報告書が求められますよ」

文字の多さで資料の出来を判断する愚かな人類よ、とシュカはうめいた。

しかし二人はライラケレの里を去らなかった。

あまりに異質な光景が目の前にあらわれたからだ。

黒々とした土が広がる大地、転がる灰色の石、枯れ枝のように葉をつけない茶色い木々。空は恐ろしいほど青いのに、その下には黒と灰と茶しかない。まるで戦後の焦土のような光景だった。生命のない、冥界のような光景。

気温が上がり、雪が解けたのに、緑が芽吹かず、生物は姿をあらわさない。

「非科学的だ」

ヨキは丘の家から風景をみおろし、愕然《がくぜん》とした。

そして、こういうしかなかった。

春が、きていない。

◇

気圧も、温度も、データ上はその全てが春を告げている。しかしライラケレの里だけでなく、この地域周辺には生命というものが欠落していた。木々の緑も、地面から生えるべき草も、まったくもってみあたらない。動物の姿もみえず、雪が積もっていたときのほうがまだみつけられたくらいだ。

「どういうこと？」

シュカがいう。異常を察し、タキリとヨキと、里の周辺をみまわっているときのことだ。

「春は目覚めの季節だ。春がきていないから、目覚めない」

タキリは土をさわり、掘りながらいう。どこにも草は生えておらず、その兆候すらない。

洞穴にゆき、奥をみれば冬眠している熊の親子がいまだに眠っていた。本来なら、起きだす時期、気温にあるというのに。幹の中のリスもそうだった。

「どんどん痩せている。このまま眠りつづけていれば、いずれ死に至るだろう」

異変は加速度的に増していった。

冬眠をしない、今まで起きていた生物たちまでもが眠りはじめたのだ。野ウサギも、野生の馬も、鹿も眠っている。魚も水底で眠っているのか、まったく釣れなくなった。

里からは何度もラガシュの街に使者を送った。春がこないのは神の使いを連れ去ったからで、神宿りのものを返して欲しい、と。しかしみなすぐに追い返された。クルルエンケは蘇生をおこなわなくなったため、見世物にされているという。

そしてついに、人まで眠るようになってしまった。その場で崩れ落ち、寝息を立て、声をかけてもゆすっても目覚めない。それは放っておくと里が滅びゆく、危機的な状況だった。

春がこないから、目覚めることができず、みな眠りにつく。そして飲まず食わずで眠りつづければ、やがて衰弱して死に絶えるだろう。

朝起きだしてみると、タキリが床下から、わずかに残った武器である長槍と太刀を取りだしていた。しかしその動作は緩慢で、態勢を崩したところを、ヨキが支える。

「ひどく、眠いんだ」

「僕とシュカ先輩は全然平気なんだけど」

「ここの土地のものではないから、それほど影響を受けないのだろう。我々は長くここに暮らし、土地のものを食べて育ったから。年をとったものから眠っていて、子供はまだ元気だ。そういえば、ユカラは？」

タキリは思いついたように、棚に手を伸ばして、短刀がないと呟《つぶや》く。事態を察したシュカが外に出て、そりがなくなっていることを告げる。おそらくユカラは、クルルエンケを取り返すため、一人でコウザの所へ乗りこんでいったのだろう。

タキリは太刀を杖《つえ》のようにして立ち上がろうとするが、眠気に勝てないようで、その場に崩れ落ちてしまう。

「ユカラを」

そう言い残して、眠ってしまった。

シュカに迷いはなかった。民族服を脱ぎ捨てると、荷物のなかから防刃防弾の調査局の服を取りだし、羽織った。そして太刀と長槍を拾いあげる。

「先輩」

「これは調査だよ。原因不明の睡眠現象と気候との相関関係。セントラルの気象学の常識を超えたこの現象を正確にとらえるためには、クルルエンケという触媒を交わらせて観察する必要がある。超常現象は私たちの知識が追いついてないだけで、その裏には未知の原理とルールがあるんだ。その仕組みを解明できなくても、まずはカムロの儀式に従って、なにが起きるかみるべきだ。そのために、クルルエンケを取り返す、それだけだよ」

ユカラの身が心配で、友だちを助けにいくような気持ちなのだろう。素直にいえばいいのに、とヨキは思う。

「ヨキはどうする？　本当は、カムロの儀式が、この睡眠現象にどんな影響をもたらすか知りたいんじゃないの？」

「どうでしょうね。僕はいまだ積極的な介入は好まないんですけど」

ヨキは唸《うな》りながらも、制服を手に取った。

「今回だけですよ」

何回も聞いたセリフだな、とシュカは笑った。

◇

太刀は薪《まき》のなかに隠してヨキが背負った。長槍は先に旗や飾り布をつけて、なにやらご機嫌な儀式の神具のようにみせかけた。そんなものがあるのか知らないが、タキリもヤポも眠っているから仕方がない。ヨキとシュカはセントラルの服の上から、里の民族服を着こんだ。

ラガシュの街についてみれば、里ほどでないにしても影響を受けているようで、草木もまばらで、人もみな眠そうだった。ただ、やはり発展に沸《わ》く街だけあって里に比べれば活気があり、人々の着ている服も建物も立派で、違う文化圏の品も散見された。

「コウザさんの家はどこにあるんですか？」

通りを歩く女の人をつかまえ、ヨキがたずねる。同じような前合わせの服を着ているのだが、ヨキたちが着ているものよりも垢《あか》ぬけてみえた。

「あなたたち、山里の人でしょ？」

女の人はヨキとシュカの頭からつま先までを値踏みするようにみて、いう。

「ええ。珍しいものが手に入ったんで、買い取って欲しくて」

「ああ、そういうことなら。コウザさんのお屋敷は——」

コウザはやはり街の憲兵を束ねる長をしているらしかった。評判を聞いてみれば、屋敷で賭《と》場《ば》を開いたり、大金になるとわかれば人の売り買いもやるという。しかしそういうところも含め、ラガシュの街の長はコウザを信頼しているというのだった。清廉潔白さよりも、腕っぷしの強さを買っているのだろう。

ヨキとシュカはコウザの屋敷へと足をむける。シュカは歩きながら民族服を脱ぎ、長槍の装飾を取り払い、太刀も薪《まき》のなかから出した。

「まだ昼間ですよ。夜襲じゃなくていいんですか？」

「ゆっくりなんてしてられないよ。大丈夫、なんとかなるさ」

シュカは左手に長槍を、右手に太刀を持った。

「先輩、僕は？」

「後ろからついてきて応援するって感じかな。シュカさんカッコいい！　って」

屋敷には門があり、そこにはひとりの門番が立っていた。腰に長刀をさし、退屈そうにあくびをしている。

「山里の女の子がこなかった？　これくらいの背の」

シュカが声をかけると、門番は少し考えてから、きたぜと薄ら笑いを浮かべた。

「バカだよなあ。自分から売り飛ばされにくるなんて。それにしても姉ちゃん、変わった格好してるな。どこからきたんだ？　海の向こうの品を持ってるなら、コウザ様が高く買うぜ。しかしそんな物騒なもん持って、戦場《いくさば》にでもいくつもりかい？」

シュカは有無をいわせず、男のみぞおちを槍の石突でついた。さらに男がしゃがみこんだところ、後頭部を太刀の鞘《さや》でしたたか打つ。門番は痛みに苦しみ、のたうった。

「先輩、なにやってるんですか？」

「いや、こういうので気絶するかなと思ってさ。ちょっと映画の観過《み》ぎかな」

シュカは槍と太刀を地面に置くと、素直に門番を締め落とした。

「じゃあいくよ、ここからはシュカ様の大立ち回り、ヨキは後ろの特等席でとくと御覧じてな」

いうやいなや、門を開け、シュカは走りだした。板戸を蹴破り、屋敷に詰めている憲兵たちが驚いているところを順に打ち据えていく。扉を開けてはそこにいたものたちを殴りつけ、ユカラやクルルエンケがいないことを確認し、廊下を走り、また扉を開ける。それを繰り返し、駆け抜けた。まるで嵐だった。憲兵たちからすればたまったものではなかっただろう。

やがて、異変を察知した憲兵たちが長刀を抜いて立ちはだかるようになる。

シュカは中庭におり、まさに鬼神のごとく大立ち回りを演じた。片手で長槍を小枝のように振りまわし、もう一方の手で太刀を振るう。ヨキは廊下でそれをみていたが、突如、腰のあたりに衝撃を感じた。撃たれたのだ。しかし弾はコートの上でとまり、床に落ちる。

撃った憲兵は戸惑いの表情を浮かべていた。ヨキはすぐさまナイフを抜き、距離をつめたところで躊躇《ちゅうちょ》した。セントラルのナイフでやみくもに刺せば、相手に重傷を負わせかねない。

相手はあと少しで戦意を喪失するところまできている。けれど、うまく手加減できるほどの技量はない。どうするべきかと逡巡《しゅんじゅん》しているそのときだった。

「どっかーん！」

シュカが中庭からあがってきて、銃を持つ男の側頭部に飛び蹴りをくらわせた。

「ヨキは優しいねえ」

シュカは余裕の表情で、ヨキは苦い顔をするのが精いっぱいだった。

さらに屋敷の奥へとすすんでいく。

次々に扉を開けるうちに、なにやら彫細工の立派な扉がみえてくる。

シュカは芝居がかった動作で、それを長槍で斜めに斬ってから蹴倒した。

果たして、なかにいたのはコウザだった。

「ここで会ったが百年目ってね。さて、ユカラとクルルエンケはどこ？」

コウザはまるで精神統一するかのように床の間に腰を低くして目を閉じている。そして立ちあがりざま、有無をいわせぬ勢いで銃を抜き、シュカにむけて撃った。しかしシュカはセントラルの技術に頼るまでもなく、銃口からの軸線上に太刀の鞘《さや》を置いて防いでしまった。

「さあ、このあいだの喧嘩《けんか》のつづきをしよう」

コウザもすぐさま銃を捨て、長刀を抜いたが、力量の差は歴然で、すぐに得物を叩《たた》き落《お》とされる。シュカが、丸腰になったコウザにむかって長槍の柄を叩《たた》きつける。しかし、またもやあの短剣が立ちはだかった。コウザの右腕が蛇のように速く動き、悪神が宿るというあの短剣で、槍の柄を斬り落とした。短剣はまるでコウザを導いているようで、持った右腕が自在に動き、シュカの得物と打ちあい、槍と太刀を見事にバラバラにしてしまった。切れ味に凄《すご》みがある。

「人形がぶらさがってたはずだけど」

「ああ、邪魔だからとっちまったぜ」

「ふうん」

シュカは短剣を避けながら、使用者であるコウザを制圧しようと掌底を繰りだす。しかしコウザは、人間の背骨では不可能な可動《かどう》域で背を反ってかわし、シュカの右ひじから肩にかけてを短剣で切り裂いた。鮮血が飛び、シュカの腕から血が伝う。

「先輩！」

ヨキはナイフを投げる。シュカはそれを左手で受け取ると同時に、勢いそのままにコウザの額めがけて投げた。閃《ひらめ》くような速度で投擲《とうてき》されたナイフ。しかし悪神の宿る短剣は、セントラルの鉄をも切り裂くナイフですら、切っ先から真っ二つにしてしまった。

「これを手に入れて以来、俺は誰にも負ける気がしねえ。相手が悪かったな」

コウザが短剣を振りかぶる。そのときだった。

「え？」

コウザはなにが起きているのかわからない、というように驚き、目を剝《む》いている。ヨキも、シュカも、同じように戸惑う。なぜならコウザの振りあげた短剣が、コウザの首元に刺さっていたからだ。

「え、なんだ？　あ、あ、あ」

コウザの右腕が動き、何度も首元を刺す。同じところを。人形にしていたように。

「あ、あ、あ、あ、あ、あ、あ、あ、あ、あ、あ、あ、あ、あ、あ、あ、あ、あ」

何度も何度も何度も何度も何度も何度も何度も何度も何度も何度も何度も何度も何度も。

コウザが倒れ、こと切れてからも、右腕だけは別の生き物のように動き、首を刺しつづけていた。首の皮膚や脂肪がささくれだって、肉の花のようにみえる。それは禍々《まがまが》しく、おぞましい光景だった。

「山からの贈り物には全て意味があったんじゃないかな」

シュカはいう。

「神々と共生するものたちへの恵みだったんだよ、きっと。だから意味のないものなんてない。赤い石でヤポは命を繋《つな》いだし、おそらくクルルエンケにも。そして、この短剣には最初からこういうちょっと邪悪な役割があったんじゃないかな」

「多数の神の存在を肯定する信仰形態においては、神様は善悪どちらも内包していることが多いですし、まあ、そういうことなのかもしれませんね。どうします、あれも神宿りのものですけど、回収していきます？」

「いや、あれには触りたくないよ。直感的にね」

ヨキは背筋に冷たいものを感じながら、その場を後にした。

最後にふりかえったときも、短剣は動きつづけていた。そして横たわるコウザの遺体の横に、顔面が肉のペーストになった、黒いドレスを着た女がみえたような気がした。

◇

ユカラとクルルエンケはかび臭い土蔵のなかに入れられていた。

ヨキはユカラの手足の縄を解いてやる。

「大丈夫だったかい？」

「うん、それよりも」

ユカラが蔵の奥に目をやる。暗がりのなかでも、クルルエンケがいることがわかった。これまではうっすらと黄色がかっていただけの体毛が、発光しているかのように、美しい金色になっていたのだ。クルルエンケは檻《おり》に入れられている。外に出たがっているようで、狂ったように石の格子《こうし》に体当たりを繰りかえしていた。

「この檻、雲母《うんも》でできてるね。ちゃんと絶縁体を選んでるってことは、電気を知ってるのかな。まあ、他の街とも交流してるみたいだし、様々な知識が伝播《でんぱ》してくるんだろうね」

シュカが閂《かんぬき》を抜く。クルルエンケが外に出てきたところを、つかまえ、頬ずりをするが、静電気で髪の毛が逆立った。

「先輩、いやがってますよ」

「そうだよ、お姉ちゃん、クルルエンケはわたしのほうがいいんだよ」

ユカラがクルルエンケを受け取る。しかし、クルルエンケはユカラの腕のなかでも暴れた。つんとして我関せずといった態度が多かったのに、今は明確な意志があるようにみえる。

腕のなかから飛びだしたクルルエンケは、蔵の外に出て、大きく跳躍し、土塀の向こうへと消えた。シュカもユカラを担《かつ》ぎ、土塀のへこみに足をかけて飛び越える。ヨキはいそいそと手をかけてのぼり、落ちるようにして塀の向こう側へといった。

「なんか、でかくなってないですか？」

起きあがって顔をあげ、ヨキはいう。

クルルエンケはそれにこたえるように、低い声で吠《ほ》えた。犬くらいの大きさだったはずが、今では狼《おおかみ》くらいになっている。どことなく顔つきも。

「なんなんだろうね」

シュカが首をかしげるそばから、クルルエンケはその場で跳びあがる。

くるりと廻《まわ》って着地。また大きくなっている。吠《ほ》える。声はさらに低くなっている。また、くるりと廻《まわ》ってひと吠《ほ》え、くるりと廻《まわ》ってひと吠《ほ》え、体はどんどん大きくなり、体毛の輝きは増し、朱を引いたような模様が体のあちこちに浮かびあがり、手足には水蒸気のような白いもやがまとわりついていく。

クルルエンケはもはや別の生きものになっていた。まるで神話に登場する獣のような出《い》で立《た》ちだ。あっけにとられる三人を前に、その巨体を低くし、またひと吠《ほ》えする。

「もしかして、乗れっていってるんじゃない？」

シュカの表情がみるみるうちに明るくなる。その琥珀《こはく》色の瞳は、クルルエンケの光を受け、金色に輝いている。

「うおおぉぉぉ！　ロマンはあったあぁぁぁ！」

ヨキは興奮して飛び乗ろうとするシュカの襟首を摑《つか》み、おしとどめた。そして頭に一番近いところにユカラを乗せ、その後ろにシュカ、ヨキとつづく。三人乗ってもまったく平気らしく、クルルエンケはゆっくりと走りだした。

三人はクルルエンケの長くなった毛を両手で摑《つか》んだ。馬に乗っている感覚ではない。クルルエンケの体は大きくなったが、その足取りはおそろしく軽やかだった。まるで宙に浮いて走っているようで、ヨキは雲に乗っているような心地になった。そしてとても速い。左右に木造の家屋がならぶ通りを走りはじめ、だんだんと加速し、すぐにラガシュの街を置き去りにした。

前から後ろに、景色はどんどん流れていく。まっすぐ、ライラケレの里をめざしているようだった。道がなくても、障害があってもクルルエンケはまったく気にしない。岩場を駆け抜け、川の水の上を微《かす》かな波紋をたてて渡り、枯れた木々のあいだを縫うように走り抜けた。後ろをみれば、すぐに遠くなってしまったが、枯れ木に緑が芽吹いているようにみえた。

クルルエンケはどんどん加速する。

駆けることが楽しいのか、時折、吠《ほ》える。それは地に轟《とどろ》くような迫力があった。

ユカラとシュカはずっと歓声をあげている。ヨキは目も開けていられず、姿勢を低くしてクルルエンケの背にしがみついていた。

「まるで風ですね、つむじ風！」

ヨキが叫ぶ。しかしすぐに、違うよと否定する声が飛んでくる。

「もう、音だよ！　これは！　音のように速い！」

シュカが叫ぶ。しかし一番前に乗ったユカラが、もっと速いよ！　という。

「音よりも速い、だって、音も置き去りにしているもん。クルルエンケの地面を蹴る音も、吠《ほ》える声も、もうずっと後ろに聞こえてるもん。音なんかよりずっと速い！」

ユカラは叫びながら、まるで泣いているように肩を震わせていた。

長くつづく凍った世界で、彼女はこれをずっと待っていたのだ。

神の獣が春を告げる、この天の時を。

「駆けて！　走る金色《クルルエンケ》！」

風よりも速く。

音よりも速く。

「だって！　お前は――」

◇

ライラケレの里についたところで、クルルエンケは身震いをして三人をぽんぽんぽんと空中に飛ばして下ろした。ヨキは盛大に腰から落ちてうめいたが、ユカラとシュカは地面をころころと転がり、なにが可笑《おか》しいのかずっと笑っている。興奮さめやらぬらしい。

そうこうしているうちに、丘の家からタキリとヤポが歩いてきた。

「起きたのかい？」

ヨキがたずね、タキリが「ああ」とこたえる。

「遠くから、地鳴りのような音が聞こえて、目が覚めたんだ。まさか、クルルエンケの遠吠《とおぼ》えだったとは」

タキリは浮世離れしたクルルエンケの姿を見あげ、驚きに目を見張る。

ヤポは拝むように手をすりあわせた。

「神の使いではなかったね。神獣そのものなんて、初めてみたよ。長生きしていれば、珍しいものがみられるものだね」

ヤポはいう。これは、タキリの清流のような心が喚《よ》んだのだ、と。

タキリの目に涙がにじむ。

「俺のところに、きてくれたのか」

少し間を置いてから、クルルエンケがそうだというようにひと吠《ほ》えした。

「俺をカムロだと、認めてくれるのか」

また、吠《ほ》える。

「俺に、天の時を告げてくれるのか」

吠《ほ》える。

「俺は、春を、迎えることができるのか」

ひと際大きく吠《ほ》え、それは大気を震わせ、木々をゆらした。

タキリはひとすじの涙を頬に流し、丘の家へと走りだした。家のなかに入り、でてきたときには、手に鈴のついた棒と、扇子を持っていた。走って戻ってくるあいだに靴を脱ぎ、上着も空に放り投げる。そして黒々とした大地を踏みしめ、クルルエンケの前に立った。

「やるか！」

タキリが挑みかかるように叫ぶ。

クルルエンケは天にむかって咆哮《ほうこう》する。大地すらゆるがすような、もはやひとつの生命が発したとは思えぬほどの轟音《ごうおん》で、ヨキは思わず両手で耳を覆っていた。

クルルエンケは背をむけ突然走りだす。地を蹴り、跳躍したのち、さらに宙を蹴って、上へと昇ってゆく。空中を蹴って走っている。どんどん駆けあがって、ついには空にたどりついて、それでもまだまだ垂直にのぼって、天空とでも呼べるような高度に達したところで、くるりと一回転したのがみえた。

着地する場所はなく、落ちはじめる。その瞬間、クルルエンケは、光になった。光となって、金色に輝く尾を引きながら落ちてゆく。まるでそれは空を割っているようだった。刹那、目が眩《くら》むような光が視界いっぱいに広がり、遅れて、叩《たた》きつけるような轟音《ごうおん》が響く。

雷鳴だ。

金色の獣の正体は、鳴神であり雷だったのだ。

クルルエンケは稲妻となって、空を縦横無尽に駆け回る。そのたびに咆哮《ほうこう》し、雷鳴が轟《とどろ》き、稲光が走る。空は青いままなのに、雨が降りはじめ、雹《ひょう》もまじっている。ヨキは雹《ひょう》に打たれる痛みも忘れながら、見入り、「春の嵐」と呟《つぶや》く。

本当に不思議なことはそこから起こった。

枯れた木々から、黒い大地から、緑が芽吹いたのだ。とても小さな芽だが、今まで不毛だった地に、たしかにそれは兆しをみせた。

それを待っていたかのように、タキリが声をあげた。朗々と響く唄声。そして鈴のついた棒と扇子を両手に持ち、踊りはじめる。生命を讃《たた》える唄声と、勇壮な舞だ。それは太古の昔、焚《たき》火《び》の前で原初のヒトがおこなったような、自然への畏敬の念に満ちた儀式を連想させた。

タキリが強く土を踏むたびに、緑の芽がぐんと伸びる。

雷が鳴り、それにあわせて舞い、土を踏む。茎が伸び、葉がつく。また雷が鳴り、舞い、土を踏み、茎が伸び、葉が大きくなり、つぼみがつく。

タキリは唄い、踊る。その顔には責任感をまとったカムロの表情はなく、ただ唄と踊りを愛するライラケレの青年の笑顔があった。

草木が芽吹き、土のなかから虫たちが出てくる。鹿やウサギ、熊が起きだし、そこかしこで鳴き声をあげる。湖からは鳥たちが飛び立つ。

「春雷《しゅんらい》だ」

シュカがいう。

「雷の音が、植物を、動物を起こしてるんだよ」

「ああ、春の雷《いかづち》ですか」

ヨキは空をみあげたまま、呆《ほう》けたようにいう。

古来より、春の雷《いかづち》が冬眠する虫や動物を起こすといった民話は、そこかしこの地域にある。春雷《しゅんらい》のことを虫が出てくるということで、「虫だしの雷」と呼ぶ地域もある。

「しかし、あれらは季節の変わり目に起きる界雷を、風流に解釈しただけのはずでは」

「でも、目の前に起きていることは、そうとしか思えないよ。どういう原理かわからないから、春雷《しゅんらい》としかいえないよ。昔の人たちが放電現象と知らず、雷を天の怒りと解釈していたようにさ。まだわからないから、私たちはそのまま受け取るしかない」

クルルエンケは時折、狼《おおかみ》の形になり、くるりと廻《まわ》って、また稲妻となって落ちていく。まるで遊んでいるようだ。タキリは雷鳴にあわせて唄いつづけている。

「まあ、認めましょう。僕たちのいう神様かどうかはわかりませんが、この里には超越的な存在がいる。それは間違いないでしょう」

「うん。神の使いが春を告げ、カムロが春を迎えているのさ」

この前にした話を覚えてる？　とシュカはきく。ライラケレの里と、ラガシュの街が対立したとき、発展を拒む文明は進歩的な文明に滅ぼされるか、併合されるしかない。そんな話をした。ライラケレの里は、いずれラガシュの街に併合されるか滅びる、と。

「本当に、神々と共生しているんだ。この里の人たちは、私たちの知らない領域にいる。私たちの知ってる知識や、常識は通用しないよ」

「つまり、文明は発展しない限り頽廃《たいはい》して滅びるだけだという僕たちの考えに対する反証になり得《う》るかもしれない、ということですね」

「その可能性はあるってこと。ライラケレの里が今後どうなっていくかは未知数だ。私たちの知ってる歴史の通りになるかもしれないし、神々との共生がなにかしら別の結末をもたらすかもしれない」

十年後にでもこようよ、とシュカはいう。

「どうなるか見届けたいよ。もちろん、私としてはこの祈るような、優しい文明がずっとそのまま残っている結末を望むよ」

シュカはそういうと、タキリの横にいって、見よう見まねで踊り、唄いはじめた。それをみたユカラもつづく。タキリの勇壮な踊りの横で、シュカとユカラは独創的としか表現しようのない踊りをおどり、唄う。みんな楽しそうだ。

ヨキはヤポのとなりでそんな彼らを眺《なが》めていた。

雷鳴が轟《とどろ》く。

山々はいつのまにか、青々として、春めいていた。

第三章『君に送る数式』

Random Walker who LOVES the WORLD

CHAPTER3

「とべるよ！　オレは！」

煉瓦《れんが》でつくられた水道橋《すいどうきょう》。その上で、くせ毛の少年が叫んでいた。

「とぶっていってるだろ、みてろよ！」

地上では同年代の少年少女が、「どうせ口だけだろ」とはやし立てている。それもそのはずで、水道橋《すいどうきょう》はアーチが二段重ねられていて、抜けるような青空を背にそびえたっている。とてもではないが飛び降りられる高さではなかった。

「水道橋《すいどうきょう》と木々の緑と青い空。きれいだなあ。それで、なんであんなことになってんだろ」

シュカが遠巻きに見上げながらいう。

「ささいなことがきっかけだと思いますよ」

隣に立つヨキがこたえる。

「みんなに、くせ毛や身長が低いことをからかわれて、そこから売り言葉に買い言葉になって、じゃあとんでみろよっていわれて、わかったっていいかえして、後に引きかえせなくなって、とりあえず水道橋《すいどうきょう》の上にのぼった。そんな感じじゃないですかね」

「経験者は語る、って感じだね」

シュカが冗談めかしていう。「まさか」と、ヨキはこたえる。

「でもシンパシーは感じますね。がんばれ、少年」

今回、ヨキとシュカが調査に訪れたのは、コスモブリッジという名の学術都市だ。昔から多数の偉大な学者を輩出しており、この街のアカデメイアで学ぼうと各地から人がやってくる。また、温暖で湿度も低く、過ごしやすい気候であることから、休暇にくるものも多い。常緑の高木と、晴れやかな空、白い漆喰《しっくい》の建物群には、開放的な空気があった。

そして、街の裏手には古代帝国が残した水道橋《すいどうきょう》の遺跡がある。巨大建造物であるのに、釘《くぎ》を使って接合することもなく、ただ石を組むだけでつくられている。シュカがその水道橋《すいどうきょう》を観たいというものだから、街に入る前に物見遊山《ゆさん》のように水道橋《すいどうきょう》を見学しにきたところ、へちゃむくれ顔の少年が声を張っていたのである。二人は今、それを地上から見上げていた。

「とぶって！　今、とぶ。うん、今すぐ」

少年はいう。下からは早くしろよとか、強がるのはよせ、と野次が飛ぶ。

「オレはとべる、とべる、とべる、とべる、とべる、とべる、とべる」

少年がぶつぶつと呟《つぶや》きだす。

「あれ、ホントにとぶの？」

シュカがきき、まさかとヨキはこたえる。

「出した拳の下ろしかたがわからないだけです。そのうちあきらめますよ」

「へえ、そう。のどかだねえ」

二人はなんともなしに事の成りゆきを眺《なが》める。

やがて水道橋《すいどうきょう》のへりに立っていた少年の姿が消えた。やっとあきらめたかなというタイミングであったが、次の瞬間、「うぉぉぉぉっ！」と、気合の雄たけびが聞こえてきた。

「いや、ムリでしょ」とシュカ。

「はい、ムリですよ。とんだら、アホですよ」

その瞬間、少年の姿が橋の上にあらわれる。助走を取っていたのだ。

「オレは！　とべるんだあぁぁぁっ！」

少年のシルエットが空に躍った。地上では、本当にとびやがったと悲鳴があがり、騒然となって、みな散り散りとなって逃げていく。

「うわ、ホントにとんだよ」

シュカも驚きの声をあげ、走りだす。他の少年少女とは逆に、橋にむかってゆく。少年をキャッチするつもりなのだろうか。あわててヨキもつづく。

「ヨキより根性あったみたいだね」

「なくてよかったです」

二人は走るが、当然間に合うはずもなく、少年は変な声を出したまま地面に落ちる。重傷は避けられない高さ。しかし、潰れた様子もなく、元気にむくりと顔をあげた。

「うぉぉぉっ、オレ、生きてる」

少年は自分の体を不思議そうにみていう。そして地面にへばりつくような姿勢のまま、あたりを見回し、先ほどまでからかっていた連中がいないことに気づき、がっかりした顔をした。

「なんだよ、みんないないのかよお。オレ、とんだのに」

しかし、ヨキとシュカに気づくと、すぐに表情が明るくなる。

「ねえ、そこの兄さん、姉さん、みてた？　オレ、橋の上からとんだんだ！　こわかったけど、とべたんだ！　やったんだよ！」

シュカは「はいはい」といいながら、鼻の穴をふくらます少年の頭にチョップした。

「二度とあんな無茶なことはしないほうがいいよ。今回助かったのはホント、ただの偶然なんだから。運がよかったね」

腹ばいになった少年の胴体を指さす。

「うおぉぉぉ、なんで？」

少年がまたもや驚きの声をあげる。

「リアクションが大きいなあ」

まあ、でも気持ちはわかるよ、とシュカはいう。

「まさか本当にこんなことが起きるなんてね。この目でみても、すんなりとは信じられないよ。物理法則が乱れるなんてさ」

少年の体と地面とのあいだには、指二本分ほどの隙間がある。手も足も、どこも接地していない。つまり、浮いていたのだった。

◇

少年の名は、リッキー・ギンスバーグといった。十六才で、学校に通いながら、街にある最高学府のアカデメイアへの進学を目指しているという。

「リックって呼んでよ。みんなそう呼ぶんだ」

街に入ってからも、リックはあとをついてきた。おせっかいな性格なのだろう。案内役のように、坂をのぼるヨキとシュカの前を歩く。

「兄さんたち、どこからきたの？　そこの学問は進んでる？　進んでるよね。だってオレが浮いてるのをみてても冷静だったもん。オレ、死んで幽霊になっちゃったんじゃないかって、死ぬほどビビってたのに。物理法則の乱れ、だっけ。それを調べにきたんだよね？」

「まあね」

ヨキはとなりであくびをするシュカをみながらいう。普段、調査前の資料収集は絶対に自分ではやらないのに、なぜか今回は中央調査局のデータベースにアクセスして、夜遅くまで資料を読みこんでいた。なにか引っかかりを感じたようだった。

シュカが睡眠不足で眠そうにしているので、リックの質問に、ヨキがこたえる。

「今、コスモブリッジで物理法則が乱れている可能性がある。それは僕たちにとっても不思議な現象で、今のところ原因はわからない。リックが水道橋《すいどうきょう》からとんで、無傷だったことにも驚いている。まさか落体の法則が捻じ曲がるなんてね」

リックが助かったのは、落下運動が途中で停止したからで、地面から浮いていたのは引力とは反対の斥力が地面とのあいだで発生したからだ。いずれも通常ではおこり得ず、物理法則が乱れていると表現できるものだった。

「どうだい、最近、この街で変わったことが起きていたんじゃないかな？」

ヨキがたずねると、リックは「うん」とうなずいた。

「ちらほら話は聞いていたんだ。塔の上から落としたリンゴが空にむかって飛んでった、とか、壁をすり抜けることができた、とか。でも、ほとんどの人は信じていないんじゃないかな。だって、そんなのあり得ないと思うじゃん。オレも、自分で体験してなかったら、兄さんの話を真面目《まじめ》に聞いてないと思うよ。こういう物理法則の乱れって、よくあることなの？」

「とても難しい質問だ。そういう痕跡は意外とたくさんある。けれど確定的な証拠はない。つまりは、あると考えられてるんだけど、観測はされてないということさ」

時折、世界のどこかで発生する物理法則の乱れ。それはセントラルの調査官たちのあいだで、昔からなかば都市伝説的に語られる現象だった。

直接的な記録はない。ただ、壁画や宗教画、口伝の巷談《こうだん》などで間接的に残されているのだ。壁画であれば、物が浮きあがったり川が逆流して驚いている人々がえがかれていたり、巷談《こうだん》であればその地域の歴史的な英雄が物理法則の崩壊した世界を闊歩《かっぽ》する冒険活劇だったりする。

しかしその程度であれば、不思議なことにゆきあうことを仕事とする調査官たちのあいだでそれほど長く語り継がれることはない。調査官たちの興味を最も惹《ひ》いているのは、それらに共通する謎の存在の登場だ。

時間的にも、場所的にも隔絶しているはずなのに、それらの壁画や巷談《こうだん》には必ず『緑の異人』と呼ばれる存在が登場する。壁画ではその人物だけ物が浮きあがっていることに驚いておらず、緑の顔料を使ってえがかれているという具合だ。調査官たちは別件の調査で訪れた地でそういった痕跡をみつけるにつけ、緑の異人が時折あらわれては、世界のあちこちで物理法則を乱しているとささやきあった。

そして今回、ヨキとシュカはセントラルの観測装置が、コスモブリッジ周辺の画像を拾えていないことに気づいた。どうやら光の屈折率が通常と異なっていたようで、すぐに元に戻ったが、シュカがその乱れに目をつけた。

『次の調査は決まったね』

物理法則の乱雑化現象が表向きの目的であったが、シュカの興味が『緑の異人伝説』にあることは明らかだった。上級管理官は申請書に目を通して苦い顔をしたというが、観測装置が屈折率の異常を捉えていたので否決もできなかったという。

こうして、ヨキとシュカはコスモブリッジにやってきたのであった。

「ねえ、兄さん」リックがいう。「物理法則が乱れるってさ、けっこうヤバいことなんじゃないの？　だって、普通じゃないよね。なんか、感覚的にヤバい気がするんだよなあ」

「なかなか鋭いじゃないか」

さすがは学術都市で育っているだけあるなとヨキは感心する。

リックが水道橋《すいどうきょう》からとんで助かったのは、物理法則の乱れが、リックを助ける方向に働いたからだ。逆に、自由落下では起こり得ない加速度がついて、潰れて肉片すら残らなかった可能性だってある。

「落下だけじゃない。ふざけて、ちょっとだけ友だちを押してみたとしよう。そのときにまた法則が乱れて、地面の摩擦や空気抵抗が一切ない状態になってしまったら、その友だちは地の果てまで滑っていってしまうかもしれない。しかも、加速がついて光の速さになって」

ヨキの極端な例え話を聞いて、リックは深刻な顔になる。

「ヤバいよ、すっげえ、ヤバいよ。ホントそうじゃん。危ないよ。だって、重力が変になったら、家が潰れたり、浮きあがっちゃったりするってことだろ。そんなの、ヤバすぎるよ。オレ、この街のこと大好きなのに、どうしたらいいんだろ。なくなっちゃったら、オレ、やだよ」

どうだろうね、とヨキはいう。

「過去に物理法則が乱れたと推測される地点も、今では普通と変わらない。多分、どこかで乱れはなくなるんじゃないかな。雨が降って、そのうちやむみたいに。まあ、詳しいことはなにもわからない。リックの身に起きたような現象がまた起きるのか、規模の大小がどのように推移するのか。まずはこの街に滞在して、じっくり観察してみるよ」

ヨキはいってから、街並みを見まわした。

「緑が多いね」

白い壁と明るい緑。優しい陽光が降りそそいでいる。たしかに、休暇を過ごすにはうってつけだろう。いい街だね、と褒めると、リックはすぐにそうだろそうだろ、と鼻を高くした。

「あの木はさ、みためもきれいだし、実から油も搾れるんだ。乾燥にもすごく強い。ほら、この街はほとんど雨が降らないだろ」

「ああ、だから、こういうことが可能なんだね。ふうん、熱力学の第三方程式か」

ヨキはしゃがみ、足元をのぞきこんでいう。

石畳に、チョークで数式が書きこまれていた。そして数式や図形は、ヨキの足元だけでなく、街路の石畳全体に、家の壁に、屋根に、常緑樹の葉にまで書かれている。

これこそが、コスモブリッジが学術都市たる由縁だった。この街では、学術的なアイディアが浮かんだときは、忘れてしまわないよう、どこにでもチョークでそれを書きつけていいことになっている。それは他人の家の壁でもかまわない。そのため、街全体が数式や定理、図形で埋めつくされているのだった。

今も学者風の男が、なにかに取り憑《つ》かれたように、納屋《なや》の板壁に緑色のチョークで数式の証明を書きつらねている。道の先では、子供たちが熱心に、地面で四則混合の練習をしていた。

「学びたい、なにかを証明したいという衝動が生じたら、すぐにその場ではじめていいわけだ。学問への情熱の尊重とはいえ、これはすごいね」

「うん。それに、こうやって書かれていると、歩いているだけで勉強になるだろ。途中まで式を書いておくと、つづきの証明を他の人がやってくれたりするのさ」

数式を書く目的は人によって様々だと、リックはいう。難解な式の証明を他人にみせつけるために書くもの、学校で習ったことを帰り道で復習がてら書くもの、自分では解けないから他人に助けを求めて書くもの。日々、多くの式が書かれ、古いものは消されてゆく。新しい証明がおこなわれている最中のものが消されることはない。しかしそういった新しい発見を目指すような数式は少ないという。いつでも偉大な進歩が起きるわけではないのだ。

「でも、オレはそれをやろうとしてるんだ。まだ、みんなが知らない、スゲエ数式を証明しようとしているんだ」

「もしかして、水道橋《すいどうきょう》のたもとに書かれていたやつかい？」

ヨキがきくと、リックはうなずいた。そして途端に怒ったような顔になった。

「あそこはオレの秘密基地で、橋げたのところで数式をつくっているんだ。まだできてないけど、それは絶対にすごい式なんだ。なのに、みんな全然信じてくれなくて、バカにする。今日なんて、ついに消そうとしてきたんだ」

よほど悔しいのか、リックは目に涙をためていう。

「それが橋からとんだ理由？」

「うん。言いあいになって。それで、あいつら、オレが橋からとんだらもう水道橋《すいどうきょう》には近づかないっていうから──」

リックが鼻をすすりはじめたところで、歩きながらまどろんでいたシュカが目をさまし、

「泣くな少年」と、リックの頭をポンとたたいた。

「他人のいうことなんて気にしちゃダメだぞ。バカにされて上等、それが自分の進む道って胸を張らないと」

「ありがとう。姉さんは優しいね。この根暗な兄さんと違って」

もう大丈夫、平気だよ、とリックはいう。

「あいつらになにをいわれても、気にしないようにする。僕は僕の道をいくよ。みんなに認められないのはちょっと寂しい気もするけど、ロルカだけは僕の味方だしね」

「ロルカ？」

「学校で、いや、街で一番かわいい女の子なんだ。宝石みたいな、すごくきれいな瞳をしている。髪型は個性的だけど、落ち着いていて、静かで。ちょっと近づきがたい雰囲気もあるけど、多分、みんな心の底ではロルカのこと大好きなんじゃないかな」

「そのロルカって女の子が、リックの味方をしてくれるの？」

「うん。この前、みんなにからかわれていたときに、いってくれたんだ。『リックはバカじゃない』って。みんな、ロルカのいうことだから黙った。オレ、嬉しかったよ。ロルカって、あまり人のことに首を突っこむタイプじゃないのに、オレをかばってくれたんだ。それで、二人きりになったとき、『私はリックを応援してるよ』って、いってくれたんだ。多分、みんなが水道橋《すいどうきょう》の数式を消しにきたのは、オレがロルカと仲良くしているのが気にいらなかったんだ」

シュカが、「そんなことある？」と、ヨキに耳打ちしてくる。

「街で一番かわいい女の子がリックの味方をするなんてさ」

「あまりに哀れで、助けてあげたというのが妥当なところじゃないですかね」

「なるほど。それを、味方になってくれたと勘違いした、と」

「ええ。モテない男子の傾向として、あと数日もすれば、ロルカはオレに惚《ほ》れている、に変換される可能性がありますね」

「うわー、ありそー」

二人がそこまで話したところで、リックが二人の内緒話をさえぎった。

「ちょっと兄さん、姉さん、今、すごくひどい話をしてたでしょ。オレ、そういうのわかるんだからね！　いや、そんな嘘くさい笑顔つくったって、ごまかされないよ！」

リックが子犬のように二人のまわりを動きまわって抗議する。しかし、ヨキは坂の上をみつめていた。自然と視線が吸い寄せられたのだ。

坂をのぼりきったところに女の子が立っている。

どことなく、浮世離れした雰囲気で、学生カバンを手に持って、こちらをみおろしていた。

「ロルカ！」

リックがいう。そして次の瞬間にはもうそちらに走りだしていた。

「じゃあね、兄さん、姉さん。わからないことがあったら、なんでも聞いてよ。オレ、だいたい学校か水道橋《すいどうきょう》にいるからさ」

リックが追いつき、少女と一緒《いっしょ》に坂のむこうに姿を消す。

ヨキはしばらく、誰もいなくなった坂の上を眺《なが》めていた。少女のたたずまいが、まだ印象に残っている。それは記憶が飛びそうな暑い夏の日にみる、陽炎《かげろう》の向こうの幻影のようだった。

「あの女の子、リックじゃなくて、僕たちをみていたように思えますけど」

「どうだろうね」

シュカがおもむろに携帯端末を起動し、事前調査の資料を表示する。

緑の異人がえがかれた壁画の映像だ。浮きあがる壺《つぼ》に腰を抜かす人々のなか、緑色の顔料でえがかれた人物だけが悠然と両手を広げている。体の線から女性であることがわかり、髪の長さは左右非対称、そしてわざわざ目のところにはライトグリーンの宝石が嵌《は》められている。

ヨキはその画像をみたあとで目を閉じ、先ほどの光景を思いだす。

坂の上からこちらをみおろしていた少女。

「偶然ですかね」

ヨキがいうと、シュカは「必然でしょ」という。

「私たち、出会っちゃったかもしれないね」

「ロルカは緑色の瞳を持ち、アシンメトリーの髪型をしていた。それは、緑の異人の特徴と、奇妙なほどの一致をみせていた。
◇

ヨキとシュカは一軒家を借り、そこを拠点に活動を開始した。まずは、リックがいっていた、壁をすり抜けたという人物に話を聞くことにした。

その人物はすぐにみつかった。十数年前まではアカデメイアで教鞭《きょうべん》をとっていた老人で、街の人々はもうボケてしまったのだと口々にいう。しかし、本人に話を聞いてみれば、生活能力は著しく低下しているものの、頭はしっかりとしていた。

「そこの洗濯物の山につまずいてしまってな」

老人は散らかった家のなかで、身振り手振りをまじえて語る。

「壁に手をつこうとしたら、すり抜けて外にいってしまったのさ。そして、しばらく地面に座って考えた。少し時間がかかったが、わしは自分の身になにが起きたかわかった」

老人は授業をするような口調で、ヨキとシュカにいった。そして少し黄ばんだ部屋の壁に、黄色いチョークで数式をなぐり書きした。

「諸君、これがなにかわかるかね」

ヨキとシュカは顔をみあわせたのち、シュカが挙手してから、「トンネル効果についての数式だと思います」と学生のように答えた。

「そうだ。通常、通り抜けられないはずの壁を、原子や電子といった極小の物質は一定の確率で通り抜けている。極小の世界のことで、いまだ観測に至ってはいないが、それが起きているのは間違いない。極小物質の壁の通過、簡単にいってしまうとそれがトンネル効果」

セントラルにおいては、それは量子力学と呼ばれる分野で研究されており、一般的に観測されている現象だ。しかし、それはあくまでミクロの世界の話で、人間サイズのものが壁を抜ける可能性は限りなくゼロに近い。それは老人も承知だった。

「わしらの身体《からだ》も、壁も、小さな原子の集合だ。それらが同時にトンネル効果を起こすはずがない。それは机上の空論だ。その瞬間だけ原子の結合がゆるみ、壁がまるで網のようになり、私の身体《からだ》が粘土のようになり、細切れになって壁を抜け、そして再構成される。そんな考えも浮かんだが、やはりそれも限りなく起こり得ない空想の理論に過ぎん。本来、起きてはならないことだ。それが、私の身に起きてしまったのだ」

確率が乱れている、もしくは世界の規律がゆるんでいると、老人はいう。

「壁を抜けられたのは幸運だった。私の身体《からだ》の原子が崩れたままとか、壁に埋まったまま固定化されるという可能性もあった。壁を抜けるといえば大道芸のようで面白く聞こえるかもしれないが、世界の規律が乱れるということは、私は、とても危険なことだと思っている」

「僕もそう思います。法則は普遍であるからこそ法則と呼ばれる。もしそれが乱れるのであれば、もはや僕たちはなにも信じることができない。水の沸点が突然下がってしまったら、川の水で火傷《やけど》をしてしまうかもしれない」

ヨキがその危険性に同意すると、老人は嬉しそうな顔をした。やはり自分の見解が認められると嬉しいのは、教授を引退しても変わらないのだろう。二人が去るとき、老人はいった。

「コスモブリッジの真実は夜だ。森林浴をしにくる観光客たちはわかっとらんがな。学術的興味を持つ君たちなら、その美しさを知ることができるだろう。いいか、夜だ、夜なんだ」

ヨキとシュカは、その後も、街の人たちに最近不思議なことはなかったかと質問してまわった。法則の乱れは散発的に起きていた。動きだした荷車がとまらなかったとか、水が高い方へ流れていったなど、様々な話を聞くことができた。

夕方、拠点の家に戻ったときには、くたくたになっていた。それでも、シュカがお腹減ったと駄々をこねるので、ヨキは簡単な手料理を作った。食器の洗い物もした。そのあいだ、シュカはずっとソファーに寝そべっていた。ヨキが、そんなにダラけていると太りますよというと、考えごとしてカロリーを使ってるから平気だよ、などという。

「水道橋《すいどうきょう》に書かれていた数式を思いだしてたんだ」

「リックが証明しようとしている、誰もみたことのないスッゲエ新しい数式ですか？」

「うん。どっかで似た式をみた気がするんだよね」

シュカはその後もころころとソファーの上を転がりながら、うんうんと唸《うな》っていた。よほど気になるようで、外もすっかり暗くなったころだというのに、水道橋《すいどうきょう》にいこうといいだした。

「明日でもよくないですか？」

「私のなかのなにかが、今すぐゆけとささやくのさ」

「ずいぶん非論理的ですね」

「いいじゃないか。壁を抜けた老人だって、陽《ひ》が沈みきってからが本番だっていってたじゃないか。夜の散歩としゃれこもうよ」

シュカはもう立ちあがって上着を着ている。こうなると仕方がない。

「わかりました。ゆきましょう」

コスモブリッジの美しさは夜にある。

老人の言葉に嘘はなかった。その感動は戸を開けてすぐ、流れ星のように降りそそいできた。

「これはいいね！　素敵だよ！」

シュカはすぐに気分が舞いあがったようで、笑いながら駆けだし、坂をのぼりはじめる。

「ヨキも早くきなよ、高いところから街を見渡そう」

「その提案、のらざるをえないですね」

ヨキもつづく。街全体を一望すれば、それはとても美しいことだという確信があった。

街全体に書かれた数式と図形の群。それらが全て、光を放っているのだ。道も、壁も、屋根も。なにもかも。チョークに蛍光の顔料が練りこまれていたのだろう。月光を受け、優しく輝いている。青いチョークが一番多く使われているため、青白い光が全体の基調となっている。そこに時折、黄や赤、緑が混じる。発光しているのが数字や記号のため、どこまでも直線的で、融通のきかない、しかしどこか抜けたところのある輝きだった。それは、なんとなくリックを連想させる。

「ほら、ヨキ」

シュカが道端に備えつけられていたチョークを投げ渡してくる。黄色だ。シュカは赤。

「せっかくだから私たちも書こうよ」

民家の塀の、空いたスペースに背伸びをしながら書きはじめる。

「先輩、その式、コスモブリッジではまだ概念も生まれてないやつじゃないですか？」

「いいのいいの、これくらい。こんなに気分が良いんだからさ」

そういう問題ですかね。といいながら、ヨキも地面にしゃがんで書きはじめる。難問とされる数式の最初だけを書き、途中でやめて次にゆく。

「相変わらず性格悪いなあ！」シュカが笑いながらいう。

「いいんですよ。教えてもらうより、自分で解けたときの方が、喜びは大きいんですから」

二人はそこらじゅうに数式を書き、自分のサインを添えた。そして騒ぎながら高台にのぼって街を見渡し、たっぷり寄り道してから水道橋《すいどうきょう》にむかった。


闇にそびえる二段アーチの水道橋《すいどうきょう》は、ともすれば重厚なシルエットなのだが、そこかしこに書かれた数式が、橋全体をかわいらしくみせていた。リックの文字が丸いせいだ。

「しかしリックのやつ、あんな顔して、こんな丸文字で、よくもまあこんな尖《とが》った式にチャレンジしてるものだね」

橋げたの下に入り、リックの書いた数式を眺《なが》めながらシュカはいう。

「これ、『世界の終わりの方程式』でしょ」

「ええ。たいしたものですよ」

ヨキも驚きを隠せない。リックが取り組んでいるのは、セントラルにおける正式名称を『加速方程式』という、難解な数式だった。

「でも、リックらしいですよね。セントラルでも未証明の数式ですけど、そもそも、この式も、その元となるビッグリップ理論自体も、非現実的で、夢物語ですから」

「実用性を追求する研究者は絶対に手を出さない、ロマンの数式だよね。お金にならないし、世界の終わりを計算するなんて、途方もないし、簡単には信じられないよね」

世界の始まりは虚無の空間で起きた巨大な爆発だった。科学者たちのあいだではそのような一定の合意が形成されている。その爆発で宇宙が生まれ、星々ができ、生命が生まれた、と。

ビッグリップ理論の提唱者は、そこにひとつの仮説を重ねる。

爆発によって生まれた宇宙が、今も放射状に広がりつづけているというものだ。

最初の爆発から、宇宙はずっと加速して膨張をつづけている。虚無の空間を、爆発で発生した原子が四方八方に分散して世界を広げている。しかし分散をつづけているのだから、原子の密度は薄くなっていっている。つまり世界が薄くなっている。そして薄くなりすぎて、世界が綻び、崩壊に至って終焉《ビッグリップ》をむかえるというのがビッグリップ理論だ。最初の爆発がビッグバンだから、その対となる概念といえる。

爆発からビッグリップまでの期間を計算することができれば、世界が終わる日を知ることができる。そのための式が、「世界の終わりの方程式」とも呼ばれる、加速方程式だ。仮説の上に仮説をのせて成立しており、それがロマンの数式と呼ばれるゆえんだ。

シュカは静かに水道橋《すいどうきょう》に書かれた数式を眺《なが》める。世界の終わりを計算するその式は、橋全体に広がっていた。

「リックはここでひとり、誰からも信じてもらえない数式を書きつづけているわけだ。どういう理由で、どんな気持ちでやってるんだろうね」

なにかを感じ取るように、シュカが煉瓦《れんが》に手をあてていう。

「明るい字なんだけど、みていると、なんだか寂しい気分になっちゃうんだよな。なんでだろ」

そして携帯端末を起動し、数式の画像を撮りはじめた。

「どうするんですか？」

「ちょっとくらい手伝ってあげようかなってさ」

「今回の調査とは全然関係ありませんよ」

「別にいいじゃないか。出会った縁と、橋の上からとんだ勇気にめんじてさ」

「先輩、僕たちには調査官三原則というのが――」

ヨキは言葉をつづけようとするが、シュカによって口をおさえつけられる。そうしていると、橋の上に人がやってくる気配がした。二つの足音と、二つの話し声。ひとりはすぐにリックだとわかった。とても騒がしい。そして、リックが「ロルカ」と呼びかけていることから、一緒にいるのが、あの緑色の瞳を持つ女の子だとわかる。

ヨキとシュカはそそくさと橋げたの下に身を隠し、聞き耳をたてた。

「オレの秘密基地なんだ、ここ」

リックの声が響く。どうやら二人は橋の真ん中にいるようだった。立ち止まっているのか、腰を下ろしているのかは、姿がみえないのでわからない。

「星がよくみえるだろ」

「ええ」

ロルカの声は無機質で、彼女が緑の異人なのではないかという疑念もあり、ヨキには、感情の欠落した、人ではないなにかのように感じられてしまう。しかしリックは、ロルカと話ができて嬉しそうだ。声がうわずっている。

「ずっとロルカにみせたいと思ってたんだ。景色は良いし、人もこなくて静かだし、こういう場所、好きなんじゃないかなって」

「ええ好きよ。だから、たまにくる」

「え？」

「こうやって夜にくる。下でリックが数式をつくってるの、何度かみた」

「なんだよぉ、きたことあったのかよぉ」

リックはあてがはずれて、がっかりした声を出す。もっと喜んでくれると思っていたのだろう。ヨキのとなりで、シュカが「がんばれ少年」と呟《つぶや》く。届くはずのない声援だったが、リックは声に元気を取り戻して、会話をつづけた。

「ロルカはさ、星座は知ってる？」

「知らないと思う。地方によって、形のつくりかたは違うし」

「ほんと？　じゃあ、オレ、教えるよ。あそこに赤く輝く星があるだろ。あ、ちなみに赤くみえるのは星の表面温度が低いからなんだよ」

「それ、知ってる」

「え、あ、そう。それでさ、あの赤い星と、右上にある輝きの弱い星を結んで――」

リックが星座の説明をしていく。口下手なせいで、きっとそういう形が天体にあるのだろうな、くらいしかわからない。ロルカの反応も、「ふうん」といったものばかりで、感触がいいとはいえなかった。

「好きな女の子と星をみるなんて、甘酸《あまず》っぱいことに挑戦するものだね」

シュカが、ひそひそ声で話し、ヨキも同じトーンでこたえる。

「ベタすぎますよ」

「それがいいんじゃないか。ヨキにもこんなことあった？」

「ノーコメントです。それで、リックに脈はあるんですか？　相手、そっけないですけど」

「ないでしょ。リックの押しが強いから、仕方なくって感じだと思うけど」

しかし一発逆転はあった。いよいよ話題が尽き、気まずい沈黙の時間が増え、リックが苦し紛れにいったときのことだ。

「二週間後に流星群がくるだろ。一緒《いっしょ》にみたいんだけど、どうかな？　夜明けまで、二人で」

少しの沈黙のあと、風が吹き抜けるように「いいよ」と声がつづいた。

「やっぱ、だめだよね。ひと晩中、一緒《いっしょ》にいるなんて」

「いいよ」

「わかってたんだ。オレみたいな不細工が、君のとなりにいれるわけ――って、うそぉお！」

「うそじゃない。一緒《いっしょ》に流星群をみよう」

リックは大喜びし、大騒ぎした。帰るときの足音は軽やかで、スキップしているようだった。

ヨキとシュカは邪魔をしないよう、二人の気配が橋の上から完全になくなってからも、しばらくそのまま待った。

「リックみたいな男の子が、女の子と天体観測ですか。ちょっと信じられないですね」

「この街では今、モテない男の法則も乱れてるんでしょ」

たっぷり時間を置いてから、ヨキとシュカは橋げたの下から出た。

空は澄み渡り、虫の音が聞こえる。ヨキは空をみあげ、すぐに目を閉じる。一瞬だけあおぎみた天の川の光は、しばらく瞼《まぶた》のなかに残っていた。

「さて、帰って寝るとしようか」

「そうしましょう」

二人が帰ろうとした、そのときだった。

「こんばんは」

夜空から落ちてきたかのように、頭上からこつんと声が降ってきた。

ヨキとシュカが、どこから声が落ちてきたのかと探していると、今度はもっとはっきりとした硬質な声が、夜のしじまに響いた。

「こんばんは」

驚き、みあげてみれば、水道橋《すいどうきょう》のふちに女の子が立ち、宝石のような緑色の瞳で、ヨキとシュカをみおろしていた。夜風にゆられた髪は、左右で長さが異なっている。

ロルカだ。

橋の下に、ヨキとシュカがいたことに気づいていたのだ。

青い月を背に、陶器のような表情でたたずむ姿は、おそろしいほどに超然としている。

ヨキはロルカとみつめあい、息がとまりそうなほどの時間的空白を味わう。そしてロルカは薄いくちびるをうごかす。そこからこぼれたのは、とてもおだやかだけれど、特別な響きを持つ言葉だった。

「久しぶりだね、ヨキ、シュカ」

◇

「ヨキのバカァ！」

リックに殴《なぐ》られた。

ロルカとの不思議な邂逅《かいこう》から翌日のことだ。あの瞬間以来、ヨキはロルカについて考えつづけていた。「久しぶり」と彼女はいった。二人の名前も知っていた。けれど、セントラルにおいても、地上の調査においても、緑色の瞳を持つ女の子に出会った記憶はない。

「この調査、最初から違和感があったんだ」

ロルカに声をかけられた夜、拠点の家に戻ってすぐ、シュカはいった。

「街にきたときからですか？」

「いや、セントラルにいたときからだよ」

調査にくる前日、徹夜で資料に目を通していたのはそのためだという。

「物理法則の乱雑化の調査をするのは、調査局において、私たちが初めてのはずなんだ。けれど、調査局のデータベースには、過去、何度か、誰かが調査した痕跡があったんだよ」

「そりゃあ、緑の異人が絡《から》んでいますから、誰かは調査をしているでしょう」

「それがね、どうやらそれらの過去の資料をつくったのは私たちみたいなんだ」

「え？」

「間違いないよ。文章につけられた調査官ＩＤはヨキと私のものだった。そして、調査書式と断片的な記述が残っているだけで、内容はほぼ空白になってるんだ」

「おかしいですね。僕たちがこの現象について調査するのは初めてですよ。その資料、誰かが偽造したんじゃないですか？」

「ブランクの資料を偽造することに意味があるとは思えないね。重要な調査内容を誰かが消したという可能性もあるけど、その調査をしたと思われる本人たちに記憶がない」

「今回の調査、少し慎重にやる必要があるかもしれませんね」

物理法則が乱れる場所に必ず存在する緑の異人。そしてロルカはその存在と容姿が酷似しており、さらにヨキとシュカのことまで知っている様子だった。普通ではない。間違いなく、特殊な存在といえる。しかしわからないことばかりであり、とにかくリックにロルカのことを聞いてみようということになった。そして翌日の昼、水道橋《すいどうきょう》で数式にむかうリックをみつけ、ヨキが開口一番、「ロルカって女の子、普通じゃないよね。気をつけたほうがいいよ」と声をかけたところ、リックが「バカァ！」と殴《なぐ》りかかってきたのである。

「なんでそんなことというんだよ、ロルカは優しい女の子だよ！」

リックの一発が腹に入り、ヨキは「親切心でいったのに」とうずくまる。

「まあ、今のはヨキがよくないね」

シュカが、「どうどう」とリックをなだめながらいう。

「大好きな女の子を悪くいわれたら、怒っちゃうもんだよ」

「そういうもんですかね」ヨキはお腹をさすりながら立ちあがる。

「ヨキはもっと、恋心というものを学ぶべきだね」

ちょっと姉さん、と顔を真っ赤にしたリックが口をはさむ。

「オレ、別にロルカのことが好きとか、そういうんじゃないって。ほんとに」

「バレバレだって。今度、流星群を一緒《いっしょ》にみるんでしょ？　手でも繋《つな》ぐつもりかな？」

「え、なんで流星群の約束のこと知ってるの？」

「ナイショ」

「あ、そっか。嬉しくて、街中の人に自慢したんだった」

「なにやってんのさ」

シュカがあきれてため息をつく。そして話を本題に戻す。

「物理法則の乱れを調査してるっていってたでしょ。過去にそういうことが起きたと推測される地点にね、奇妙な共通点があるんだ。それらすべての場所にさ、緑色の瞳を持つ異人がえがかれたり、語られたりしているんだよ。壁画だったら、わざわざその人物の瞳だけ、エメラルドがはめ込まれていたりしてさ。そしてその壁画があるのは、古代から青い瞳を持つ人たちの文化圏で、緑色の瞳を持つ民族はその大陸にいなかったりする。コスモブリッジもそうでしょ。リックも深いブラウンの瞳。他の人たちもそう。けれどロルカは――」

「そんなのたまたまだよ。ロルカの瞳が緑色だからって、異人だなんて」

じゃあ、ひとつ質問するよと、お腹の痛みから復活したヨキがいう。

「リックは、ロルカをいつから知ってる？」

「え？」

「いつ、どうやって出会ったんだい？」

「いつって……」

リックは口をぱくぱくさせる。それは、ヨキの質問の仕方が威圧的だったせいではない。明らかに、その記憶がないことに戸惑っていた。

「多分、ないはずなんだよ。街の人たちもそうだった」

街の人たちの反応も同じだった。誰ひとり、ロルカとの出会いを覚えていないのだ。さらに学校の名簿を確認したところ、リックの名前はあったが、ロルカの名前はなかった。それでも、ロルカは毎日学校に通い、誰しもが自然に受け入れている。

「どういうことなんだろ……。オレ、よく考えたら、ロルカのこと、全然知らない。家族がいるのかも、いつからこの街に住んでるのかも。なのに今まで全然気にならなかった」

リックは混乱していた。今まで友人だと思っていた女の子が、未知の異人かもしれない可能性が現実味を帯び、どうしていいかわからないといった様子だ。

「深く考える必要はないんじゃないかな。いつも通り、そのままでいいと思うよ」

シュカがリックの頭をぽんとたたいていう。

「好きな人が他人と少し違っているからって、態度を変える必要なんてない。ロルカが特殊な存在であると私も推測しているけど、それが悪いことってわけじゃない」

「でも、ロルカが物理法則を乱しているかもしれないんだろ」

「わざとじゃないかもしれない。勝手に乱れてしまうし、勝手に街に入りこんでしまう。ロルカはそういう性質を持っているのかも。想像だけどね。それと、私たちは犯人捜しをしているわけじゃないんだよ。ただ、知りたいだけ。なぜこんな現象が起きているのか。なぜ各地にロルカのような女の子の痕跡があるのか。責めはしないよ」

これまでも世界各地で不思議な存在と邂逅《かいこう》してきたと、シュカはリックに語る。

「特殊な存在はなんだか恐《こわ》いから、排斥する。そんな気持ちになる必要なんてない。私たちはそういう存在と出会ったら、まずは受け入れる。だいたいみんな変わっているけど気持ちは優しい存在で、嬉しい出会いになることがほとんどさ。だから、リックもロルカが自分とは違っても、好きな気持ちがあるならそのままでいいと思う」

「姉さん——」

「応援してるよ」

「ほんと？」

「うん。流星群がくるまでに、天体望遠鏡をつくってあげる」

そこでヨキがついつい口をはさむ。

「天体望遠鏡の性能って、ほぼレンズに依存するんですけど、その精度はつくる人間がどれだけ根気よく地道な作業をするかにかかってますよね」

「うん。だからレンズはヨキがつくる。私はカワイイ筒を用意するよ」

そうなると思っていたので、ヨキはあきらめの境地で深くうなずいた。

「それよりさ、リックってずいぶん難しい数式にチャレンジしてるよね。世界の終わりを計算しようなんてさ」

シュカは水道橋《すいどうきょう》全体に広がる数式に目をやりながらいう。リックは、「姉さん、わかるの？」とすぐに嬉しそうな顔になる。

「そうなんだよ、これはスッゲエ式なんだ。世界は爆発してはじまったんだ。いまも爆発の勢いでずっと広がっていて、でもそれは飛散してどんどん薄くなるってことで、広がり過ぎると世界はその薄さから、破れて終わってしまうんだ。僕はその終わる時を計算してるんだよ」

それはセントラルにある加速方程式そのままの理論だった。

「まだ十五でしょ？　よくそんな式をやろうと思ったね。全部、自分で？」

「えっと、いや、ほんとは全部オレっていいたいんだけど」

リックは頭をかきながらいう。

「親父《おやじ》が遺《のこ》してくれた数式なんだ」

「遺《のこ》してくれたってのは、つまり――」

「うん、死んだんだ、病気で。ちょうど一年くらい前かな。あ、姉さん、そんな哀しそうな顔しないで。オレ、そんなセンチメンタルなタイプじゃないし」

湿っぽい話にならないように気をつかったのか、リックは大袈裟《おおげさ》な身振りで壁にむかって、チョークで数式のつづきを書きはじめる。

「兄さんや姉さんと同じだよ。オレ、ただ知りたくてこうやって計算してるんだ。それ以外に理由なんてないし。だって知りたいじゃん、いつ世界が終わるか。まあ、親父《おやじ》には感謝してる。だって、この式のおかげでロルカと仲良くなれたようなもんだし」

リックはふと手をとめる。

「そうだ、よかったら手伝ってよ。最近、同じところでつまずいて、先にすすめないんだ」

「どれどれ」

シュカがリックの手元をのぞきこむ。

「式が終わってるね」

「うん。終わっちゃうんだよ」

「それは計算が終了したってことじゃないの？」

「どこかで計算を間違えたから終わってると思うんだ」

「計算が正しくて、ついに終わったって可能性は？」

そんなはずないよ、とリックはいう。

「だって、この計算が正しかったらさ、あと二週間で世界は終わっちゃうんだ」

◇

物理法則の乱れは、コスモブリッジの住人たちに知れ渡るところになった。

庭石が、大人の腰の高さほどに浮きあがり戻らなくなったのだ。ずっとそのままの浮いた状態で固定化されるのは初めてのケースだった。

人々の反応は、さすが学術の街といったところで、多くの人が見物にやってきては議論を繰り広げた。石に乗ってみる好奇心旺盛な子供もいた。ヨキもついつい興味に駆られ、石の上にのぼって無重力状態を体験した。

「面白かったですよ。僕、宙返りしちゃいました」

拠点の家に戻って報告すると、シュカは「よかったねぇ」と気のない返事をする。口と鼻のあいだに鉛筆をはさみ、手に持った紙を眺《なが》めていた。

「加速方程式、まだやってるんですか？」

ここ数日、シュカは家にこもって数式を解いていた。床には芯の丸くなった鉛筆と、消しゴムで何回も消されて黒くなった紙が散乱している。

「意外と難しくてさ。複雑な関数も入るから、どうしても手計算が発生しちゃって」

「リックのためですか？」

「カワイイよね。関係ないって強がりながら、死んだ父親が遺《のこ》した数式を必死で解いているなんてさ。そりゃ手伝いたくもなるよ」

でも、それだけじゃない、とシュカはいう。

「もしかしたら数式は正しくて、本当に、数日のうちに世界が終わってしまうんじゃないかって、そう、思ったんだ」

「ずいぶん大胆な発想ですね。加速方程式と物理法則の乱れを結びつけて考えました？」

「その通り。法則の乱れが、世界の綻び。それが大きくなって世界は終焉《しゅうえん》する」

加速方程式は、加速度的に膨張をつづける世界に綻びができ、そこから世界が崩壊していくという、ビッグリップ理論に基づいている。その、加速する世界にできる綻びというのが、物理法則の乱れではないかとシュカは考えたのだ。

「けれど、それには有力な反証がありますよ。過去、物理法則の乱れは何度も起きた形跡があって、そのとき、世界は終わっていない」

「だからといって、加速方程式と物理法則の乱れに関係性がないとは言い切れないよ。過去のケースでは、綻びの原因となるようなものが取り除かれたのかもしれないし、反作用のように、修復する力があって、許容されたのかもしれない」

いずれにせよ二つの事柄を結びつける根拠が乏しいのは認めるよ、とシュカはいう。

「だから数式を検証してるのさ。もしかしたら、思わぬ符号が浮かんでくるかもしれない」

「僕も手伝いましょうか。ひとりじゃ大変でしょう」

「お、ありがたいね。計算って疲れるからさ。じゃ、あとはよろしく」

シュカは紙と鉛筆をヨキにおしつけると、「私も無重力で遊んでくる！」と、風のように外に出ていってしまった。ヨキはため息をつき、コーヒーを淹《い》れてから、腰を据えて数式にむかった。おしつけられてくそうと思う反面、小さいころから勉強するくせがついているものだから、数式を前にすれば自然と集中してしまう。気づけば夜になり、リックの計算の確認作業を終えていた。シュカはまだ戻ってきていない。どこかで遊んでいるのだろう。

ヨキは数式をみながら、新たに発見した事実を頭のなかで反芻《はんすう》する。自然と足は外にむいていた。輝く数式の街を抜け、水道橋《すいどうきょう》までやってくる。そして外階段をのぼる。夜風が気持ちい い。踊り場で足をとめ、また考えを整理する。そのとき、橋の上から声をかけられた。

「待ってたよ、ヨキ」

ロルカはいう。

「話をしようよ、いつかの夜みたいに」

◇

橋の上で、ロルカとならんで夜のコスモブリッジを眺《なが》めた。悪くない景色だった。数式の輝きには気取ったところがなく、素直で、どこか切ない。

「リックのこと、どう思ってる？」ヨキはたずねる。

「緑の瞳を持つ異人と出会って、最初にする質問がそれなんだ」

ロルカの声は平淡だが、ヨキがその質問をすることが期待通りという響きがまじっている。

「ヨキとシュカはいつもそうなんだ。大きな現象の調査にきてるのに、そこにいる誰かを、小さなものを大切にするためにあくせく動きまわる。私はそんな二人が好き」

ロルカは夜景に視線をむけたまま、風にむかって話すかのようにいう。

「今回はリックのことを心配しているんだね。私が特殊な存在で、それで、リックを傷つけてしまわないか」

「僕たちについてよく知ってるみたいだ。調査官であることも」

「ヨキとシュカが教えてくれたんだよ。私がどういう存在か知ったら、色々と話してくれる。まるで、お土産を持たせるみたいに」

「僕たちは君と会っていて、その記憶を失《な》くしている。そういうことなのかな」

ロルカが人知れずコスモブリッジに馴染《なじ》んでいたことから、彼女が他人の記憶に干渉していることは容易に推測された。そして、その口振りからして、ヨキとシュカはすでに何度もロルカに会っていて、それを忘れている可能性がある。そう考えれば、調査にくる前、シュカが自分で調べた痕跡をセントラルのデータベースで発見したことと整合性が取れる。

「色々な話を聞いた。砂漠の街や、失われた文明。私のお気に入りは、お父さんが神様だったという、体が動かない女の子の話。いつか会えたらいいなって思う」

最初の質問に戻るね、とロルカはいう。

「私がリックを意図的に傷つけることはない。安心して。私、リックのこと、嫌いじゃない」

ロルカはリックと出会ったころのことを語りはじめる。

「ちょうど一年前、私はコスモブリッジにあらわれた。そのころはアレンも生きていた」

アレン・ギンスバーグ。それがリックの父親の名前だった。アレンは数学博士で、アカデメイアにこもって日夜、研究に没頭していた。家庭をかえりみることはなかった。そしてそういう親子にありがちなように、アレンとリックは仲が悪かった。

「リックは学問の徒であるお父さんに反抗するように、学校にもこなくて、勉強を嫌ってた」

アレンはコスモブリッジにおいても変人扱いされていた。加速方程式のような、実用性のない数式に夢中になっていたからだ。誰もが彼の研究を笑った。理解しようとしなかった。その変人の息子であるリックも、笑いものにされた。それで、ますます父親のことを嫌うようになった。お前のオヤジ、変だよなと声をかけられると、一緒《いっしょ》になって父親の悪口をいうことも多かったという。

「でも、本当は悔しくてたまらなかったんだと思う。私にはなんとなくわかった」

アレンはあるとき、流行病にかかって死んだ。誰からも認められないまま、称賛されないまま。葬式には数人のアカデメイアの関係者が参列するだけだった。

「アレンのお墓の前で立ち尽くすリックをみて、ああ、本当はお父さんのことが大好きだったんだな、って思った。リックが加速方程式を追いかけはじめたのは、それから。まるでお父さんとの絆《きずな》をたしかめるみたいに、お父さんの正しさを証明するみたいに、数式を解きはじめた」

リックはそれまで学校をさぼり、勉強をしてこなかったため、当初はまったくなにもできなかった。基礎から学ぶため、学校にきて授業を受けては理解できず、頭をパンクさせて途方にくれていたという。

「最初、私はリックにもうやめるようにいおうと思った」

「どうして?」

「つらそうだったから。そして、みている私もつらかったから」

リックには勉強の才能がなく、学校にくるようになって、机にかじりついているのに成績はいつもビリだった。頭からはいつも煙が出ているようだったという。

「むいていないことに一生懸命になっていたら、不幸な結末になりそうで。すごく不器用で、難解な数式を解けるはずがない。でもいえなかった。水道橋《すいどうきょう》で、『父さん、みててね』っていいながら、まるで世界にむかって叫ぶようにチョークを叩《たた》きつけるリックをみていたら、私の胸はすごく痛くなって、ただ応援するしかできなかった」

リックは、あるときは泣きながら、亡き父に語りかけるように数式を解いていたという。

父さん、ごめんね。出来の悪い息子でごめんね。悪口いってごめんね。でもオレ、父さんがすごい学者だったって知ってるんだ。オレだけは知ってたんだ。みててね、この式だけは解いてみせるよ。誰も知らない、スゲエ数式なんだ。そしたら褒めてくれよ。オレ、頭悪いから、時間かかるかもしれないけど、父さんの数式だけは解くからさ。そしたら小さいころみたいに、頭、なでてほしいんだ。父さん、なんで死んじゃったんだよ。大好きな数式、ほっぽらかしてさ。みんなに笑われたままで、オレ、悔しいよ。ほんとはすごいのに。みててね、父さん。

ロルカはそれを水道橋《すいどうきょう》の上で聞いていた。

「すごく痛かった。そして、やりとげてほしいと思った」

「リックは解いたよ。自分の力で」ヨキはいう。「少年の一念は天に通じたみたいだ。計算はまったく間違っていなかった。先輩は何度も間違って途中で投げ出して、僕はそれを引き継いで修正した。大人が二人がかりで解いた式を、リックは十五才にしてひとりで解いたんだ」

「そう」

ロルカは目を伏せる。表情の抑制はきいているが、少し嬉しそうだった。

「加速方程式をみたのなら、私がどういう存在なのかわかった?」

おそらく、とヨキはいう。

「リックの式を検算していたとき、気づいた。現在よりもずっと前、過去の時点で、世界は終わっているんだ。計算上はね。でも世界は存続している。だからそのポイントにきたとき、変数を代入したりして強引に数式をつづけるんだ。リックもそうしていた。けれどもまた、過去のある時点で世界が終わる。また同じ方法でつづける。それを繰りかえして無理やり現在までの数式をつくる。つまり、加速方程式によれば世界は何度も終わっている」

ヨキはいつ世界が終わっていたかを年表にしてならべた。

「そして僕はもうひとつの年表をつくった。物理法則の乱雑化現象が起きたと推測される年代を順に記したんだ。そして、その二つの年表は見事に重なったよ。世界が終わるべきだったタイミングと、物理法則が乱れたタイミングは完全に一致していた」

加速方程式で世界が終わると計算されるときに、物理法則は乱れる。物理法則が乱れるときに、緑の異人はあらわれる。AのときB。BのときC。それは、AのときCだということ。

「つまり、世界が終わるとき、君はあらわれる」

「そのとおり」

ロルカはさほど重要でもないことのように、ごく自然に肯定する。

「私はあなたたちに緑の異人と呼ばれている。そして、その正体はわかった？」

「僕は最初、君が物理法則の乱れの原因だと思っていた」

「つまり、私が世界を終わらせる存在、もしくはその象徴だと」

でもそれはおかしい、とロルカはいう。なぜなら加速方程式の前提として、世界が終わる原因はビッグリップ、つまりは広がった世界が支えきれなくなって崩壊する以外にあり得ない。

「そうなんだ。なんらかの存在が作用して世界が終わるんじゃない。世界はその自身の性質ゆえに自発的に終わる。原因が先なんだ。まず世界の崩壊が先にあって、そこにつねに緑の異人が、君があらわれる。いや、それはどうなんだろう。あまりに時間的な広がりがあるけど」

「私よ。あなたたちが観測している異人はすべて、古代から現在に至るまで、ただひとりの私」

世界の終わりがあり、そこにロルカがいる。そして過去、加速方程式が算出する世界が終わるべき時点で、世界は終わっていない。そこから推測するひとつの答え。

「もしかして、君は世界の終わりをくいとめてるんじゃないのか?」

言葉にするとあまりに幼く感じられる。しかし、ロルカは「そのとおり」と初めて笑顔をみせた。緑の異人は世界を終わらせるものでも、その元凶でもなかった。

「私は修復者。世界を存続させるもの」

◇

拠点の家で、ヨキは円形のガラス板を研磨していた。かれこれ数時間、同じ作業をつづけている。シュカが安請けあいした、天体望遠鏡の主鏡をつくる作業だ。

「リックはさっさと好きっていうべきですよね」

ガラスにできた凹面鏡の深さを目で測りながらいう。

「あきらかに両想いなわけですし」

「そうはいかんのが男と女なわけさ。ヨキにはわからんだろうねえ。このたまらん距離感が。くぅ、青春」

シュカはオヤジくさいことをいいながら、天体望遠鏡のフレーム部分を工作している。

「いやあ、はやく完成させて二人に渡してあげたいね、このシュカ式望遠鏡」

「なにいってるんですか。レンズが一番大変なんです。これは、ヨキ式望遠鏡です」

シュカは「ぐぬぬ」と唸《うな》ったのち、言いあいでは不利と感じたのか、「私は自分の名前が入ってなきゃイヤなんだよぉ！」と、つかみかかってきた。このシュカ様発言を受け、ヨキも応戦する。二人でくんずほぐれつ、床を転がっているうちに、扉が開いてロルカが入ってきた。

「相変わらず仲が良いのね」

学校帰りのロルカは、カバンをおろし、ソファーに座る。ヨキとシュカはなにくわぬ顔で立ちあがり、撮影・録音のための機材のセットをはじめた。

「このシステムは強固だよ。音声を認識して、それを自動で文字に起こす。そして書き換え不可能なデータとして、メモリにやきつけるんだ」

ヨキはいう。ここ数日、様々な方法でロルカについての記録を取っていた。

「無駄だと思うな」ロルカはいう。「私についての記憶や記録は、どんなものでも抹消される。それは作為とか偽装ではなくて、自然現象に近いもの。これまでだって、ヨキとシュカは記録を残そうとした。でも、空中都市にも痕跡しか残っていなかったはず」

「いいね。じゃあ、そこからいこう」

シュカがカメラにむかってピースしてから、インタビュー形式の記録を開始する。

「ロルカの周囲に対する記憶や記録への干渉は意識的なもの？　コントロールは？」

「無意識で、コントロールはできない。私があらわれれば、みなは自然と受け入れる。そして私がいなくなるとき、記憶は消える。こうやって記録したことも残らない。ただ、私や世界の崩壊とは一見して無関係に思えるようなものに、間接的に託せば痕跡は残る」

「具体的には？」

「絵画や物語、いわゆる芸術作品に織りこむ形なら残るみたい。あと、数式。今回はリックの数式が私の正体を知るのに大きな役割を果たしたけれど、残ると思う」

数式は真理だから、とロルカはいう。つまり、ロルカの存在を伝聞する以外に、別の主な目的がある媒体であれば無関係と判定されるのだろう。

「信じてくれる？」

「もちろん。ここにくる直前、セントラルのデータベースをみているからね。たしかに報告書の内容は全てデリートされていた。残っていたのは、おそらく記憶がなくなる前につくって送信したと思われる書式だけ」

おそろしく規模の大きな超常現象といえるね、とシュカは感想を述べる。

「無意識にそれほどの現象が起きるのはどうしてだと思う？」

「私は自分がなんなのか、はっきりとはわからない。でも、心当たりはある。おそらく、私は世界の一部だから、そういう大きな現象が起きるのだと思う」

「世界の一部？」

「ええ。世界は放っておくと崩壊してしまう。それを防ぐための機能。人間の体でいうところの免疫かもしれない。もしくは物理現象。崩壊という作用があって、私という反作用がある。以前に出会ったシュカは、私は世界にとって大事な存在だから、記憶への干渉という防衛機能が備わっているのかもしれないといっていたわ」

今まさにその考えを口にしようとしていた、とシュカはいう。

「こういう崩壊する地点に立ち会っていないときはなにしてるの？」

「知覚できないから正確なことはいえないけれど、意識も、多分だけれど、存在そのものもないと思う。世界に綻びができると、私の意識は立ちあがって、そこにいるの」

「つまり、ロルカの生きている時間は世界が綻んでいるときだけということ？」

そのとおりとロルカがいい、シュカの表情が少し哀しそうなものになる。するとロルカは、ありがとう、という。

「シュカは優しいね。私のことを知るといつもそうやって困ったような顔をするんだ。私にも、もっと自由に楽しんで欲しいと願うから。それで、私の意識があるあいだに、短い時間に、少しでも良い思い出ができるようにって、色々とやってくれるんだ」

こういう存在であることにも、いいことはあるとロルカはいう。

「シュカの感じる時間と、私の存在する時間は違う。ヨキとシュカは過去から未来に流れる時のなかで生きているけれど、私には過去、現在、未来が同時にある」

「時空間理論のなかにはそういう説があるね」

「私は今より未来の世界の綻びをなおしたこともある。そこで、今よりもっと大人になったヨキとシュカに会った。そうやって色々な時代を飛び越えるのは楽しい」

「ヨキはまだ独身だったでしょ」

シュカがたずね、横で聞いていたヨキが、「そんなことはきかんでよろしい」という。それをきっかけに、インタビュアーをヨキがひきつぐ。

「君は修復者として、どうやって世界の綻びをなおすの？」

「世界が崩壊に至る、一番重要な裂け目みたいなのがある。そこにふれるだけでなおせる」

「この街で起きていることも、すぐになおせるってこと？」

「いいえ。重要な、『原初の裂け目』をみつけないと」

「簡単にみつかる？」

「ええ。時間が経って、物理現象の乱れが大きくなれば、裂け目も目立つから」

「つまり時間が解決してくれる、と。修復すると君はどうなる？」

「消える」

ロルカはいう。その表情はどこか儚《はかな》い。

「修復が終われば、その場で私は消える。今回かかわったみんなの記憶も、記録も」

それはとても寂しいことのように思えた。誰もがロルカのことを忘れてしまうなんて。ずっとひとりぼっちで世界を修復しつづけるロルカ。

「リックにそのことは？」

「修復者であることは話したけれど、記憶が消えるところまでは話していない。多分、私のことを、ずっとひとりで世界の綻びを探す旅人みたいに理解したと思う」

「いわないの？」

その質問をしたとき、扉が叩《たた》かれる。

「ロルカいるー？」

リックの声だ。ロルカ目当てに遊びにきたのだろう。

「ちょっと待ってねー」

シュカがいう。そしてヨキも手伝い、急いでセントラルの機材を片づける。

お願い、リックにはいわないでと、ロルカはいう。

「記憶が消えると知ったら、リックはすごく哀しむと思うの。でも、どうせ消えるのなら、せめて一緒《いっしょ》にいるあいだは明るい気持ちでいて欲しい」

ヨキとシュカはうなずいた。

◇

　数日に渡り、ヨキは望遠鏡の製作と、ロルカについての記録と、シュカの世話をしながら過ごした。そのあいだ、物理法則の乱れは大きくなりつづけた。あるときは、リックが血相を変えて、ヨキとシュカのもとにやってきた。野良犬《のらいぬ》が壁に埋まってしまったのだという。みにいってみれば、黒い長毛種の犬が、後ろ脚から胴体にかけて、煉瓦《れんが》の壁に埋まってしまっていた。シュカが、「おお、かわいそうに！」となでまわしていたところ、ロルカがやってきて犬にふれた。すると、犬はするりと壁から抜けでることができた。ロルカがさわることで物理法則の乱れはおさまるという。しかし、原初の裂け目を修復しない限り根本的な解決にはならないということだった。

「ねえ、兄さんの家の屋根、かしてくれない？」

　ヨキが晩御飯の食材の買いだしに出かけた帰り道、リックが駆けよってきていった。

「ロルカとデートするなら水道橋《すいどうきょう》でいいだろ」

「水道橋《すいどうきょう》が使えなくなったんだよ」

　煉瓦《れんが》が浮きあがって危険な状態なのだという。今度こそ、落ちたら助からないかもしれない。

「ロルカならなおせるだろ」

「そんなにしょっちゅうできるもんでもないらしいんだよ。原初の裂け目のために力をとっておくとか、そういうことだってさ。なあ、いいだろ。シュカ式望遠鏡の試運転もかねてさ」

「ヨキ式だよ」

屋根をかすくらい別にいいよ、とヨキはいう。

「サンキュ」

そういった、そのときだった。リックが突然、地面に倒れていた。ヨキも驚いたが、本人も事態が把握できないようで、「あ、あれ？」と体を起こせないでいる。重力が重くなったのかとも思ったが、周囲に変化はなく、リックの顔色が異様に悪い。

「兄さん、ごめん、なんだか目がまわってしまって」

「貧血かい？」

「そんなことないんだけど。このところ、父さんの数式やロルカのことで頭を使い過ぎたからかも。オレ、難しいこと考えると、頭がばあぁぁってなるんだ」

ヨキはリックに肩をかし、生け垣に座らせる。しばらくすると落ち着いたようで、顔色も元に戻ってくる。地面にぶつけたのだろうか、鼻血が出ていたのでハンカチをかしてやる。

「もう大丈夫。今夜、屋根をかりるよ」

「無理はしない方がいいよ。ロルカもまだこの街にいるみたいだし」

しかし、とヨキはつづける。

「屋根を使うのもいいけど、二人で空ばかりみているというのもどうかな。上をむいていれば顔を合わせないから恥ずかしくないというのもわかるけど、もうちょっと進展させておいたほうがいいと思うな。そもそも、好きっていったのかい？」

「い、いえるわけないだろ」

リックは急に顔を真っ赤にする。そしてすぐにしょんぼりする。

「この前、手をつなごうとしてみたんだ。オレ、ロルカのことが好きで、もし手をつなげたら嬉しいなって思って。それに、ロルカの体温を感じたかったんだ」

けれどダメだった、とリックはいう。

「すごい勢いで逃げられたんだ。それで正直に手をつなぎたいっていったら、まだダメって」

「男の子に慣れてないんじゃないかな」

「やっぱそうだよね。僕の手が汗だらけだったからとか、そういうわけじゃないよね」

もしくは人と触れあうのが苦手なのかも、とヨキはいう。

「あ、でも、このあいだ、僕とは握手してくれたなあ」

「え？　なんで？」

「いや、ロルカみたいな特殊な存在に出会えて嬉しかったから、握手を求めたのさ。そしたら笑ってしてくれたよ。もしかしたら、ロルカが本当に好きなのは僕なのかも。さわっていいのはヨキだけ、なんて思ってたりして」

あはは、冗談だよ、と笑ったところでヨキはリックに殴《なぐ》られた。みぞおちにきれいに入って、その場でうずくまる。

「もういいよ！」リックはいう。「僕はゆっくり仲良くなるからいい。とうぶんは二人で肩をならべて、空をみあげる。それで、流星群をみられれば満足だよ」

ヨキはしばらく痛みにうめいたのち、よろよろと立ちあがっていう。

「でも、ロルカはそのうちこの街を出るよ。それまでに、悔いのないようにしておいたほうがいいんじゃないかな。ゆっくりも悪くないけどさ」

「うん。でもオレ、ロルカについていこうかなって思ってるんだ。ロルカはずっとひとりで世界をなおしつづけてる。そんなの、寂しすぎるよ。オレ、ロルカをひとりぼっちにしたくない。だから、ついていこうと思うんだ。そうすれば、ずっと一緒《いっしょ》にいられる。それで、ゆっくり仲良くなって、手をつなぐ。手をつないで、世界中歩きまわれたら、すごく素敵だ」

リックはナイスアイディアだろ、と得意顔だ。

「それもいいね」とヨキはいってしまう。

ついていくことなんてできないのに。ロルカがこの街を修復したら、リックはロルカがいたことすら忘れてしまうのに。本当のことをいうべきかもしれない、と思った。けれど、ロルカのことを考えて、ニコニコしているリックの顔をみると、なにもいえなかった。

「それもいいね」

ヨキはもう一度いったところで、ひどく哀しくなった。それで思わず、つけくわえた。

「でも、ロルカが街にいるうちに、ひとこと『好き』くらいはいっておいたほうがいいんじゃないかな」

◇

夜、リックとロルカは赤い、平らな屋根の上にいた。二人のあいだには製作途中の天体望遠鏡が置かれている。それは二人の距離のようにも、二人を繋《つな》ぐ絆《きずな》のようにもみえた。

「これ、いまいちピントが合わないね」

リックが接眼レンズをのぞきこみながらいう。

「レンズをつくる人間と、フレームをつくる人間が違うから、焦点距離が上手く合わないんじゃないかな。兄さんと姉さん、真逆の方向性で生きてそうだし」

「大丈夫だよ」ロルカはいう。「最後にはちゃんと調整して、流星群には間にあわせてくれる。あの二人は、最後は外さない。そういう人たちなんだ」

「ロルカは兄さんと姉さんのこと、好きだよね」

二人はそれから、他愛のない話をした。学校の友だちのことや、先生のこと。今日、授業で教えられたこと。リックにとって、それらは準備体操のようなものだった。しばらくしたところで、声をうわずらせながら本題を切りだす。

「ロルカはさ、世界を修復したらこの街を出ていっちゃうんだろ」

「うん。リックと流星群をみて、原初の裂け目を修復したら、ここを去る」

「それでさ、オレ、考えたんだけどさ」

リックは大きく息を吸ってから、思い切っていう。

「ロルカと一緒《いっしょ》にいこうかって、思うんだ」

「え？」ロルカは少し驚いた顔をする。

「だって、ひとりじゃ寂しいだろ。オレ、ついていくよ」

リックは想像したのだという。世界を修復するという使命を背負って、世界中をあちこちとさすらうロルカの姿を。雨降る大平原をひとり歩くロルカの姿を。

「家族もいないみたいだし、ずっと移動してたら友だちもできないし。だからオレ、一緒《いっしょ》にいこうと思うんだ」

ロルカはしばらく沈黙したのち、「私はひとりで平気」といった。

「世界にいるものはみな、本来的に孤独なんだ。同じ時代に生きていても、同じ街にいても、名前も知らない、話したこともない人がたくさんいる。一緒《いっしょ》に暮らしていても、別々の部屋にいれば、その時間はひとりになる。多分、誰かのとなりにいるとか、ずっと一緒《いっしょ》にいるっていうのは幻想なんだと思う。距離が近いか遠いかだけで、究極的には、みんな大きな世界にひとりで立っている小さな存在だって、私はそう感じてる」

だから私は寂しくないし、ずっとひとりでも平気だと、ロルカはいうのだった。

「私は慣れているからいいけど、リックにはまだ旅は無理だよ。この街にいて、学校に通って、色々と学んで大人にならないと」

「そうなんだけどさ。わかった。じゃあ、オレ、大人になったらロルカに会いにいくよ」

「私、すごく遠いところにいるかもしれないよ」

「うん、それでも、オレはそこにいく。世界の果てにだって、いくよ」

ロルカはそれにたいして、なにかをいおうとして、いえなくて、しぼりだすように、

「わかった。待ってる」

といった。

リックのなかに、自分の記憶が残らないと知っていても――。

ヨキとシュカは部屋のなかで、屋根の上で繰り広げられるそんな会話を聞いていた。

「やれやれ、外からのぼって勝手に使っていいとはいいましたけど、屋根は薄いって教えてあげたほうが良かったかもしれませんね」

ヨキは床に敷いた布団で、寝がえりをうつ。

「二人はどうせ健全な会話しかできないさ」

ベッドを占領しているシュカがいう。掛布団《かけぶとん》をかぶっているが、目は開かれている。

「しかし今回、なんだか僕たち、二人の会話を下から聞いてることが多くないですか？」

「仕方がないよ。少年が不思議な少女に出会ってしまったんだ。私たちは黒子に徹するしかな

いわけさ。二人の願いを叶える妖精さんってところかな」

気がかりなこともあるけどね、とシュカがいう。

「リックの体調、悪いみたいだね」

「ああ、それですか。僕の目の前でも倒れましたよ」

「学校でも元気がないらしくてさ。心配のし過ぎかもしれないんだけど、お父さんが早く死んでいることもあるからさ」

「それなら大丈夫です。アレンの死因は間違いなく流行病です。家系図も調べましたけど、遺伝的な疾患を受け継いでいる可能性も低いです」

「ヨキもリックが好きだねえ」

「妖精さんですからね。自分の役割はきっちりと果たすのが、僕の仕事の信条です。名ばかり管理職のシュカさん、聞いてます？」

シュカはわざとらしく寝息をたて、狸寝入《たぬきねい》りをはじめる。

「まあ、いいです。とにかく、リックとロルカが残された短い時間を楽しく過ごし、流星群をみて、別れる。そのために、やれることはやりますよ」

しかし、翌日から事態は加速度的に進行した。やはり世界は崩壊にむかっていて、ヨキとシュカが思いえがいていた筋書きなんて簡単に崩れてしまったのだ。

朝になると、街は変貌していた。家が浮いたり、傾いたり。街のあちこちにある常緑樹がねじれていたりする。それはまさに世界の終わりを連想させる光景だった。光の屈折にも異常が出ていて、目の前に虹がかかっていたりする。

あまりに禍々《まがまが》しい光景であったため、ヨキは街に出て、ロルカの姿を探した。そして広場の、沸点が下がったせいで沸騰してしまった噴水の前で彼女をみつけた。

「けっこう崩壊が進んだと思うんだけど、これ、大丈夫なのかな？」

ヨキはきく。毎回、ロルカはこういう事態を収束させてきたのだ。今回も、大丈夫なはずだ。

しかし、ロルカは「実はね――」と細い眉を寄せていう。

「原初の裂け目がまだみつからないんだ」

「それってつまり？」

ロルカは申し訳なさそうに目をふせる。

「世界が終わってしまうかもしれない」

◇

ヨキとシュカはロルカをともなって、コスモブリッジの街を練り歩いた。

「裂け目というのは僕たちにみることはできるのかい？」

「いいえ。私にしかみえない。けれど、ヨキたちの目にも、なにかしら異常に映ると思う」

「その裂け目はどういうところにあるの？」

シュカが地面に流れる流体となった金属をよけながらたずねる。融点が狂ってしまったのだ。

「いろいろ。地面にあるときもあるし、空中にあるときもある。動物の体のときもあった」

「どうやって修復するの？」

「手で、さわるだけ。空に裂け目があったときには、手をかざして、なぞった」

「けっこう簡単なんだね。ま、とりあえず裂け目をみつけよう」

数日に渡り、ヨキ、シュカ、ロルカでコスモブリッジ周辺を探索した。リックは体調がかんばしくなく、参加したりしなかったりだった。

裂け目は、いっこうにみつからなかった。ヨキやシュカは、雲間から光射《さ》しているところや、川の流れが逆流しているポイントをみつけてはロルカをつれていったが、その全てにロルカは首を横に振った。

そんなあるとき、いつもは平淡なロルカが、あからさまに動揺する出来事が起きた。

物理法則の乱れで、はじめて怪我人《けがにん》がでたのだ。まだ小さな子供で、友だちとボールで遊んでいたところ、むかってきたボールが急に加速して、腕の骨を折ってしまったという。

「私のせいだ」

ロルカはその知らせを聞き、下くちびるを噛《か》んだ。

「もう少しだけとどまっていたい。私がそんなことを考えていたせいだ」

どこかにむかって走りだそうとするロルカ。シュカがその腕を掴《つか》んだ。

「まだだよ、まだいける」

そんな、意味深なことをいうのだった。


シュカはコスモブリッジのアカデメイアの学長に会って、住人の避難を提案した。加速方程式を説明し、自分はその権威であると言い張った。ロルカのことは話さなかった。シュカが次から次に、現在のコスモブリッジの知識では及びもつかないことをいって、その場で証明したり、技術をみせたりするものだから、学長は首をたてに振るしかなかった。ほどなくして住民全員の隣町への避難が決まった。崩壊現象がとまるまでの、限定的な措置だ。

「もしかして先輩、裂け目の位置に心当たりがあるんじゃないですか?」

街から出ていく住人たちの列を眺《なが》めながら、ヨキはいう。

シュカは涼しい顔のまま、黙っている。ヨキはやれやれ、と肩をすくめる。

「修復が終わればロルカは消えてしまう。修復は後であればあるほどいいですからね。せめて流星群だけでも、といったところなんでしょうけど」

さすがに流星群までは待てないんじゃないかな、とシュカはようやく口を開く。

「崩壊の臨界点到達のほうがはやいよ。私の見立てでは、天体観測は無理だよ。でもそれは些《さ》細《さい》なことさ。天体望遠鏡が無駄になってもいい。ただ、リックとロルカには納得のいく別れをして欲しいだけ。世界が滅びそうだから、急いで修復して、さようなら。それじゃあ寂しいよ」

「相変わらずですね」

「バカなことをしてるって、思ってるでしょ。住人全員動かして」

「少数のために多数の人々に負荷をかける。そういうことを非難する価値観は、多くの社会、文化圏でみられます。僕はもう少し余裕のある社会が好きですけどね」

「私はさ、たった二人の男の子と女の子のために世界が動くことがあってもいいんじゃないかな、って思うんだ」

「特に、泣きながら父親の遺《のこ》した数式を解きつづけた少年と、人知れず世界を修復しつづける少女のためには」

「そういうこと。非難されてもかまわないよ。あの二人のためなら、世界を敵にまわすとまではいわないけど、対戦車ライフルを撃ちまくるくらいの覚悟はあるよ」

「酔狂ですね。まあ、そのとなりに僕はいるんですけど」

コスモブリッジに残ったのはリックとロルカ、ヨキとシュカの四人だけだった。

ヨキは丘陵に寝転がって、渦を巻く灰色の雲を眺《なが》めていた。昼なのだけれど、空のあちらこちらに夜のように暗い部分がある。そこに様々な色の光が走って、空は混沌《こんとん》としていた。エントロピーが増大している。そんな光景を目にしながらも、世界が終わるときはこんな感じなのか、とヨキは呑気《のんき》なものだった。おそらく、ロルカはかなり早い段階で原初の裂け目をみつけていて、それを修復することをためらってここまできた。シュカはそう推測している。そして、それはおそらく正しいのだろう。水道橋《すいどうきょう》の上で、リックとロルカは一緒《いっしょ》に流星群をみる約束をした。ロルカはその約束を果たそうとしている。

そんなことを考えていると、地面が小刻みにゆれはじめた。とても小さなゆれだから建物が倒壊したりすることはないが、それがやむことはない。

ヨキが身を起こすと、シュカが丘陵をのぼってくるところだった。

「先輩、どうしたんですか」

「ロルカはリックと水道橋《すいどうきょう》の上にいる。私たちもロルカのそばにいたほうがいい。もう崩壊の臨界点に達するところまできたんだってさ。流星群は……無理だね」

さすがに潮時みたいだよ、とシュカは力なくいう。

「これ以上はリックがもたないらしい。原初の裂け目はリックのなかにあったのさ」

◇

煉瓦《れんが》の欠片《かけら》が浮いている程度で、水道橋《すいどうきょう》の崩壊は他の場所ほどは進行していなかった。もしかしたら、ここだけはロルカがその都度、修復していたのかもしれない。

「お別れ、なんだね」

ロルカと向かいあったリックがいう。

ヨキとシュカは少し離れたところで、その様子を見守っていた。

「修復が終わったら、ロルカのこと忘れてしまうんだろ。オレ、バカだけど、そういうのなんとなくわかっちゃうんだ。兄さんたちと話してたの、少し聞いちゃったし」

リックは事情を全てわかっているようだった。記憶干渉のことも、裂け目のことも。

ロルカが目をそらし、「ごめんね」と謝る。

「約束も守れない。リックのなかにできた裂け目を修復しないと、もうリックがもたない。だから、私は修復しようと思う。そしてここから、リックの記憶から、消える」

「手をつないでくれなかったのは、僕にさわって裂け目を修復してしまうのを避けたんだね?」

「うん」

ロルカは消え入りそうな声で、「リックともう少しだけ一緒《いっしょ》にいたかったから」という。そして、記憶が消えることを黙っていたのは、リックを哀しませたくなかったからなの、と話す。

ロルカはリックを傷つけることを恐れていたのだ。

「オレ、大丈夫だよ」

リックは今にも泣きだしそうな顔で、でも、明るい声でいう。

「平気なんだ。だって、僕はまた君に会うことができるから」

ロルカは不思議そうな顔をする。記憶がなくなれば、もうロルカを追いかけることはできない。しかし、リックは足元の水道橋《すいどうきょう》を指しめす。

「父さんの数式だよ。今日、世界が終わらなかったら、僕はまたこの式を解いて世界の終わりを算出しようとする。君があらわれる時点をみつけることができる。記憶がなくても、君を知らなくても、僕は世界の終わりを、君のいるところを追いかけつづけると思うんだ。大人になったら旅にだって出られる」

「リックに悪いよ。とても遠いところにいるかもしれないし。リックの生きている時間をたくさん使ってしまう」

「でも、ロルカだって世界の修復のために生きている。しかも、たったひとりで。僕は君をひとりぼっちにさせたくないんだ。寂しい思いをさせたくないんだよ」

「私は平気。ひとりぼっちには慣れてるから」

「ほんとに？」

リックが真剣な表情できくと、ロルカは顔をそむけた。

「それは、寂しいときもあるけれど……」

「ロルカはさ、オレが会いにきたら、嫌かい？」

目をふせるロルカ。しばし沈黙して、聞こえるか聞こえないかの声でいう。

「嫌、ではないかも」

そして、少しだけ頬を赤くして、「うれしいかも」という。

リックはロルカの手をにぎろうとして、すんでのところでとどまった。まだ触れてはいけない。

「オレ、会いにいくから。どんなに遠くても、どんなに先の未来でも」

絶対にいくんだ、君のところへ、もう一度、とリックはいう。

「記憶がなくなってしまったら、本当はすごく哀しいはずなんだけど、オレ、バカだから、いつもみたいにゆるんだ顔で生きていってしまうと思う。大人になったら、君とは全然違う人を好きになってしまうかもしれない。オレ、単純で惚れっぽいところあるからさ。でも、それでも約束する。君に会いにゆく。記憶がなくても大丈夫、オレには父さんの数式があるから。加速方程式を追いかけていれば君に会える。父さんの数式が、導いてくれるんだ。そのときオレは君のことを忘れているんだけど、腰が曲がっておじいちゃんになっているかもしれないけど、もう一度君と会えれば、そのときは必ず今と同じ気持ちになる。嘘じゃない」

リックの目からは、ついに涙が流れだす。

「君は前にいってたよね。世界にいるものはみな孤独に生きているって。近くにいるか遠くにいるかの違いだけで、ひとつ屋根の下に暮らしていたとしても、別の部屋にいればひとりぼっちだから、誰かと一緒《いっしょ》にいるというのは幻想だって。でも、距離の相対性というのなら、オレは逆に考えるよ。オレのとなりは、スゲエ広い。この空のつづくところは全部オレのとなりなんだ。そういうことにする。だから、ロルカはどこにいてもオレのとなりにいる。今もそうだし、世界の果てにいたって、そこもオレのとなりなんだ。時間だってとびこえる。過去も未来も関係ない。なにをいってるかわからないかもしれないけど、とにかく、君をひとりぼっちにしない。オレはひとりぼっちの君のとなりに、ずっといる。ずっとそばにいる。君が好きなんだ。大好きだよ。本当はこうして別れるのが、つらくて、泣いてしまうくらい悲しいよ。」

そういって、リックはついに声をあげて泣いた。

みていたシュカが突然、携帯端末を起動して、すこし荒々しく操作をはじめる。

「どうしたんですか、先輩」

「消すんだよ」

端末に入っていた、物理法則の乱れについての調査ファイルを、次々にデリートしていく。

セントラルのサーバにアクセスして、過去の残骸も消していく。

「ヨキも自分のメモリに保存しているデータを消しなよ」

「痕跡をきれいさっぱり消して、今後、僕たちがこの件について調査しないようにするってことですか？」

そのとおり、とシュカはいう。

「今、この瞬間から、加速方程式の謎を解いていいのはこの世界にたったひとりになった。アレン・ギンスバーグの息子、リッキー・ギンスバーグだけ。それ以外は認めない。もし他の人がロルカに会いにいってその謎を解き明かしてしまったら、それは無粋というものだよ」

データを消し終わると、シュカは次に赤いチョークを持ち、水道橋《すいどうきょう》に様々な数式を書きこみはじめる。ヨキもその意図を察して、黄色いチョークを持って、手伝う。斥力や、トンネル効果に関する数式をどんどん書き連ねていく。

「ヨキ、シュカ、それは？」

ロルカが問いかけ、シュカが数式を書きながらこたえる。

「加速方程式だけじゃあ、世界が終わる時、つまりはロルカがあらわれる時間しかわからない。でも、会いにいくためには場所の情報も必要でしょ。ここに書いた数式は物理法則に関するもの。物理法則の乱雑化現象は、ここに書かれた法則の乱れが兆候なんだ。つまり、この数式の乱れに注意を払っていれば、ロルカのあらわれる場所を察知できる。その手がかりを残そうと思うんだ。水道橋《すいどうきょう》に書いてあれば、リックも無視はしないでしょ」

ヨキとシュカがひととおり書き終えたところで、ロルカも緑色のチョークを使って、数式を書き足した。たったひとつだけ、簡単な数式だった。

「その数式は？」リックがきく。

「私のメッセージ。なんだか幼くて、恥ずかしいけど……」

そのとき、街の方角から轟音《ごうおん》が聞こえてくる。みれば、コスモブリッジで一番大きい建造物、最高学府のアカデメイアがかしいでいた。塔の先端が奇妙に歪《ゆが》んでいる。その変化に合わせて、リックの顔色も悪くなっていた。

「リック、もう時間がない」ロルカがいう。

「ロルカ……」

泣きはらした顔のリック。ロルカは何度も謝る。リックは謝らなくていいんだ、といい、覚悟を決めたのか、少し大人っぽい顔になっていう。

「オレ、どうしたらいい?」

「目を閉じて」

「え?」

「お願い」

こうかな、といって、リックは強く目を閉じる。

ロルカはありがとうといって、リックに歩みよる。

そして。

「あわただしくなっちゃって、ごめんね」

ロルカはリックのほっぺに、幼さの残る口づけをした。

◇

「なんでオレ、ここにいるんだろ」

橋の上で、リックはあたりを見まわしながらいう。

「そっか。オレ、父さんの数式を証明している途中だもの。ここにいて当然だ」

ヨキは自分の手に持ったチョークをみつめている。

「それにしても僕たち、ちょいとヒマすぎやしませんかね。加速方程式を解く手伝いをするなんて。そもそも学会では、ビッグリップ理論よりビッグクランチ理論の方が主流なんですよ」

「いいじゃないか」

シュカは鼻唄をうたっている。

「流星群の観測なんて気楽な調査、なかなかないよ。しかも長期滞在が許されるなんて」

「しかし今になっていうのもなんですけど、この調査、よく上が許可しましたね。勤務態度の良好な調査官ならまだしも、僕たちみたいな不良調査官を二人もこんな調査にあてるなんて」

いいながらも、そんな疑問は風に流されるように消えてゆく。

リックが二人の足元に目をとめ、変な声をあげる。

「ちょっと、兄さん、姉さん、その数式なんなのさ」

「え、これ？」

シュカが足元をみる。「これ、私が書いたんだっけ？」と、トボけたことをいうが、間違いなくシュカの筆跡である。

「なんとなく、トンネル効果とかについて書きたかったんじゃないかな、ヨキも」

「ここはオレの秘密基地なんだよ。父さんの数式だけでいっぱいにしたいんだ」

「ごめんごめん、じゃあ消すね」

リックに怒られ、ヨキもシュカも加速方程式に関係のない数式を消していく。赤いチョークと黄色いチョークで書かれた数式はものの数分できれいさっぱりなくなった。

「じゃあ、最後にこれも消しておこうか」

ヨキが緑色のチョークで書かれた数式に手をかけようとしたとき、リックが「ちょっと待った！」と声をあげる。

「どうしたの？」

「いや、なんか、なんていうんだろ。その数式、ちょっと違うっていうか」

たしかにね、とシュカが数式をのぞきこんでいう。

「他の数式はΣだとかΩだとかを使うかなり複雑な数式なのに、これだけ単純な関数だね。特になにかの法則とか定理にはみえないけれど。なんだか、ひっかかるね。とりあえず、図にしてみたら？」

リックはうなずき、赤いチョークを手に取る。X軸《えっくすじく》とY軸《わいじく》を引いて、そこにグラフが示す点をいくつか取り、それぞれの点を線で繋《つな》いでいく

完成したのは、きれいなハート型の曲線だった。

CHAPTER 4

第四章

『ビート侍』

親父《おやじ》が城中で斬られたのが十年前。俺は十五才で、明日から城にあがって奉公をはじめようってときだったけど、世の習わしで親の仇《かたき》を討たなきゃ一人前じゃねえっていうんで、そっから俺の仇討《あだう》ちの旅ははじまった。仇討《あだう》ちの相手は半端《はんぱ》ねえ強さだったから敵《かな》うわけねえってことで、俺はひとまず武者修行の旅に出た。六天院《りくてんいん》って寺で剣の修行して免許皆伝して、その後も放浪しながら、断崖の上で白髪の老師を背中に乗せて腕立て伏せしたり、剣山の上で座禅をくんだり、雷を斬ろうとしたりするうちに俺なんか強くなったかもなあって感じて、よっしゃ今こそ倒しにいくぜって故郷に戻ってみたら仇討《あだう》ちの相手はとっくの昔に城を追いだされてた。でも仇討《あだう》ちは終わってねえから、俺はまだ半人前で髷《まげ》も結わしてもらえなくて、じゃあやっぱ仇《かたき》捜さなきゃってことで、火ノ本《ひのもと》の国の巷間《こうかん》を這《は》いずりまわっているうちにどんどん年だけ重ねていった。

そんなわけで仇討《あだう》ちだけが俺の人生みたいになっちまったわけだけど、全然後悔はしてねえ。思えば仇討《あだう》ちがはじまる前の俺ってなにも考えてない馬糞《ばふん》みたいな人生送ってて、テキトーに茶屋の娘にちょっかいだして、街中で馬転がして、マジどうしようもねえ悪ガキだったと思う。でもそんな俺も仇討《あだう》ちのために刀握って、真剣になって、剣の道っていうマジになれるもんみつかって、すげえ変われた。刀を構えてるだけで周りの雑音は消えるし、なんか自分ってやつとか、対峙《たいじ》した相手の魂ってもんが手に取るようにわかって、それがすげえ大事に感じられる。だから多分、俺は仇討《あだう》ちの相手に出会ったら、感謝しながら斬り合えると思う。剣の道に出会わせてくれてありがとう、俺の人生を導いてくれてありがとう、って。もちろん親父《おやじ》を斬った許せねえ奴《やつ》だし、城中での評判も最悪な奴《やつ》だった。だけど、正々堂々の勝負だったって話だし、それだけ強いってことはなんか良いところがあんだろって、いつの間にか思うようになってた。とはいえ居場所が全然みつかんねえところはまじ性質《タチ》が悪くて、俺はどんどん年をとっちまって二十五になってるし、このままそいつと戦えねえまま死ぬんじゃねえかって焦っちまったときもあった。

最近じゃあ、それでもいいか、なんて思いはじめて、用心棒とか道場破りとかしながらホントに剣の道だけに生きはじめてる。駆け出しのころは全然音も韻も聴こえてなくて、ただやみくもに剣を振り回して気づいたら勝ってて、でも勝負が終わるたびに震えてて、もう二度とやりたくねえって思ってた。でもいつしか、俺より強い奴《やつ》に会いにいきてえとか、もっとこう、速く剣を振る方法はねえかとか、そういうこと考えるようになってた。仇討《あだう》ちできなくても、二本差してりゃ侍だし。仕官できなくて髷《まげ》も結えねえけど、剣の強さには関係ねえ。用心棒の方が稼げて不自由もしねえから、そんな感じの剣客商売の方が板についちまって、あんま仇討《あだう》ちのことは意識しなくなってた。剣の道で天辺《てっぺん》とることばっか考えて。でもやっぱ、仇討《あだう》ちの相手が二間ほど先で屋敷を構えてるって聞いたときは全身から火が出るみたいな気持ちになった。

つい、半刻《はんとき》ほど前のことだ。

放浪の末、都《みやこ》に居つくようになっていた俺は旅籠《はたご》で気持ち良く酒を呑《の》んでた。何人もの町娘を手籠めにした悪漢を親の依頼で斬って、その金で酒買って、ほろ酔いになって二階の座敷《ざしき》からハ百八町の夜景を眺《なが》めて気持ち良くなっていて、そこに仲良くしている茶屋の姉ちゃんがやってきた。仇討《あだう》ちの相手について、今になって心当たりを思いだしたっていうから話を聞いてみりゃあ、名前も一緒《いっしょ》だしなにより左目が潰れてるっていう一番の特徴もドンピシャだった。

俺が腰に二本差すのをみて、茶屋の姉ちゃんがよしなよそんなの古いよ剣も仇討《あだう》ちもっていうけど、俺にはこれしかねえしもう戻れねえ。ポイントオブノーリターンはとっくの昔に過ぎちまってるし、剣でしか語れねえ人間になっちまってんだ。

ひとりになって茶屋の姉ちゃんが置いていったお守りを握りしめる。戦のなくなった時代に侍なんて不要で、そんなもんやめちまって商売人になれっていうのも頭ではわかんだけど、俺は十五の時から仇討《あだう》ちに生きてきたから心の芯がそこから一歩も動けねえ。でも今夜そいつを斬ったらまた違う景色がみえてくんのかもって思う。剣の道はやめねえけど、そういう過去の因縁めいたものを斬れば俺はもっと前に進めるんじゃないかって根拠不明の希望みたいなもんが湧いてくる。じゃあいっちょやるかって、羽織《はおり》を肩からかけて草鞋《わらじ》を履こうとするんだけど俺の手は震えちまってる。やっぱ怖《こえ》え。そんじょそこらの相手じゃねえ。

蛇蝎《だかつな》7ぐも。

故郷じゃあもちろんのこと、この火ノ本《ひのもと》においてもちっとばかし名の知れた侍だ。三十年ほど前に僧兵たちが公儀に反旗を翻《ひるがえ》して各地で蜂起したマヒマヒ寺の乱の鎮圧戦では、孤立した前線で体中に矢が突き立ってハリネズミみたいになりながらひとり奮闘して援軍がくるまでの時間を稼いだって話だし、槍聖《そうせい》と称された武芸者、六本木《ろっぽんぎ》コージとの腕比べでは、十文字槍の先端で左眼窩《がんか》を突き刺されながらも槍の柄を叩《たた》き斬って、抜いて、刃の先にでろんとなってた自分の目ん玉を喰《く》って、うめえぇぇぇぇって叫んだっていう、肝が太いんだか頭が悪いんだかよくわかんねえ逸話も持ってる。泣《な》き止《や》まない子供にむかって泣《な》き止《や》まないと7ぐもがくるぞって脅したらキモチワルイイィィってもっと子供が泣いちまう街もあるとかないとか。いずれにせよ7ぐも《な》はなんだか不気味な強さを持ってる。いろんなところで恨みを買っては、俺みたいに仇討《あだう》ちにやってくる輩《やから》を、ことごとく返り討ちにしてるって噂だ。

俺は旅籠《はたご》を出たところで腰からさげた瓢簞《ひょうたん》のなかに入《う》ってた酒を気つけがわりに全部呑《の》んだ。腹の底が熱くなってきて、なんだかやれる気がしてくる。

十年、この時を待った。修行して強くなってやっとあいつを倒して自分の人生はじめるぜって故郷の城中に乗りこんだとき、7ぐも《な》の野郎は、水飴《みずあめ》を舐《な》めるのが好きでそいつを大量に仕入れるために海の賊徒と密貿易してたとかなんとかわけのわからない罪でとっくに城を追いだされてやがった。以来、足取りは杳《よう》として知れず、俺は巷間《こうかん》を這《は》いまわって、いつの間にか二十五になって、そんで今、あいつは俺の刃圏にいる。こんなとこでブルっちまってる場合じゃねえ。俺は頬をばんばんやって首にかけてたヘッドフォンを頭にしてウォークマンにカセットを入れる。

カシャン、ガチャ。

この日のために自分でMIXしたベストオブ俺セレクトのヒップホップミュージック。ボーズのヘッドフォンから流れるそのすげえアガる音の波を聴いて俺は自然に頭を振りはじめる。ドゥーイット、ドゥーイット、ドゥーイット、ファッキンジャスドゥーイット。

7ぐも《な》の野郎にビビってる場合じゃねえ。今、退《ひ》いちまったらここから一歩も動けねえ。キーポンムーヴィン。いけるところまで。

気づけば俺は町人《ちょうにん》がゆきかう提灯《ちょうちん》のつられた明るい通りを駆けだしていて、千鳥格子《ちどりごうし》の着物を着た女の脇を、へべれけに酔っぱらった岡っ引きの股のあいだを、すり抜けてぐんぐんぐんぐん走ってゆく。辻《つじ》で折れて暗い通りに入ると自然と刀と脇差を抜いていた。空には白々とした月が浮かんでいて抜身の刃が闇のなかに浮かび上がる。その冷え冷えとした白刃《はくじん》の輝きをみて俺の心は熱くなりながらも、どっかでひとつ芯の入ったしっかりしたもんになる。

もう止まれねえ、蛇蝎《だかつ》7ぐも《な》、ここで斬るor KILL、それが俺の貫くスタイル。

暗がりのなかに茶屋の姉ちゃんが教えてくれたいかつい武家屋敷がみえてきて、なかからもれてくる灯《あか》りとかもなくて、静かでどこか空恐ろしげで、でもなかにはあの7ぐも《な》が左目の潰れた気味の悪い顔で笑ってると思うと、いっちょ勝負としゃれこもうじゃねえかって気持ちはどんどん強くなる。

油土塀に足かけて乗り越えて着地して、白砂利蹴散らして走り出して、松よけながら古池飛び越えて、縁側に飛びあがって障子を蹴破る。オラァ、7《な》ぐも、出てこいって叫びながら俺は屋敷のなかを方向感覚のない獣みたいに暴れまわる。廊下走って、障子斬って、襖《ふすま》蹴破って、板戸に体当たりしながら転がって7《な》ぐもを捜す。

そんで、俺は一番奥の間で7《な》ぐもが死んでるのをみつける。

え？　おかしくねえか？

俺はまだなんもやってねえ。障子蹴破って、悪趣味な金屏風《びょうぶ》を投げ飛ばしただけで、そしたら畳の上で7《な》ぐもが一個しかない目ひん剝《む》いて仰向けになってた。寝込みを襲われたとかじゃなくて、服もちゃんと着てるし、右手にはきちんと蛮刀を握ってる。

「てめえ、トんでんなあああぁぁぁぁっ！」

俺は7《な》ぐもを怒鳴りつける。

でも、7《な》ぐもの野郎はぴくりとも動かねえ。大の字になって、内臓を四方八方にまろびださせて死んでる。言い訳も妥協の余地もなく、パーフェクトに、完全無欠に死んでる。俺はもう一度、てめえガンギマリだなあぁぁって怒鳴りつけてやるがやっぱ反応がねえ。思いっきり鮮血をまき散らしていて、それが秋に野原でみる曼珠沙華《まんじゅしゃげ》の赤い華みたいにみえる。

「おめえ、咲いちまってんじゃねえか！」

ボーイ。

俺は途方に暮れる。

十年、こいつを追いつづけて生きた。仕官もできねえから好きな女をあきらめたこともあるし、みんなが花火だ喧嘩《けんか》だやってるときも、祝言《しゅうげん》あげてるときも、剣振ったり山こもったり、決闘のときにノれる曲を探しつづけてた。ナイト&デイ《一日中》、悩んで、ずっと7《な》ぐもと戦って勝つことを願っていたのに、思いえがいていたのに。最高潮の舞台で、悲願が叶う日のことを。

死んでんじゃねえぞ。

呟《つぶや》いて、刀をおろす。

もう、わけわかんねえ。気持ちぐちゃぐちゃになって、ずっと華みたいになっちまった7《な》ぐもをみていた。いつの間にか夜が明けてて、屋敷のまわりがにわかに騒がしくなってきた。足音がいっぱいして、気づいたときには番所の役人どもに取り囲まれていた。刀を捨てろとかいわれて、あいつらもう最初から殺気立ってて、これ間違って斬られんじゃねえかって思ったから俺はすぐに刀を捨ててプチョヘンザ、手アゲロー、する。でも無抵抗になったってのに番所の役人どもはさすまたで俺をおさえつけようとして、けっこう痛くて、なんかわちゃわちゃしてしまう。そうやって役人どもときりもみきりもみしているうちに、俺は7《な》ぐものボロ雑巾みたいになった死体をみて気づく。

斬った奴《やつ》、とんでもねえ腕してやがる。マジやべえ。魚おろすよりも簡単に、弛緩《しかん》した脂肪を斬ったみたいに綺麗に切り分けてやがる。曼珠沙華《まんじゅしゃげ》みたいにみえるんじゃねえ。曼珠沙華《まんじゅしゃげ》の形そのものだ。そんな風に血が飛び散るように斬りやがったんだ。あの7ぐもと戦《な》いながら、その血で、曼珠沙華《まんじゆしやげ》のグラフィティアートを描きやがった。

萎えていた俺の心に火が灯《とも》る。

こうなったらやることはひとつしかねえ。

俺の十年来の仇《かたき》を斬った男に会いにゆく。そして、命を張ったフリースタイルバトルとしゃれこもうじゃねえか。

これが俺のアンサー、そうさ、いつもこうやってきた道、これからの道。

いくぜ。

◇

ちゃんと仇討《あだう》ちの届出をしていたから、俺がお白洲《しらす》に引きだされることはなかった。むしろ仇討《あだう》ちできなかったことに同情されて、ひと晩、お奉行の屋敷に泊めてもらって、朝から酒呑《の》みながらそのまま形だけの聴き取りがおこなわれることになった。

「歩武信蔵《ぼぶしんぞう》、略してボブ蔵《ぞう》っていやあ、なかなか名の通ったビート侍じゃねえか」

お奉行様は、そりゃあ昔は相当なワルだったんじゃねえかってくらい砕けた人で、着流しから足出して片膝つきながらおちょこでぐびぐびいってる。すげえクールだと思う。

「あっしなんざぁ、まだまだでございます。切った張ったで生きてはきやしたが、いまだ剣の道も極まらず、結局、親父《おやじ》の仇《かたき》も討《う》てずじまいの半端《はんぱ》ものでございまさぁ」

「そいつぁ、お前さんが高《たけ》えところを目ざしているからそう思うのよ。六天院《りくてんいん》の使い手といやあ、相当なもんだぜ。無双の二刀流。前に一度、旅の武芸者が使っているのをみたが、脇差で相手の得物を払ってからの、膂力《りょりょく》に頼った太刀の打ちおろしには寒気《さむけ》がしたもんだ。力と、繊細な技術と、完璧なリズム感があった。お前さんはどんな技が得意なんだい？」

「頭突きにございます」

足を踏んで逃げられないようにして、脇差を投げ捨てたところから相手の胸ぐら摑《つか》んで頭突きを見舞うのが俺の決め技で、そうやって勝ってきた勝負の数々を話すと、お奉行様はおもしれえじゃねえかって笑った。

「髪型もなかなか興がのってるねえ。なんか、ワケでもあんのかい」

いわれて、俺は自分の頭をさわる。朝だからしぼんじまってて、わしゃわしゃやって空気を送りこんでふくらます。7ぐ《な》もを倒すまでは仕官もできねえから髷《まげ》も結えねえってことで、十五のときからずっとしてるアフロヘアー。願掛けみたいになってて、ついにお別れできるかもって思ったけど結局こんな調子だから当分このアフロを継続するしかねえ。

「まるで無為な時間を送ってしまいました。十年もアフロスタイル貫いて、剣の道もアホなスタイルで、世間に顔向けできねえわ故郷に花も手向けれねえわ、そんな人生でございまさあ。

7《な》ぐもの死体をみて我に返ったときには、もうなにがなんだかわかったもんじゃございやせん」

「多かれ少なかれ、なにかに取り憑《つ》かれたみたいになって、無為に時間を過ごしちまうってのも人生なんじゃねえかな。仇討《あだう》ちだけじゃなくてよ。オレも、家族養うことと、下手人を捕まえることと、出世することだけに躍起になるだけで、もうなにがなんだかわかんねえよ」

「お奉行さまのそいつぁ、胸を張れることじゃあございやせんか」

「仇討《あだう》ちや剣の道となんら変わらんと俺は思っちょるぜ。家族や奉行の地位も無為のようにも思えるし、意味のあるもののようにも思える。終わってみなけりゃわからなくて、終わってみりゃあ、どれもこれも小さなことなんじゃねえかなあ」

結果じゃなくてそんときなにをしたかだけなんじゃねえかなあ、ってお奉行様はいってくださる。仇《かたき》を討てなかった俺を励ましてくれてるんだろう。でも、その言葉に偽りは感じられなくて、俺はそのとおりかもしれねえって納得する。結果なんかじゃねえ、どんなスタイル貫いたかが大事ってこと。それはいつもリリックから教えられてることなのに、俺、7《な》ぐもの死体みて、完全に動揺して忘れちまってた。

ものは相談なんだが、って前置きしてお奉行はいう。

「俺の番所で同心をやらんか。2軽《つがる》のボブ蔵《ぞう》といやあ、裏の世界でも名の通った剣客だ。出入りでも負けねえし、顔も効く。もう仇討《あだう》ちの相手もいねえんだから、悪い話じゃねえだろ」

しかし、お奉行様の番所は俺の見た限りロックを中心としたリフ侍で構成されていて、どう考えてもヒップホップのビートで要所要所に重い一撃を繰りだす俺は浮きまくっちまう。そういうと、音楽性の違いくれえ問題ねえだろってお奉行様はいってくれる。たしかにヘッドフォンで各々《おのおの》のナンバーを聴いてりゃあ、特にスタイルの違いは問題にならねえのかもしれねえ。

「しかしお奉行、ありがてえ申し出なんだが、あっしにはどうしても戦わなきゃいけねえ相手ができちまったんでございやす」

「あの、血で曼珠沙華《まんじゅしゃげ》のグラフィティを描いた野郎かい？」

俺はへえ、とうなずく。仇敵《きゅうてき》だった7《な》ぐも。そいつをいとも簡単に、遊ぶみたいにして斬っちまった野郎。俺はそいつと戦わねえと前に進めねえ。そんな気がしてる。7《な》ぐもを斬ったそいつが誰なのかは知らねえが、誰よりも強くあって欲しいし、そいつと戦って俺はこの胸のわだかまりをなんとかしてえ。

「しかし、俺も7《な》ぐもの仏さんをみたが、ありゃあ相当な達人だ。道場剣術なんかじゃねえ。真剣の斬り合いばかりしてきた奴《やつ》の切り口だ。この太平の世にあんなことができるんだ、もしかしたら天下無双に近い男なのかもしれん」

「承知の上でございます」

やっぱ俺には剣の道しかねえし、そんな強え奴《つえやつ》が相手ならグレイトフル感謝する気持ちで戦えると思う。7《な》ぐもを斬ったそいつに会いにいく。そして斬り合いたい。そういうとお奉行様は、そうなると思ってたぜと懐《ふところ》から帳面を取りだす。

「下手人が誰かはわからねえ。しかし見廻組《みまわりぐみ》の話によりゃあ、最近、ここいらに子供を連れた凄腕《すごうで》の剣豪が流れてきていたそうだ。なんでも頭が真っ白になっちまった爺様《じいさま》で、まるで孫を連れているかのように散歩しながら、強い奴《やつ》はいないかと方々に聞きまわっていたらしい。好々爺《こうこうや》のような外見だが眼光鋭く、裏で人斬りの仕事をしては小銭を稼いで連れてる子供に飴《あめ》や風車を買ってたって話だ。孫を連れた老人。あてもなく捜すよりはいいだろう」

「かたじけねえ」

お奉行は刀二本を返してくれて、門の外まで送ってくれる。

そして空を見上げて、俺は思う。

どこにいっていいかが全然わからねえ！

とりあえずそこらじゅうで孫連れた爺様《じいさま》見なかったかって聞いてまわったら、ここは都でそんな奴《やつ》山ほどいるし、爺様《じいさま》は二本差しだっつってもまだ山ほどいる。子供連れの人斬りって舐《な》めてんのかって思ってたけど、存外、市井の民と偽るのに都合がいいのかも知れねえ。

また戦いてえ相手の行方が杳《よう》として知れず状態かよって嘆いて、蕎麦《そば》屋入って蕎麦《そば》食って酒呑《の》んで、一杯が二杯に、二杯が三杯になってへべれけになって気づいたら夜だった。

そういや今夜は有名なトラックメーカーが都にきてるって話だったから、蕎麦《そば》屋の店主に多めに金払って店出て、裏路地入って坊主《ぼうず》頭の黒い着流しきたヤクザもんが二人立ってる地下への階段を顔パスで降りてって板戸開けりゃあ、そこはもうダンスフロアーだった。モヒカンの兄ちゃんに金払ってギヤマンの徳利《とっくり》に入った酒あおって、フロアーの真ん中いって「針落とせ、皿回せ！　DJ！　朝までヨー！」って叫んだところで今夜のイベントがヒップホップじゃなくてエレクトリカルダンスミュージックなことに気づく。でも、もう仕方ねえからって頭振って踊りまくってたところ、このボブ蔵《ぞう》様にためはれるくらい踊れてる派手な姉ちゃんをみつけた。

　撫子《なでしこ》柄の着物をきて裾をまくって白い足みせながら楽しそうに笑って踊ってる。ボックスとか基本的なステップを原型なくなるくらいアレンジして、もうめちゃくちゃになってんのにすげえキレがあって、みんなその女をみて口笛吹いたりしてる。おいおい、このハコはこのボブ蔵《ぞう》様の庭だぜって思って、負けてらんねえって感じで俺もステップ踏んでしまいにゃあトーマスやったりハローバックきめたりすんだけど、やっぱ撫子《なでしこ》柄の姉ちゃんのほうが華があってみんな夢中で、むこうも俺に気づいてニヤッって笑って、すげえ綺麗な１９９０《ナインティーンナインティ》をどっかんキメやがったから俺は完敗だった。

「一杯おごらせてくれよ」

　一曲終わって声をかけたところで、その姉ちゃんの顔をみて俺の心はどきゅーんってなる。かわいい。じゃあおごられちゃおっかな、っていう声も鈴が鳴るみたいだし、立てば芍薬《しゃくやく》座れば牡丹《ぼたん》歩く姿は百合《ゆり》の花って感じで、俺は今すぐこの娘をぎゅうっと抱きしめてぇ衝動に駆

られながらも我慢して、「俺、ボブ蔵《ぞう》、剣客やってます」って律義《りちぎ》に挨拶する。

「私は朱夏《しゅか》。シュカって呼び捨てでいいよ。物見遊山の旅人ってところかな」

琥珀《こはく》色の瞳をみながら、ぜってえ嘘だって俺は思う。間違いねえ、こいつぁ、どっかのお城のお姫様だ。ちょっと浮世で遊んでみよって感じで城中から抜けだしてきたに違いねえ。案の定、付き人みたいな男がいて、テーブル席にいこうとしたらついてきて、俺がなんとなくシュカの肩に手をまわそうとしたら足かけて転ばせてきた。

「ごめんごめん、足が滑った」

すっとぼけた顔で、根暗そうな表情の男がいう。

「僕は斧《よき》。ヨキでいいよ。シュカ先輩の隣にはいつも僕がいる。そういうことだから、よろしく」

紺色の着流しきて、柄は斧琴菊《よきこときく》の判じ物。自分がヨキだからって駄洒落《だじゃれ》かよ、善きこと聞くって縁起担ぐタイプの顔じゃねえだろっていいたくなる。でもそいつは俺の気なんか知らねえ顔で、こんなところで踊っていていいの、っていう。

「蛇蝎《だかつ》7ぐもを斬った老人はもう都を出たよ」

なんで、なんでテメエが知ってんだって俺が驚きながら返すと、ヨキの野郎は侍に興味を持っているという。

「見聞録をつくってるんだ。それで先輩が、どうせなら強い侍がいいっていうんで、色々と追いかけているというわけさ」

そうなのかってシュカにきくと、そうだっていうもんだから、俺は自分のことを強い侍だっていうしかねえ。シュカは2軽《がる》のボブ蔵《ぞう》の名ももちろん知っているといってくれるけど、子連れの老侍も捨ておけないという。

「まだ詳しいことは確認できてなくて、噂なんだけどさ」

シュカが目で合図するとヨキが袖のなかから帳面を取りだす。本当に侍の見聞録をつくろうとしているらしく、開いた帳面には7ぐ《な》もや俺の名前だけでなく、七本槍の朱全《しゅぜん》チューや居合の達人のマキシマム大悟《だいご》、茶道を極めることでなぜか剣の道も極まったという山田《やまだ》やおらなど、古今東西の剛の者たちの名が記されていた。そのなかに、ひとつ異質な名をみつける。それだけは、格が一段も二段も違う。

「おいおい、嘘だろ、そんなわけねえだろ」

「でもさ、7ぐ《な》もを斬ったのは老人だったんでしょ」シュカがいう。

「けどよお、もしそうだったらよお、強いなんてもんじゃねえぞ」

帳面のなかに達筆な文字で、たったひとつだけ朱書きされた名前。もしこれが老人の正体だったとしたら、俺に斬れるかどうかといわれたら自信はねえ。

神世守道真《しんせのかみみちざね》。

数十年前、突然行方をくらませた、天下無双の剣豪だ。

◇

西へむかう街道を、俺は荷車を引いてすすんでいた。

荷台の上にはシュカがいて、酒の入ったでけえ甕《かめ》をかかえこんで座り、片手に持った大盃《たいはい》で酒をすくっては呑《の》み、すくっては呑《の》み、「ぷはーっ!」なんて気持ちよさそうに息を吐いてる。

グラフィティアートの老侍を追いかけて西にむかって出発したのが数日前、ついでだからとヨキとシュカがついてきての珍道中、おそろしいことにこの二人、興味があっちこっちにいくもんだから旅がまったくままならねえ。茶屋があったら茶屋に入って団子やぜんざい頬張って、温泉あると聞きゃあ山のなか分け入って、目がまわるまで長湯しやがる。じゃあそんな奴《やつ》らほっとけよって感じもするんだけど、そりゃあ、旅は道連れ世は情けってもんで、酒造に立ち寄って五年寝かせた酒呑《の》んで、これ全部呑《の》まないと気が済まないって綺麗な姉ちゃんが酔っぱらって泣いちまったら、甕《かめ》のひとつくらい買って荷車乗せて引くくらいやらなきゃ男じゃねえ。

「ボブ蔵《ぞう》! 音楽を! 聴かせておくれ!」

俺からヘッドフォンを取ったら荷車引く力が弱くなるっていってんのに、シュカは酔っぱらっていうことききかねえし、なんか赤らんでちょっと色っぽいし、俺は逆らえなくてヘッドフォンとウォークマンを渡しちまう。シュカはヘッドフォンをつけると頭ぶんぶん振りながらセイホーセイホーいいはじめる。

「音楽なくなるとホントに遅くなったね」

となりを歩くヨキがいう。そんなこといってないで荷車引くの手伝えよっていうが、ヨキはいつもやってるからボブ蔵《ぞう》がいるあいだは休憩、っていって帳面と筆を取りだす。

「侍ってのはさ、好きな音楽を聴きながら戦うんだろ？　えっと、7《な》ぐもはヘヴィ・メタルだっけ？」

「ああ」

あの隻眼野郎はすげえキマったもん聴いてやがったって噂だ。でも老侍に斬られたんだから、そんときはベイビーなメタルを聴いていたのかもしんねえ。

「しかしなんだよ、今さら。そりゃあ侍なら音楽聴くだろ」

「ボブ蔵《ぞう》はヒップホップだよね」

俺がおうよとこたえると、ヨキはしっかりと帳面に書きこんでゆく。そんで、ヒップホップを聴くビート侍は少なくなってるんじゃないの、っていう。まるで最近知ったみたいな口ぶりで、おいおいお前どっからきたんだよってテンションに俺はなっちまう。

「今、道場でもどこでも、エレクトリカルダンスミュージックが主流って話じゃないか」

「まあな。ＥＤＭはノりやすいし、なにより圧倒的に速《はえ》えから、手数が多くて強《つえ》え」

武士道っていやあ保守的な感じがするけど、現実的に勝率とか追いかけるところがあって、そうなると戦術的な流行《はや》り廃《すた》りもできて、そんで今の主流はEDMになってる。ダンス侍の中興の祖と呼ばれる山城守《やましろのかみ》にゅうろと、その七人の弟子が各地で類い稀《まれ》な活躍をみせたことを契機に、速さと手数で有利を取る戦術の優位性が注目されて今に至ってる。

「ヒップホップはそりゃあ速さ重視の流行からは取り残されちまってる。でも別に戦えねえってわけじゃねえし。向こうは手数あるぶん軽いから、こっちが八ビートか十六ビートの都度都度で重い一撃繰りだして相手吹っ飛ばしたり鍔《つば》迫り合いしてりゃあ、手数は関係なくなる。まあ時代遅れなのは間違いねえけど、季節外れのあだ花が綺麗に咲くことだってあるだろうよ」

そんなことといいながらも、俺は自分がなんでこんなヒップホップにこだわってんだろうって思う。だって、どう考えてもEDMの方がトレンドで、それだけ勝率もいいわけで、それに比べて明《あき》らかに不利なヒップホップ聴きながら仇《かたき》を討《う》ちてえとか剣の道を極めてえとかいってるなんて、マジで一貫してねえって自分でも思う。矛盾だらけでむちゃくちゃで、でもそれってなんかやっぱ俺っぽいな、なんて考えながらシュカを乗せた荷車をごろごろ引いて街道をそれて山道に入っていく。どこいくんだよってヨキがきいてきて、武者修行だよって俺はこたえる。西街道沿いにはたくさんの有名な道場や僧兵が集う寺、喧嘩《けんか》自慢の渡世人がたむろしてる賭場《とば》なんかがあって、昔から、腕に自信のある武芸者が西街道くだりといって様々な流派と手合わせしながら歩く習慣がある。道中には凶状持ちのワルもたくさんいて修行にはもってこい、かわいい子には西にいかせろって格言もあるとかないとか。俺もせっかく西街道を歩くんだから、ついでに武者修行するつもりだった。

「いいだろ、おめえらだって寄り道大好きなんだからよ」

「もちろんさ。侍の見聞録がつくれればそれでいいからね。それで、この山道の先にはどんな侍がいるんだい？」

「塩賀幸十郎《しおかこうじゅうろう》っていう名の、最高のグルーヴ侍が道場をかまえてる」

塩賀流《しおかりゅう》は電子音を使ったエレクトロニカという音楽を聴くことでグルーヴ感を高め、断続的に斬る払うを繰り返す剣法だ。ＥＤＭほど激しくないがその派生系といえる。ヒップホップスタイルの俺が今より強くなるためには絶対に克服しなきゃいけねえ相手だ。

山道をのぼっていったところに石畳の広場があって、その向こうに五重の塔が建っている。広場に仁王立ちして、２軽《つがる》のボブ蔵《ぞう》が腕試しに参上したって大声で叫ぶと、明らかに弟子って感じの奴《やつ》らがわらわらでてきて、塩賀幸十郎《しおかこうじゅうろう》と戦うためには全員倒してからだなんていいやがる。数十人いるし、師範は五重の塔の天辺《てっぺん》にいるって話だし、さすがにお高くとまりすぎで失礼じゃねえかって思わないでもないがこっちは胸を借りる身だから文句はいえねえ。

「シュカ、ヘッドフォンを返してくれ」

「オッケイ、プチョヘンザ！」

俺が手をあげると、シュカは抜群のコントロールでそこにヘッドフォンとウォークマンを投げてよこす。

「ボブ蔵《ぞう》がんばれー」

「みてな、てめえのために勝つぜ」

俺はヘッドフォンをして刀を二本抜いてかまえる。中天に昇った陽《ひ》が石畳を焦がしている。対面には白い合わせに紺色の袴《はかま》を着て、きちんと髷《まげ》を結った男たちが数える気が失《う》せるくらいならんでいる。俺は陽炎《かげろう》のなかそれをみて意識がトんじまいそうになるくらい気分が高揚してくる。緑の木々と五重の塔と白い石畳と陽炎《かげろう》のなかにいる男たち。まさに修行って感じだ。

ひとり、長棒を持ったこわもての兄ちゃんがイヤフォンをして前に出る。一対一を何十回か繰りかえせってことなんだろう。いいぜ、やろう。俺は姿勢を低くする。すった足が小石をひきずってジリッと音をたてる。強い相手だって、構えでわかる。けっこう番付の高い弟子なんじゃねえかな。じゃあ、いっちょやろうぜと挨拶がわりに斬り込んでいったら、こわもての兄ちゃんの棒が突きだされて、なんのって感じで背中を反ってかわすんだけどその棒は実は三節昆で、空中でバラけて俺を打ち据えようとするから脇差で振り払って態勢をたてなおす。ちょっと一拍おきてえってこっちは思うんだけど、相手は寄せては返す波みたいに途切れなく三節昆による攻撃を繰りだしてきて、これが塩賀《しおか》流の神髄かって感じで、「うおおおお！　超！グルーヴィー！」って俺は叫んでて、相手はニヤッて笑う。なんとか距離を取ろうとするんだけど相手は詰めてきてトントントンと拍子を打つように前後左右から変則的に殴打《おうだ》してきて、俺は右ではじいて左ではじいて、両手開いて脳天がら空きにしちまって、そこ狙われて思わず相手の腹にむかって前蹴りかまして防ぐ。だけど、なにせビートと合わせられない苦し紛れの蹴りだから威力がなくて、でも丁度ビートがきたから無理やり合わせて三節昆ごと太刀で強引に殴《なぐ》りつけて相手がふらついたところに顔面飛び膝蹴りかまして一戦目を終わらせた。偃月刀《えんげつとう》の相手はや間髪入れずに撃剣の使い手と二戦目、偃月刀《えんげつとう》の使い手と三戦目がつづく。偃月刀の相手はやばくて、俺の命が露と消えるんじゃねえかってくらい強くて、戦ってる最中、俺なんで不利なヒップホップ聴いて痛い思いしながら剣客商売やってんだろって我に返る。お奉行様の誘いに乗って同心やって、与力に出世すること目指してたほうがいいんじゃないかって今さら後悔したりする。だってそのほうが筋が通ってるし、もし誰かから、なんでビート侍やってんの？

剣の道極めてなんか意味あんの？　って聞かれたらなんもいえねえ。俺だってわけわかってないんだもん。なんか意味みたいなものとか世間からの見え方とかが気になりはじめて、俺は頭ンなかぐるぐるしてきて混乱する。そうなるともう負けるしかないわけだけど、シュカが「集中しろー！」っていうからなんとか持ち直す。

それで五戦目、六戦目とやってるうちに、なんか自分のことよりも、このとにかく強い塩賀《しおか》流の連中のことが好きになってくる。めっちゃエレクトロニカ聴き込んでんだろなとか、ずっと剣を振りつづけてきたんだろうなとか、なかなか強くなれなくて人知れず泣いた夜もあるんだろうなってひとりひとりのこと想像するとなんだかいとおしくなってきて、こいつら全員抱きしめてやりてえって思えてくる。

「全員まとめてかかってこいよ！」

俺は感極まって、そんなめちゃくちゃなこといっちまう。そしたらあいつらすげえいい顔してホントに全員でかかってくる。俺はなんかそれが嬉しくて絶対死にたくないのに「俺を殺せ！」って叫んでる。

阿呆《あほう》みたいな乱戦になって、俺はこのたくさんの弟子たちのなかに塩賀《しおか》幸十郎《こうじゅうろう》って男の顔をみる。こんな強い弟子たちをいっぱい育てたんだから絶対すげえ人物に違いねえ。多分だけど、弟子が強くなったら一緒《いっしょ》になって喜んで、熱出したら徹夜で看病して、どうやったら弟子が強くなるかを頭熱くなるまで考えたりしたんだろう。そうやってこの立派な道場を守ってきたんだと思うと、俺はなんだか泣けてきて、塩賀《しおか》幸十郎《こうじゅうろう》へのリスペクトとグレイトフルがあふれだして、ぜってえ幸十郎《こうじゅうろう》と斬り合ってわかり合いてえって思う。でもさすがに全員でかかってこいってのは盛りすぎで、俺、タコ殴《なぐ》りにされちまうんじゃねえかって思うんだけど、いつの間にか背後にシュカがいる。腕まくって鉢巻きまいて、右手に長槍持って左手に太刀持って、もうなにがなんだかわかんねえ戦場《いくさば》スタイルになって音楽もなしに俺の背中を守ってくれてた。

「おめえ、さっきまで酔っぱらってなかったか？」

「酔えば酔うほど強くなる、それがシュカ様さ」

シュカってなんか不思議なとこがあって、こいつが一緒《いっしょ》にいてくれるって思うだけでなぜか俺の勇気はぎゅわわわわあんってハイボルテージになって、気づいたら全員ぶっ倒してた。おっしゃ、幸十郎《こうじゅうろう》と戦わせてもらうぜって俺は息切らしながら五重の塔へとむかおうとするんだけど、最初に戦った三節昆使いがすげえ申し訳なさそうに頭をさげた。

「師が姿をあらわさない非礼を許していただきたい。しかしこれには深い訳があるのです。我々もどうしていいかわからず」

俺はなんかピンとくる。塩賀《しおか》幸十郎《こうじゅうろう》ともあろうものが礼を失するはずがない。つまり、顔を出さないいんじゃなくて、出せねえんだ。

つまりつまりつまり。

まさかまさかまさか。

嘘だろおぉおっ、って叫びながら俺は五重の塔に転がりこんで、階段右に左に折り返しながら駆けあがって、最上階の道場を兼ねた板の間に入って絶句する。

死んでた。

リスペクトとグレイトフルを刃に乗せて涙流しながら斬り合いてえって願ってた男が、塩賀《しおか》幸十郎《こうじゅうろう》が、大の字になって絶命してる。

そして、床一面に飛び散った血が巨大なグラフィティアートを描いてる。

独鈷所《どっこしょ》振りあげた血染めの不動明王が、俺を睨《にら》みつけていた。

◇

神世守道真《しんせのかみみちざね》っていやあ、剣の道を志すものであれば誰でも知ってる。まだ戦があった時代、乱世の末期にあらわれた剣豪で、一対多数の戦いを得意とし、誰に仕えることもなく戦のときどきで雇われ、馬に乗ることもなく鎧《よろい》をまとうこともなくただ刀一本で斬りつづけ、負け戦でも道真《みちざね》自身は負けなかったって話だ。太平の世になってからも仕官の誘いをことわりつづけ、各地を流浪《るろう》して武芸者と戦いつづけた。そんで生涯無敗。ついに、本人不在のまま時の将軍から下賜《かし》された称号が天下無双。剣豪たちが目指す境地に至ったわけだ。けど齢《よわい》六十を目前にその消息を絶つ。旅の空で野垂れ死んだとも、引退したともいわれてる。道真《みちざね》を斬ったというのも後を断たなかったが、いずれもたいした腕じゃなかったらしいから、道真《みちざね》を斬ったはずがねえ。そんな騒動が起きたのが三十年前のこと。

「生きていれば八十後半から九十。本当に神世守《しんせのかみ》なのかな」

ヨキがいう。茶屋の外に置かれた、赤い布のかかった床几《しょうぎ》に座って団子を食っているときのことだ。シュカは三本いっきに口に入れているからしゃべれない。青空の下、街道をゆく旅人や飛脚がその様子をみて笑っている。

「可能性はすげえ高いと思う。塩賀《しおか》幸十郎《こうじゅうろう》をひと太刀で斬ったんだ。そんなことできるやつあ、まさに天下無双よ」

しかも、その一撃で飛散させた血で不動明王のグラフィティアートを描いちまうんだからその剣の技量は俺の常識じゃあ測れねえ。

「神世守《しんせのかみ》はどんな音楽を聴いて、どんな剣術を使ってたんだろう？」

ヨキの問いに、俺はわからねえとこたえる。立ち合ったものは死ぬだけだ。見物人もいたかもしれねえが、記録は残ってねえ。

「当時からグラフィティアートを残していたのかな」

「姿をくらましてからじゃねえかな」

俺は茶屋の板戸をみながらいう。そこには茶色い樋熊《ひぐま》のグラフィティアートが描かれていた。その樋熊《ひぐま》の下には『Ｐｏｏｏｏｈ！』ってポップな字で描かれている。もちろん老侍がやったんじゃないだろう。血じゃなくてちゃんとスプレーが使われているし、なにより下手糞《へたくそ》だ。

「スプレー缶が発明されたのが二十五年前、俺の生まれた年だ。そこからグラフィティがはじまってっからな」

俺はヨキにスプレー缶を手渡して、グラフィティをやるよう促す。

「グラフィティのルールは簡単で、すでに描いてあるグラフィティより上手い絵で上書きすること。あの下手な熊《くま》よりはましなもんできんだろ。なんか、あの熊《くま》は早急に消したほうがいい気がするんだ」

ヨキはぶつくさいいながらも、興味はあるようで、さっそく壁にむかった。

俺は思う。あの血のグラフィティには一体どんなメッセージがこめられているのだろうか。

そんなことを考えながら空を眺《なが》めていたら、いつのまにか五皿の団子をたいらげたシュカが出来のわるい子供をみる寺子屋の先生みたいな顔で俺をみてた。

「なんだよ」

「切っ先が鈍かったね。なんか、悩んでるでしょ」

なんでもお見通しかよって俺がいうと、シュカは誰でもわかるよっていう。塩賀《しおか》流の連中と戦っている最中、俺の動きはたまに止まっていたらしい。

「悩めるほど俺の頭はよくなくてよお、ただ、なんかわけわかんなくなっちまうんだ」

俺は話した。なんでヒップホップにこだわってるのかわからなくなること、不利な音楽聴いてんのに、強い奴《やつ》相手に仇討《かたきう》ちたいとか剣の道を極めたいとか矛盾したこと考えてること。だって、強くなるにはEDMが最適解って答えが出ちまってる。そんで、そもそもなんで剣の道なんか追いかけてるのか根本的な疑問をたまに感じてしまうこと。だって、どう考えてもお奉行様と一緒《いっしょ》に下手人捕まえてるほうが、みんなからも称賛されるし生活保障されるし、嫁さんもらって幸せに暮らせそうだ。頭ではそうわかってるのに、俺は全然それをやってなくて、まるで自分で自分を壊してるみてえに感じる。

なんでこんな支離滅裂なことになっちまうんだって俺がきくと、シュカは「私にはなんとなくそうやって人がランダムになってしまう理由わかるんだー」って、抹茶をずるずる啜《すす》る。教えてくれよっていっても教えてくれなくて、ちょっと意地悪で、やっぱ寺子屋の先生みたいなとこあんなって思う。

「まずは自分で探してみないとね」

「まあな」

俺はそのためにも、老侍に会わねえといけねえと思ってる。そいつはおそらく神世守《しんせのかみ》で、俺が生まれるずっと前から剣の道を歩みつづけて、天下無双に至った男だ。天下無双をこの目でみれば、俺が目指してるものがなんなのか、わかるような気がしてる。それで、7ぐも を斬《な》った男と、天下無双と、斬り合って、俺は自分をたしかめたい。

「まあ、会いにいってみようよ」

「おう、いってみようぜ」

俺たちは床几《しょうぎ》に銭を置いて立ちあがる。ヨキは意外とポップなタッチで、板壁一面に曼荼羅《まんだら》模様を描いていた。すげえマニアックで、俺はちょっと引いた。

お気楽二人組との珍道中はその後もつづいて、俺は荷車を引きつづけた。シュカのかかえる甕《かめ》の酒はなくなることがなくて、どこの妖怪からパクってきたんだよって思ったけど、よくよく観察してみたら宿場町に立ち寄るたびに酒を買い足していた。ちくしょうと思わないでもないけど、このあいだ背中を守ってくれた恩もあるし、もうなんとなくダチっぽくなってるから荷車引いて街道くだるスタイルを受け入れることにした。ヨキの野郎はグラフィティにはまったらしく、板壁や関所の門に描かれたグラフィティをみつけては、勝てると思ったら一生懸命上書きする。そういや寺子屋でもグラフィティにはまってたのは根暗な奴《やつ》だったなあ、って俺は思い出す。一度、城下町の石垣に空に浮かぶ島のグラフィティを描きやがったんだが、それをみたときは鳥肌たった。なんかリアリティとロマンがぶわああぁって迫ってきて。もしかしたらこのヨキも、とんでもねえ奴《やつ》なのかもしれねえ。

とにかくヨキとシュカは旅慣れた奴《やつ》らだった。遊びながら、困ってる人とかいたら素知らぬ顔しながらもしれっと助けて去っていく。

楽しそうなところがあったらふらり立ち寄って、助けを求める人がいたら無頼気取って手ぇ貸して。そうやってどんどんどん西にくだっていくんだけど、神世守《しんせのかみ》はいつも俺たちの先をいってた。まるで追いかけても追いかけても追いつけない、空の雲か、足元の影みたいな奴《やつ》だった。

暗殺剣術を使う古河寺《こがでら》、剣を捨てて徒手空拳で戦うに至った無剣勝流《むけんかつりゅう》、博奕《ばくち》最強の赤石《あかし》の三郎長《さぶろうちょう》。そんな猛者《もさ》と戦おうと他流試合にいってみれば、大将はみな斬られて、血のグラフィティが描かれていた。枯山水の風景、龍虎図、見返り美人、どれもこれもクオリティが高いんだけど感心してる場合じゃねえ。赤石《あかし》の三郎長《さぶろうちょう》の子分たちに話を聞いてみれば、やっぱ老人は神世守《しんせのかみ》と名乗ったそうだ。そんで、連れていた子供を立会人にして、他には誰も見物人を認めず、朝早くに河原でやったという。つまり、神世守《しんせのかみ》の手の内はわからねえ。天下無双とはいえ、すげえ用心深い性格なのかもしれねえし、それゆえ天下無双なのかもしれねえ。どこの道場や寺でも同じ調子で、神世守《しんせのかみ》がどんな音楽を聴いてどんな剣術を使うかは霧のなかだった。

「試合をするとどちらかが死ぬまで決着しないわけ？」

夕暮れ時、草原でカラスが骸《むくろ》をつつく光景をみながらシュカがいう。大仏のグラフィティの手のひらで、七本槍の使い手、朱全《しゆぜん》チューが死んでいる。

「ある程度のところで決着する。でも、神世守《しんせのかみ》と相手との技量に差がありすぎるんだろう。どれもこれも、初太刀でやられちまってる」

俺のなかで神世守道真《しんせのかみみちざね》っていう存在はどんどん大きくなっていく。行方をくらましていたあいだ、さらに剣の腕を磨いて、グラフィティっていう新しい文化を学んでたんだろうか。だとしたらあくなき探求心だ。やっぱ、そんくらいいれこまねえと強くならねえってことなのか。一度姿を消して、また現《あら》わしたってことは、一度は剣を捨てたけどまた斬り合いをしたくなったってことなのか、それともずっとどこか暗闇で刃を研いでいたのか。俺はその全てを知りたくなる。天下無双の境地を教えてくれ。俺が本気でやってる剣の道の先にあるものを教えてくれ。意味のあるものだといってくれ。

いつしか俺はそんなことを願うようになっていた。ヨキシュカと一緒《いつしよ》に笑いながら旅して、芝居小屋で芝居観て、河原で昼寝して、下手くそな草笛吹いたりしながらも、頭のどこかでは天下無双って言葉がずっとまわってた。

それで、ついに神世守《しんせのかみ》の剣術をみた奴《やつ》と話すことができた。きっかけは、シュカのおせっかいだった。なんかシュカにはそういうのを惹《ひ》きつける才能があるみたいだ。

「性質《たち》の悪い追剝《おいはぎ》がいるんで気をつけてくださいね」

温泉街の旅籠《はたご》で、主人がいったのだ。なんでも、2階堂兄弟《にかいどうきょうだい》っていう二人組が旅人から金品を強奪しており、武芸者すらも勝負に負けて剣や槍を奪われて困っているという。それを聞いたシュカが、すぐさま退治しようといったのだ。

「どこにいるの？　その兄弟」

「奉狼山《ほうろうさん》を根城にしております」

ということで、俺たちは奉狼山《ほうろうさん》にいくことになった。朝、旅籠《はたご》を出て街道からそれて山道を歩いてのぼっていく。相手は悪人で、場合によっては寝込みを襲ってやっつけてもいいやという考えだった。

「武者修行じゃないから私も手を貸すよー」

シュカがぶんぶん槍を振りまわしながらせりだした木々の枝を斬り落として前を歩く。

「相手は追剝《おいはぎ》だから最初から命のやりとりで危ねえんだぞ」

「わかってるって」

「しかもあいては2階堂兄弟《にかいどうきようだい》だからな」

「知ってるの？」

「まあな」

2階堂兄弟《にかいどうきようだい》はもともとは有力な殿様に仕えていて、2階堂《にかいどう》家といえばそれなりの名家だった。けど城中の陰謀策略によって失脚、そんで家も没落して野盗に身をやつしたって話だ。もとが立派な侍だからどちらも新免《しんめん》流の免許皆伝で、正統派の剣術使いでかなり強い。

「自分が不幸になったからって、他人まで不幸にしちゃいけないよね。よおし、シュカ様も暴れちゃうぜえ」

シュカが腕まくりして、あまりやりすぎないでくださいよってヨキがとめる。そんな感じで奉狼山《ほうろうさん》をのぼっていくんだけど、追剝《おいはぎ》は出てこない。それでうろうろしているうちに廃寺をみつけて、立ち寄ってみれば2階堂兄弟《にかいどうきようだい》の根城だった。俺は刀を抜いて、破れた障子を蹴り倒して荒れ寺に草鞋《ぞうり》履いたまま踏み入るんだけど、もうすでに血の匂いがしていて、まさかと思ったら、案の定、山犬のグラフィティの真ん中で男がひとり刀を握ったまま死んでた。

2階堂《にかいどう》は兄弟で、もうひとりはどこにいるって思ったら、ヨキが縁側の下をみながら指さしている。おりて覗《のぞ》きこんでみれば、死体とよく似た顔の男がいた。こっちは生きてる。

「でてきなよ」

シュカが槍を隠しながらいう。でも男はなかなか出てこなくて、子連れの老侍はもういないよってヨキが声かけて、やっとのことで出てきた。とりあえず縁側に座らせるんだけど、ずっと頭を抱えて震えてる。頭はざんばら髪で、光沢のある色町の女が着るような着物を着て、見た目はすげえやくざもんって感じなのに、歯を鳴らして洟《はな》も垂れてる。

なにがあったのかってきいても、首を横に振るばっかで要領をえねえ。気つけがわりに瓢《ひょう》簞《たん》の酒をくれてやるが、やっと発した言葉が「怖《こえ》えよ」だった。

「兄キが、兄キが、あ、あ、あ、あ、あ」

「おい、なにがあったんだ？　神世守《しんせのかみ》がここにきたんだな？」

「バケモンだ、あいつぁ、バケモンだ。人じゃねえ、人じゃあねえ」

ちょっとしゃべったと思ったら奇声をあげてまた頭を抱えて震えちまって、まともに話もできねえ。俺はしかたなくその兄キの死体のところにいって、ちょっとグラフィティに指でさわってみれば血がまだ温かい。山道で誰ともすれ違わなかったから、この辺りにいるか、山の向こう側へといったに違いない。

俺は走りだしてた。裏にまわって道みつけて、駆けた。2階堂兄弟《にかいどうきょうだい》の弟の怯《おび》え方は尋常じゃねえ。おそらく立ち合いをみたんだろう。

下り坂を駆けながら俺は考える。7《な》ぐものときからちょっとずつ感じていたが、老侍の切り口は達人の域を越えたもんで、強いのは間違いねえんだけど、どっか人間味がなくて不気味さみたいなもんがある。とにかく強いんだけど、無慈悲で。天下無双ってのは、本当にそういう強さなのか？　俺が求める剣の道の究極はそういう強さなのか？　だって、俺は塩賀流《しおか》の奴《やつ》らと戦ってるとき、リスペクトとグレイトフルに満たされていた。もしこのまま道を進みつづけたら、そういう気持ちも失《な》くしちまうのか？　２階堂兄弟《にかいどうきょうだい》の弟のような大人をあそこまで怯《おび》えさせて、心壊してしまうような、そんな凍《い》てつくような、恐怖で血塗られたような刃を振ってんのか？

神世守道真《しんせのかみみちざね》、一体、なにものなんだ。

俺は小さいころから、勝手に礼儀正しくて折り目正しい侍をイメージしてた。それが天下無双だって思ってた。でも、西街道をくだっているときに感じるのは、とてつもなく禍々《まがまが》しい力の奔流だ。

なんなんだ、神世守道真《しんせのかみみちざね》。どんな、天下無双なんだ。

俺はもうつむじ風みたいになって山を転がるようにくだっていって、沢が流れる音が聴こえてきて、吊り橋《つばし》みつけてその向こう側についにみつける。

長い白髪を後ろで束ねた老侍がいた。噂通り、同じ髪型の身なりのいい十才くらいの子供を連れている。利発そうで、孫というより付き人といった感じだ。

「神世守道真殿《しんせのかみみちざね》か！」

俺は向こう岸にむかって叫ぶ。そんで吊り橋《つばし》にむかって三歩踏みだしたところで、老侍が腰に差していた恐ろしく長い刀を抜いた。

光水打舟《こうすいうちふね》。

道真《みちざね》が使った業物の名前で、常人では扱えない長物だったという。老侍が抜いたのはまさにそのとおりの刀だった。そして次の瞬間、吊《つ》り橋《ばし》を斬った。俺は老侍が刀を振りあげたときには反射的に岸に戻りはじめていたから助かった。

老侍は俺に一瞥《いちべつ》くれると、まるで死にたくなければ追ってくるなとでもいうようにあごをしゃくって、子供を連れて林のなかに消えていった。

神世守道真《しんせのかみみちざね》。

「てめえは一体なんなんだあああぁぁぁっ！」

俺は叫んでいた。

◇

神世守道真《しんせのかみみちざね》はやはり西街道をくだりながら音に聞こえた剛の者たちを斬っていやがった。そして天下無双が再び世にでてきたって噂は風みたいに走って、皆が知るところになった。西街道をくだった先から聞こえてくる話によれば、風呂《ふろ》に入ったときにみえた背中には、道真《みちざね》のもつ数々の逸話の通りの傷がついていたらしい。間違いなく、本人なんだろう。

世間は帰ってきた天下無双を歓迎しているようだった。人を斬るといっても、道場の大将か悪人だけだから、市井の民は面白いとしか感じねえ。けれど俺にはどうしてもその冷たい刃の印象がぬぐえねえし、なんか不気味で、怪談聞いてるみたいな気持ちになっちまう。

2《に》階《かい》堂《どう》兄弟《きょうだい》の弟は結局、ダメだった。もちろん縁側の下に潜ったから切り傷ひとつついてないんだけど、恐怖で完全にトんじまったらしい。呆《ほう》けた顔で一日中空を見上げては、時折、赤子みたいに泣くだけの人間になっちまった。

天下無双ってのは人を恐怖におとしいれるものなのか。

神世守道真《しんせのかみみちざね》に対する俺の不信感ってのはどんどん大きくなる。リスペクトよりも、もっと別の、そう、世のために斬らなきゃいけねえんじゃねえのかって感覚が強くなってくる。そんで決定打は旅の終わり、西街道の終点の山城神宮《やましろじんぐう》が近づいてきたときに訪れた。

「うおぉぉ、やべえ！」

俺は荷車を引きながら思わず叫んでいた。近くの城下町で、同じ六天院《りくてんいん》流で一緒《いっしょ》に学んだ友だちのジョン次郎《じろう》が道場を開いていることを思いだしたんだ。ジョン次郎《じろう》も凄腕《すごうで》ってことで世に名を知られてるし、つまり、神世守道真《しんせのかみみちざね》に狙われても全然不思議じゃねえ。ダチのピンチにいてもたってもいられなくて、俺はシュカを乗せた荷車をほっぽらかして走りだしてた。

街道から城下町に入ったらもう夜で、テキトーに町人つかまえて道場に案内させて、なかに入ってみれば稽古場の真ん中でドレッドヘアのジョン次郎《じろう》が腹を押さえて転がっていた。周囲には飛び散った血が、図画百鬼夜行を描いている。ちくしょう。

「ジョン次郎《じろう》、大丈夫か？」

駆け寄ってみれば、ジョン次郎《じろう》は息も絶え絶えになりながら、掻《か》っ捌《さば》かれた腹からはみだした腸をなかに戻そうとしてる。俺もそれを手伝おうとするんだけど、いったん出ちまったものをうまく戻せねえし、戻したところでどうにかなんのかって泣きながら思う。ジョン次郎《じろう》も俺の顔みて、もう腸のことはどうでもよくなったみたいで、俺の胸ぐらをつかんでいう。

「ボブ蔵《ぞう》、オレは、悔しい」

ジョン次郎《じろう》は泣きながらいう。

「悔しいよ、あんな奴《やつ》に負けちまって、悔しい。ぜってえ負けたくなかったのに。悔しいよ、ボブ蔵《ぞう》」

「しゃべんなよ。今、医者つれてくっから」

でもジョン次郎《じろう》はどうせ死ぬからいいっていって、俺に組みついてきて、泣きながら、口から泡とばし、目を血走らせていう。

「ボブ蔵、てめえは自分のビートで戦えよ」

「おう。ぜってえ仇《かたき》は討《う》ってやる。相手がどんな音楽でこようが、俺たちのヒップホップで」

「ボブ蔵」

ジョン次郎《じろう》はなぜか俺が首からかけてたヘッドフォンをつかんで、投げてからいう。

「おめえの、ビートで戦うんだぞ。おめえの心のリリックで」

ジョン次郎はそこで血を吐いて絶命しちまう。俺はうっぉぉぉって叫んでから、でも一度叫んだくらいじゃこの気持ちは全然おさまんなくて、うおぉおっ、うおおおぉっ、ううぉぉぉおっって三回叫んで、それでもダメだからジョン次郎《じろう》を抱きしめて泣いた。

なんなんだよ、これ、この無慈悲さ、なんなんだよ。

歯ぁくいしばって嗚咽《おえつ》してると、いつのまにか追いついてきたシュカがいて、なぜかシュカまで泣いてた。なんで泣いてんだってきくと、友だちが悲しんでるからだっていう。友だちって誰だって考えてみたら俺だった。ジョン次郎《じろう》のことは知らなくても、俺のために泣いてくれてるんだ。

「なあシュカ、天下無双ってのはこんなに冷てえのか？　そうじゃねえよな？　お前みたいに熱い心を持った奴《やつ》が強いんだよな？」

「そうであって欲しいけど、そればかりはわからない。天下無双に出会ってみないと」

シュカが涙に濡れた目で百鬼夜行をみながらいう。尋常じゃない光景。

「それならよお、そういうことならよお」

俺はジョン次郎《じろう》を抱きかかえたまま立ち上がる。

「天下無双の神世守道真《しんせのかみみちざね》、俺があいつを斬っちまえば、俺が天下無双だ。誰よりもヒップホップで、優しい天下無双になってやるぜ」

それをきいて、シュカが涙をぬぐっていう。

「いいね」

俺は完全に覚悟を決めて、道真《みちざね》を追った。

けれど、結末は無常だった。

西街道の終わり、山城神宮《やましろじんぐう》で俺たちを待っていたのは天下無双と謳《うた》われた老人の墓だった。

◇

広大な山城神宮《やましろじんぐう》の敷地《しきち》内のすみっこ、砂利の敷き詰められた場所にその墓はあった。土を盛ってつくられた山とそこに刺した卒塔婆《そとば》がぽつんとある。俺はヨキシュカと一緒《いっしょ》に、ならんで手を合わせた。

神世守《しんせのかみ》は俺たちが追いつく二日前に山城神宮《やましろじんぐう》にやってきて、お参りをしている最中に倒れたらしい。ずっと病をわずらってたって話で、そのまま荼毘《だび》にふされたんだと。

墓には、神世守《しんせのかみ》が連れていた子供が案内してくれた。道中、孫か？　とたずねてみりゃあ、拾われただけだという。その表情は平淡で、悲しんでんのかどうかもわかんねえ。でも、神世《しんせの》守《かみ》が使っていた長刀、光水打舟《こうすいうちふね》を大事そうに抱えているから、きっと爺様《じいさま》のことを恋しがってんだろう。俺は励ますように子供の頭をぽんと叩《たた》いてやる。

ヨキとシュカはもう街に戻ろうとしてる。

俺はもう一度だけ、卒塔婆《そとば》にむかって手を合わせ、絶対に答えなんて返ってこないんだけど、心のなかで呼びかける。

なあ、天下無双ってなんだったんだ？　そこからはどんな景色がみえてたんだ？

もしかして地獄がみえてたのかい。教えてくれよ。剣の道をいけるとこまでいったらどうなるのか。それで、剣の道を極めても、こうやって病に負けて簡単に死んじまう。多分、自分の死期をわかってたんだろうけど、どう受けとめてたんだい？

一陣の風が吹き抜け、木々をゆらす。

熱かった心も墓の前では冷え、ただ無常を感じるだけだ。

じゃあな、まるで幻影のようだった天下無双。

そして立ち去ろうとしたそのときだった。

視界の右隅から銀色の刃が伸びてきた。俺はすんでのところでかわすんだけど、首にかけてたヘッドフォンがひっかかって壊されちまう。

「うぉぉぉ、なんだぁ？」

みれば、付き人だと思っていた子供が、光水打舟《こうすいうちふね》を突きだしていやがる。

まさか、まさかまさか。

「てめえ、だったのか」

子供っていうか、そのクソガキは突きを出した姿勢からなで斬りに振り下ろしてくる。すげえ速くて、俺はかわしきれなくて肩口を斬られちまう。

　血が白砂に飛び散って、がしゃ髑髏《どくろ》を描いた。

「てめえ、てめえが全部やってたんだな！　おい！」

　クソガキは目も口も三日月みたいに歪《ゆが》めて笑いながら、爺様《じいさま》が死んだ、って抑揚なくいう。

「これで、斬り放題だあ」

◇

　シュカに手ぇ出すんじゃねえぞ、っていって俺はクソガキと斬り合う。こっちは二刀流で向こうは小回りのきかない長物なのに、野郎の方が速い。天下無双に仕込まれたのか、剣閃《けんせん》に冴《さ》えがある。ヘッドフォンがなくて音楽が聴けねえが、むこうも聴いてねえようだから条件は同じだ。

「爺様《じいさま》がいないから好き勝手に戦える。楽しいよお」

　クソガキはへらへら笑ってる。

「てめえ、まじトんじまってんなあ。ガンギマリじゃねえか！　今までは神世守《しんせのかみ》がとめてたってとこか」

「うん。爺様《じいさま》はねえ、僕のことを忌《い》むべき子供だっていってた。でも殺せないんだ。僕は強いから。でも僕も爺様《じいさま》は殺せなかった。何度も殺そうとしたんだけどお、老いても天下無双だったのさあ。僕と爺様《じいさま》は互角だった。でも爺様《じいさま》は病んでいて、もうすぐ死ぬってわかってた。だから僕を西街道の武芸者と戦わせていくことにしたのさ」

「つまり」

「そうさあ。忌《い》むべき子供である僕を、自分で殺せないから誰かに殺させようとしたのさあ。でも残念なことに爺様《じいさま》より強い武芸者はいなかったみたいでえ、僕が楽しむだけになっちゃった。えへへ。そんでついに爺様《じいさま》も死んで、僕は自由だあ」

「神世守《しんせのかみ》は、てめえみたいなヤバい奴《やつ》をなんとかしようとしてたんだな？　そうなんだな？」

やっぱ天下無双は禍々《まがまが》しい存在なんかじゃなかった。グロテスクな戦いなんてやらなかったんだ。剣の道から外れちまったこの子供をなんとかしようとしてた。とどめていた。

「よくもジョン次郎《じろう》を斬りやがったな、クソガキ、大人の怖さを教えてやるぜ」

ぜってえ六天院流《りくてんいんりゅう》で倒してやる。

クソガキが長刀を脳天めがけて面取りにくるから、俺はそれを左の脇差で払って、右の太刀を膂力《りょりょく》に頼って振り下ろす。それは避《よ》けられちまうんだけど、クソガキがみかわしの動作を取ったところに回し蹴りをくれてやる。まだ子供だから面白いように飛んでくけど、身軽だからあまりくらってないみたいで、簡単に受け身を取りやがる。でも斬り合ってわかったが、技の冴《さ》えはあちらに分があるが、経験だけは俺が勝っているし、力で押し切れそうだ。

おっしゃお仕置きだこらぁあって思って突っこんでいったところで、クソガキが手にラジカセを持ってる。地面において再生ボタン押して、でもスピーカーだから双方に聴こえるし、好きじゃないジャンルでもリズムに合わせりゃそれなりに不利はくらわねえだろって思ってたっら、マジでそれは油断だった。スイッチョンされて、音楽流れだして、俺は叫ぶ。

「うおおぉおぉおぉ、チルっちまう！」

ラジカセから聴こえてきたのはまさかのチルアウトミュージックだった。ダンスフロアで踊り疲れたあと、休憩室で流す超スローテンポなミュージック。リラックスして、くつろがすための静かで寂しい音を聴いて、俺の体はへにゃああぁあぁあってなっちまう。

「俺の体がぁあっ」

へにゃああ。

「レイドバック《スーパーリラックス》しちまったじゃねえか！」

剣を振り上げるんだけど、その重みに負けちまってのけ反って、こんなんじゃあ豆腐だって斬れやしねえ。まあこんな状況じゃあ相手も一緒《いっしょ》かって思ってたら全然違った。クソガキはすげえ元気に動いていて、半笑いで斬りかかってくる。意味わかんねえ。こんな大音量でチルアウトミュージック流れてんのに。

「なんなんだよ、てめえはっ！」

いってるうちに光水打舟《こうすいうちふね》を横薙《な》ぎにされて脇差ふっ飛ばされて、次に下から斬り上げられて太刀も空中に飛んでいってすげえ遠い所に突きたって、俺は丸腰になっちまう。こういうからくりだったんだな、って俺は思う。レイドバックして筋肉も弛緩してるからひと太刀でやられちまう。こうやって、みんなやられたんだ。7《な》ぐもも、塩賀《しおか》幸十郎《こうじゅうろう》も。ジョン次郎《じろう》が悔しいって泣いてた気持ちもやっとホントにわかる。自分の磨きあげた技を相手にぶつけることもなく、ただ斬られちまったからだ。人生かけて体得した技を、命をかけてぶつけあうのが勝負ってもんなのに。ちきしょうって思って、うおぉぉぉって気合入れて叫ぼうとするんだけどやっぱチルってるから無理で、ほぉぉぉって間の抜けた声を出しているうちに腿《もも》とか二の腕とか斬られちまう。

「爺様《じいさま》が生きてたときは相手いたぶると怒られたからさあ」

虫の手足をもぐような感覚で、楽しんでやがる。四肢から飛び散った血が、四つの顔のグラフィティを描いてる。7《な》ぐもと、塩賀《しおか》幸十郎《こうじゅうろう》と、ジョン次郎《じろう》と、天下無双。ちくしょうちくしょう。こんな奴《やつ》に負けたくねえ負けたくねえ。そう思うんだけどやっぱ体は弛緩してて、もうダメかって思ったときに大勢の足音が聞こえてくる。誰かが騒ぎを聞きつけて番所の役人たちを呼んだんだ。

「ねえアフロの兄さん」

クソガキが刃をべろぉぉと舐《な》めながらいう。

「明日の朝、海辺で決着つけようよ。侍は、逃げたりしないんでしょぉ」

俺は今晩でもいいぜって虚勢を張って言い返すけど、野郎はダメだよおって気の抜けたこという。

「爺様《じいさま》から、夜は早く寝ろっていわれてたからね」

クソガキは走り去っていった。

俺は立ち上がろうとして、でも四肢を斬られているしなによりレイドバックしてるからやっぱ倒れそうになる。そこを左右からヨキとシュカが支えてくれる。その動きがすげえシャンとしてて、なんでこいつらレイドバックしてねえんだって俺は不思議に思ってそういうと、「そりゃそうだよ」とヨキはいう。

「僕たちはね、とても遠い所からきたから、体の性質がちょっと違うんだ。音楽を聴いて、そこまで体に影響を受けないんだよ」

「え、そんなことあんのかよ」

戸惑う俺に、シュカがいう。

「火ノ本《ひのもと》の国があるこの島の人たちくらいのもんだよ、音楽でそんなにアップしたりダウンしたりするの。そこがカッコよくて、私たちは見聞録をつくりにきたわけだけどさ」

俺はいう。

マジかよ。

◇

朝、旅籠《はたご》の部屋の、布団のなかで手足が動くのを確認する。ヨキの持ってた塗り薬がすげぇ効くやつで、俺の手足はもう万全の状態になってる。

昨夜、二人から話を聞いた。なんでも、火ノ本《ひのもと》の国の民はみな聴く音楽によって頭の中に興奮物質や鎮静物質が発生するらしい。それはヨキやシュカも同じらしいんだが、俺たちはその量が尋常じゃないんだという。だからアッパーな音楽聴いたら元気になって力も出るし、ダウナーな音楽聴いたらへにゃぁあってなる。けど、ヨキとシュカはその頭の中の物質がそこまで音楽と連動していなくて、おそらくあのクソガキも、突然変異なのか、遠くから拾われてきたのか知らないが、音楽に影響を受けにくいんだろうって話だ。だからチルアウトミュージック流して、相手を無力化して斬るって戦法が使えるんだろう。

俺は枕元にあった刀を手に取ってみる。ヨキかシュカが研いでくれたんだろう、ピカピカになっていた。

「おめえら、俺たちの体質を調べに遠くからきてたんだろ。もう、十分じゃねえのか？」

膳を用意してくれてるシュカにいう。白飯とみそ汁をちゃぶ台に置いてくれる。俺は布団に座ったまま、それをかきこんだ。

「まあね。十分っちゃ十分だけどさ。最後まで見届けないと。天下無双の行く末をさ」

「酔狂な奴《やつ》だぜ」

俺は羽織を着て、予備のヘッドフォンを頭につける。しっかり二本差したところで目まいを起こして俺は尻もちついちまう。

「失った血まではすぐには戻らないからね。あまりおすすめしないよ、今から決闘にいくの」

シュカがいう。

「ちょっと不利すぎると思う」

「そんなのわかってらあ」

でも、そんなこといってられねえ。負けられねえ。あいつを斬らなきゃ、俺はどうにかなっちまう。あいつは自分の技を高めるんじゃなくて、相手の足を引っ張る方法で、7ぐもを、塩《しお》賀《か》幸十郎《こうじゆうろう》を、2《に》階堂兄弟《かいどうきようだい》の兄を斬りやがった。リスペクトとグレイトフルをもって、斬り合うべき相手たちを。今際《いまわ》のきわのジョン次郎《じろう》の顔が浮かんで、もう俺の怒りは爆発寸前だ。悔しいってあいつの無念を晴らしてやりてえ。あんな邪悪な剣が強いなんて、そんなことあっちゃあいけねえ。

次はぜってえ負けねえ。

「ワンスアゲイン」

もう一回だぜ。

俺は立ち上がって、部屋から出て階段降りて、裸足《はだし》のままで駆けだしていく。どうせ海辺の砂浜で戦うんだ。草鞋《ぞうり》なんていりやしねえ。松林抜けて白浜について、波打ち際《なみうちぎわ》を駆けていきゃあ、青い空の下、光水打舟《こうすいうちふね》をかまえたクソガキがいやがる。陽《ひ》をうけてキラキラひかる海が眩《まぶ》しいなって思いながら、俺はカセットをセットする。カシャッ、ガチャン。ヒップホップが流れだして、もう今さら名乗りなんていらねえ、そのまま走りこんでって跳び上がって大上段から刀振り下ろす。クソガキは長え刀をもう片方の肘でささえながら俺の重い一撃を受け止めやがる。

足元にはラジカセがあって、多分、チルアウトミュージックが流れてんだけど、俺は最大音量でヒップホップ聴いてるからそんなの聴こえねえ。手の内わかってりゃ怖くねえぜ。このあいだみたいにヘッドフォン壊されなきゃいい。おらぁっ、大人ばかにしてんじゃねえぜって怒鳴りながら俺はもう自分が嵐になったんじゃねえかって思うくらい刀を振るう。ビートなんて関係ねえ、リリックの一文字一文字にのせて撃つ。光水打舟《こうすいうちふね》の打ち下ろしを二刀を交差させてとめて、足振り上げてクソガキの顔面蹴り上げる。ひるんだところに脳天カチ割るようなとどめの一撃を叩《たた》きこもうとする。スイカが割れるみたいに脳漿《のうしょう》飛び散らしてやるぜって気合入れていくんだけど、クソガキの野郎、急に泣きだしやがって俺は手をとめちまう。

顔くしゃくしゃにして、その表情はまさに十才の少年で、ヘッドフォンで聴こえないんだけど口の動きは「ごめんなさいごめんなさい。僕、なにがただしいかわからなかったんだ」っていってる。んで、俺は刀をおろしちまう。やっぱまだ子供で、子供って残虐なとこあるし、これから改心するならここで殺す必要ないんじゃねえかって思っちまう。で、クソガキの口が「おじさん、バカだね」って動いたときには手遅れだった。嘘泣《うそな》きだった。さっきまでの態度とはうって変わって凄惨な表情で、すげえ速さで下から斬り上げてきた。ヘッドフォンの線が切れちまって、ヒップホップが聴こえなくなる。かわりにラジカセの音が耳に入ってきちまう。

「うぉおっ、レイドバック！」

俺の心と体はまたチルっちまう。

「ほんと単純だよね。ビート侍って、無駄にカッコつけてさあ。このあいだのドレッドヘアのおじさんもそうだったよ。子供が泣くとすぐ許そうとするんだ。それがカッコイイって思ってるんだろうね。あと、そのアフロ、超ださいよ」

「ジョン次郎《じろう》のことを悪くいうんじゃねえ、殺すぞ。あと俺のアフロは超クールだろ」

っていいながらも俺の体はへにゃあってなって、まじで戦えねえ。斬りつけられるたびに体のあちこち斬られて、白浜にばんばんばんばんグラフィティができあがっていくんだけど、それをみてる暇もねえ。中途半端《ちゅうとはんぱ》にかわすだけでせいいっぱいだ。

俺はついに這《は》いつくばって、刀を鼻先に突きつけられる。

「けっこおぉ、ねばったねえ」

俺はもうさすがに観念してて、卒塔婆《そとば》一本立ててもらえるかなあ、なんて考えてる。今思えばわけわかんねえ人生だった。親父の仇討《あだう》ちのために旅に出て、年くって、このクソガキにしっちゃかめっちゃかされて、なにもなさないまま死んでいく。剣の道も、ヒップホップもただ好きだってことしかわからねえ。なんでこんなことしてたのかもわからねえ。そんとき、なんか知らねえけど、ジョン次郎《じろう》の言葉が浮かんでくる。

『おまえの中のビートで戦うんだぞ。おまえのリリックで――』

もしかしたらまだあきらめる必要はねえんじゃねえかって俺は思う。チルアウトミュージック聴かされて頭の中に鎮静物質満タンになっちまってるけど、これ、自分でなんとかアッパーにできねえのか？

俺は音を探す。人類が初めて聴いた音楽はヘッドフォンからか？　そうじゃねえだろ。もっと身の回りにあったもんだ。太鼓よりも、鉦《かね》よりも、もっと原初の音。例えば雨が葉を打つ音。でも今は晴れてる。じゃあ、波なんかどうだ？　グルーヴィーな音楽のことを波のような音って表現したりするくらいだ。俺は波の音に耳を澄ませて、それに合わせて刀を振って光水打舟《こうすいうちふね》を払って立ちあがった。

クソガキは驚いた顔してるが、まだだ。俺はグルーヴ侍じゃねえから波の音なんかじゃたいした力はでねえ。そんでもう一度耳を澄ませば、今度はまじもんのビートを体のなかから感じる。左胸が、熱い鼓動《ビート》を刻んでやがる。

チルアウトミュージックがなんだ。ここに他に音楽がないなら、自分で奏《かな》でりゃいい。音楽ってのはカセットに記録されたもんが全てってわけじゃねえ。

俺はビート侍で、ヒップホップが好きだ。

ビートは左胸にあって、ヒップホップは俺の魂のなかにある。だったらやることはひとつだ。ビートに合わせて自分で唄って、それに合わせて戦えばいい。

生きざまはリリックで、リリックは生きざまだ。下手でもいい。そう思ったら、口をついてでてきた。


俺は放浪のアヴェンジャー、近づくとデンジャー、外道、化生、畜生は斬るｏｒＫＩＬＬ！


いけるぜ。

みてろよクソガキ。

◇

火イズル国さすらい　ビート刻むＳＡＭＵＲＡＩ　一手ミスればＮｏＬＩＦＥ
Ｃｏｓｍｉｃな幻想　天下無双　無法の剣客がゆらり　いきつくさきは卒塔婆《そとば》の空へＦｌｙ
熱狂いろどり色彩斬り合いさらにヒート　ビート・イット　あの頃の気持ちのままで戦って

流れて別れて目指しました　月の真下であなた想い流した涙　それでも刀ひとつ生きる明日
放浪の旅芸人　三味線一曲弾いてくれ　そのあいだに一閃《いっせん》終わらすぜ　いくぜ
俺は放浪のアヴェンジャー、近づくとデンジャー、外道、畜生は斬るorKILL！
乱れた世を憂い　転がる死体　世なおし期待　居合　死合　侍のセンスでDance
嵐巻き起こすビート侍
深夜27時のフリースタイル　おそれずにBite　夜明けまでFight
ビート刻むSAMURAI　義の元さぶらひ　強者《つわもの》求めてさすらい
マイクつかんだら離さない
刀　胸に死にゆくSAMURAI

　俺は、心臓のビートに合わせてリリック紡《つむ》ぎながら斬り結ぶ。クソガキもやっぱ年の割には技が冴《さ》えてて、うまく防いで反撃してきやがる。でも、こんなもんじゃねえ。ぜってえ負けねえ。音楽は人を活《い》かすためのもので、相手にマウントとるために使うもんじゃねえ。最高まで自分高めて、そんで命を懸けて斬り合うから美しくて、尊いんだ。そいつをこいつにわからせなきゃならねえ。心を折らなきゃいけねえ。俺は「おらぁっ、まだやんのかこらぁ！」って吠《ほ》える。クソガキはまだ汚え意志みたいなもんを瞳に宿してやがる。いいぜ。セカンドコーラスいくぜ。ワンスアゲイン。

巷間《こうかん》さすらい　ビート忘れぬSAMURAI　いつか手に入れるYasuragi
求めて琵琶《びわ》法師のサッドソング聴きながら進む道ソーロング　無常のソングが空からFly
暗い　夜がつづいても陽《ひ》はまた昇りキーポンムーヴィン　スウィンギン　求めて鍔迫《つばぜ》り合い
成敗　するぜ許せねえワックMC　決意　刀構えて花鳥風月　切り捨て御免の山紫水明
放浪の修験者《しゆげんじや》　経をひとつ唱えてくれ　そのあいだに決着つけるぜ　いくぜ

俺は放浪のアヴェンジャー、近づくとデンジャー、外道、畜生は斬るandKILL！
乱れた世を憂い　転がる死体　世なおし期待　居合　死合　侍の魂《ソウル》で勝負
時代つくるビート侍
深夜27時のフリースタイル　おそれずBite　夜明けまでFight
ビート刻むSAMURAI　愛の元さぶらひ　あなた求めてさすらい
道の先みえる一筋のLight
刀　胸に抱きゆくSAMURAI

俺は戦いながら今まで出会ってきた奴《やつ》らに感謝する。あいつらのおかげで、俺はここまでこられた。強くなれたと思う。全ての侍に限りない感謝と敬意を。

相手を好きになって、抱きしめるように斬る。それが俺の貫くスタイル。

迫りくる長刀に俺は渾身《こんしん》の力で太刀を殴《なぐ》るようにぶつける。ふたつの刀身が砕け散る。

「終わりだ！　ボーイ！」

俺はクソガキの足を踏みつける。逃げようとしやがるが、釘《くぎ》みたいにばちんと踏んでいるから足は離れねえ。そこから俺は脇差を放り投げて、クソガキの胸ぐらを摑《つか》む。そんでノーミュージックノーライフって叫びながら、こっちの目ん玉からも火が出るくらいの最高の頭突きをくらわせてやった。

手を離してやると、クソガキは白浜に倒れてのびた。完全にトんじまってる。

「てめえがちゃんとした侍になったら、そのときに斬ってやるぜ」

◇

お陽《ひ》さんの下、街道を歩きながら俺は寂しい気持ちになる。シュカは荷車に乗ってなくて、それがもうお別れのときだってことを告げている。ヨキも、スプレー缶を持っていない。

二股の分岐路にきたところで、俺たちは立ちどまる。ヨキとシュカは左にいくし、俺は右にいくからここでサヨナラすることになる。もうちょっとこいつらと一緒《いっしょ》にいたかったな、なんて思って、なんで俺、こいつらのことこんなに好きなんだろって不思議に思う。

おめえらこの後どうすんのってきいたら、シュカは全世界の見聞録をつくるんだなんていう。途方もねえ旅を、お気楽にずっとつづけていくんだろう。

「ボブ蔵《ぞう》は？」

「空の下をさすらうだけよ。そんで、いつか天下無双にたどりつきてえ」

「もう迷ってないの？」

「おう、なんとなくだけど、わかったんだぜ」

時代遅れのヒップホップにこだわって、そんな不利な曲選んでるのに強敵倒そうとしたり天下無双に想いを馳《は》せたりする。頭では奉行の誘いに乗って普通に暮らすのが一番ってわかってんのに、さすらっちまう。俺のやることなすこと、人生自体が支離滅裂でまったく理にかなってねえ。なんでこんなんなんだろって悩んでたけど、旅の途中からその理由がなんとなくわかってきた。激情なんだ。心の奥から突き上げてくるその激情はとても強くて、俺にはコントロール不能で、頭で考えることをすぐに飛び越えちまって、だから支離滅裂になっちまう。俺はその激情の名前をいおうとするんだけど、なんていっていいかわからずに、喉《のど》のとこまできてんだけど、うまく表現できなくて、あうあうしちまう。それをみてシュカがちょっと不敵に笑いながら、俺の左胸に拳をドンッとぶつけていう。

「愛だろ」

それを聞いて、俺はうぉおぉおってなっちまう。そうなんだ、愛なんだ。俺はヒップホップを愛してて、剣の道も愛してて、仇《かたき》もライバルも斬り合いながら相手のことを愛しちまって、その愛は他のことなんか知らずに勝手に走っていくから、整合性なんてものはなくて、俺のやることは脈絡がなくなっちまう。そんでヨキとシュカのことも愛してて、このまま別れるのがすげえつれえ。ずっと一緒《いっしょ》にいてえ。でも俺たちは風来坊だから、ずっと一緒《いっしょ》になんてありえねえ。

「でもよお、道が分かれたから右に左にはいさようならじゃあよお、ちょっと味気なくて、締まらねえよなあ」

俺がいうと、シュカがうなずく。

「踊るか」

「だね」

ヨキがしらけた顔をしてるけど、それが照れ隠しのポーズだって俺は知ってる。二人は見聞録をつくる検分役みないなものなんだけど、上からみおろして不満だけいってる批評家みたいなチンケなタイプじゃねえ。否定から入るつまんねえ人間じゃなくて、なんでもいったん受け入れちまうすげえ懐の深い奴《やつ》らで、ヨキだってグラフィティ描いちまうくらいノリのいい奴《やつ》で、だから俺がガキから取りあげたラジカセにカセット入れてスイッチョンしたらちゃんと一緒《いっしょ》に踊ってくれる。ヨキはすげえ下手くそでロボットダンスみたいになってんだけど、それでもちやんとギコギコ踊ってくれる。

俺はスワイプきめながら思う。

やっぱ愛だし、愛しかねえ。愛ってすげえ偏執的なとこあって、愛してる人を殺されたら十年かけて仇討《かたきう》とうとしちまうし、十年も追いかけてたら仇《かたき》にも謎の愛着湧いちまうし、斬り合って命かかった状況でも愛があれば嬉しくなっちまうし、愛は突き抜けちまってるからとにかく滅茶《めちゃく》苦茶《ちゃ》になっちまう。その場その場でいけるところまでいって、整合性とか辻褄《つじつま》とかジャンルとか、こうじゃないといけないとかを置き去りにして、文脈も脈絡もバーストさせて、ランダムになっちまう。そうやってランダムにウォーキングしていくのが愛で、人間なんだと思う。俺はもっと愛したい。全てのめちゃくちゃを、めちゃくちゃに愛したい。めちゃくちゃだって、したり顔で指摘してくる奴《やつ》らを愛して抱きしめたい。

LALALALA

ダンシンスルーザナイト　オドラナイト　アイシテナイト

俺たち三人でわけわかんねえ創作ダンスをしてると、通りがかりの旅人や行者、虚無僧《こむそう》や渡世人の兄ちゃんたちや力士なんかがくわわってみんなで踊りだす。そのなかにはよくみりゃあ、あのクソガキも、神世守《しんせのかみ》も、7《な》ぐもも朱全《しゅぜん》チューもいる。ジョン次郎《じろう》も腸はみださせたままサンバみたいなの踊ってて、俺がそれ大丈夫なのかよってきいたら、ファッショナブルだろって笑う。これが愛の力なんだと思う。

LALALALA
ダンシンスルーザナイト　オドラナイト　アイシテナイト

ヨキが愛ガットリズムとかいいながら陽気にタップダンスを踊ってて、こいつホントにヨキかよって思うけどかまいやしねぇ。俺たちの行動や性格や発言ってのはいつでも気持ちでいってて、それが愛ってもんだろそうだろ。一貫性なんてもんは寺子屋で使うしようもない帳面のなかにしか存在しねぇ。

LALALALA
ダンシンスルーザナイト　オドッテナイト　アイシテナイト

俺の足は一貫性も整合性も無視していきたいところにいく。すべては乱歩で酔歩。そんでヨキやシュカみたいにでっかく愛していきたいと思う。多様なもんを愛していきたいと思う。理不尽や不合理も愛していきたい。それができれば、天下無双。夢想、無想、幻想。

LALALALA
オドッテナイト　アイシテナイト

愛してるぜ、世界。

ラ・ラ・ラ・ラヴ・ザ・ワールド。

◇

セントラルの官庁街にある中央調査局のビル、ペアを組む調査官ごとに一室与えられる少し狭い執務室のデスクで、ヨキは突然、覚醒し、戸惑いを覚えた。昼寝をするのはシュカの十八番《おはこ》で（なぜかオフィスにアイマスクが常備されている）、まさか自分が勤務中に意識をトばしちまうなんて、いや、意識がとんでしまうなんて初めての経験だった。

「どうしたのさ、狐につままれたような顔して」

シュカがいう。今朝、通販で届いた巨大な怪獣のぬいぐるみを膝に乗せて遊んでいる。

「なんか、すごく変な白昼夢をみまして。ＳＡＭＵＲＡＩっていう謎の人種が」

ヨキはそういってから、物憂《ものう》げに頭を抱えた。夢のなかでハイテンションでタップダンスを踊ったなんていったら、シュカは爆笑するだろう。

「すごく変な夢だったんですよね」

「それのせいでしょ」

シュカが怪獣の手を使って、ヨキのデスクに置かれた花をさししめす。ライラケレの里から持って帰ってきた、異国の夢をみせるという金色の雪の花だった。

ヨキはため息をついて花を袋につっこんで引き出しにしまう。そして、ぬいぐるみを顔に押しつけて堪能しているシュカを横目でみながら、人事部に配属されている入庁同期の女の子とのメッセージラインを立ちあげた。

問い合わせる内容はシュカについてだ。シュカは最近、頻繁に調査局に駐在している産業医と面談をおこなっている。

『教えられるわけないじゃん』

同期は最初、職業的倫理観をもって断ってきた。しかしその先輩のこと好きなの？　と質問してきて、そうだとこたえたら教えてくれた。みんな恋愛ジャンキーだ。

『幻視が消えないらしいよ』

時折、視界のなかに女の子が立っているのだという。それは執務室でも起きているらしい。

ヨキはすぐにジョエルの死者と語らう音楽会のことを思ったが、産業医との面談記録によれば、シュカの幻視はそれよりも前に始まっているという。

『ちょうど君たちがエスレヘム文明の調査から帰ってきたときから始まってるみたいだよ』

ヨキは同期にご飯をおごる約束をして、メッセージラインを閉じた。

シュカは以前、エスレヘム文明の調査に際して、高層階から転落している。本人いわくそのときに一度死んでいるらしく、文明発祥の地にあると推測される謎の物体、モノリスの干渉によって助かったのだという。その影響、後遺症で、幻視の症状があるのだろうか。しかし自分から話そうとしないのだから、いつかいいだす日まで待つしかない。

そのシュカといえば、もうぬいぐるみには飽きたようで、デスクのおもちゃの山に置いて、次はなにをしようかなと思案顔をしている。

「先輩」

「なに？」

ヨキは色々とききたいことはあったけれど、結局、いつもの「ちゃんと仕事をしてください」というセリフをいうだけだった。

「わかってるって」

「まったく。まだライラケレの里の調査報告書も書いてないんですからね」

ヨキもさっきの白昼夢を振り払い、仕事に集中しようとして、目をみはった。

「先輩、それ、なんですか？」

「これ？　音楽聴きながらのほうが事務仕事ははかどるからさ」

シュカはヘッドフォンをする。なぜか有線で、それが繋《つな》がっているのはセントラルではあり得ないほど技術水準の低い、骨董《こっとう》品のようなデバイスだった。

カシャン、ガチャ。

カセットを入れて、シュカが頭を振りはじめる。そしてキーボードを叩《たた》きながら、鼻唄をうたう。

オドッテナイト

アイシテナイト

Random Walker who LOVES the WORLD

CHAPTER5

第五章

『星の侵略者』

深い森を歩いていた。道はなく、足元はぬかるんでいる。荷物は多い。普段はすべてをヨキに押しつけているシュカでさえ、大きなリュックを背負っている。しかし、文句のひとつでもぶうたれそうな状況であるが、陽気に口笛を吹いていた。

「ホント、ヨキは悪知恵が働くよねえ」

シュカがにこにこしながらいう。

「機転が利《き》くといって欲しいですね。僕のおかげで未踏地域にいけるんですから」

未踏地域とは、端的にいえばセントラルの人間がいったことのない、地図の外のことだ。未踏になっている理由は、放射能ベルトによって隔絶している、対策不能のウイルスが蔓延《まんえん》している、危険な敵性生物が跋扈《ばっこ》しているなど様々だ。いずれにせよ命の危険がともなうため、厳しい要件をクリアした調査官しか派遣されない。ヨキはその経験の少なさから、シュカは勤務態度の不真面目《ふまじめ》さから未踏地域への調査は許可されていなかった。

しかし今回、ヨキは地図の外ではなく、内にある秘境の地に目をつけた。地図のなかにあるから、通常の調査官でも調査にいける。規程の網の目を抜ける申請に、上級管理官は歯ぎしりをしながら許可したという話だ。ヨキとシュカのとぼけた顔を思い浮かべたのだろう。

「いいねいいね、ジグマルカン大空洞なんてさ。地図の外よりもロマンがある」

シュカがいう。二人がむかっているのはセントラルの人間が入ったことのない洞窟だった。もちろん、地上にはそういう場所がたくさんある。ありふれた鍾乳洞《しょうにゅうどう》をいちいち調査していられないし、それを未踏地域として扱っていてはきりがない。しかしジグマルカン大空洞だけは、地図の内にありながら、未踏の秘境と呼ぶにふさわしいスケールをそなえていた。

「大空洞か。高層ビルが何十棟もおさまるほどの高さと広さがあって、奥はどこまでつづいているかわからない。それって、もはや洞窟というより地底世界だよね。しかも、古代文明があった形跡まであるんでしょ」

「ええ。『洞窟の人々』と命名されています」

ジグマルカン大空洞のなかには地下水脈や森があり、独自の生態系が形成されている。さらに古代文明の痕跡まであることから、長らくセントラルの調査官たちの興味を惹《ひ》いてきた。しかし入口付近に大量の水がたまっていて水中洞窟の様相を呈していたため、奥の探索が不可能になっていた。もちろん、あくなき探求心を持つ調査官たちがダイビングで挑戦したこともあるのだが、あまりに水中洞窟が長かったことと、暗魚という獰猛《どうもう》な水棲《すいせい》生物が多数いたため、多くの犠牲を出すことになり、調査は不可能とされた。

「それが、洞窟内にたまっていた水の大部分がはけて、探索が可能になったと」

シュカが端末で暗魚の映像をみながらいう。深海のような暗黒を背景に、骸骨に皮が張りついたような魚が映っている。つくりの粗雑さから、直感的に大型魚であることがわかる。

「調査局中から希望が殺到したそうじゃないか。よく一番に申請できたよね」

「地理地学局の情報が更新されると僕の端末に通知がくるようプログラムを組んでるんですよ」

「へえ。ヨキの細かすぎる性格もたまには役に立つねえ」

「先輩が気づいてないだけで普段から大いに役に立ってるんですよ。今回の調査のための荷物を手配したのも僕ですからね」

ヨキはシュカのリュックにぶらさがっているザイルを引っ張る。広大なジグマルカン大空洞の探索は秘境探索に近いため、様々な状況に対応できるよう装備を整えた。

「洞窟内にはジャングルもあるし、水が引いたとはいえ、まだ地下河川として残ってる。古代人の痕跡を探して大冒険。最高じゃないか。私はこういうところに調査にきたかったんだよ。暗魚はカワイクないからどうでもいいけど、洞窟内には未知の生命がいるかもしれない。古代人がつくったロボットとかがあったら嬉しいな。苔が生えてピコピコ動いてさ」

「まあ、色々と期待しちゃいますよね。あと、暗魚のみためはそれほど悪くないですよ。グロテスクだからこそ、ロマンがあるんじゃないですか」

二人はまだみぬ風景、生命体を期待して歩を進める。しかしその前途は明るいものではなかった。大空洞まであと数時間といったところ、森林地帯のただなかにいたときのことだ。

人の気配がして、二人は足をとめる。木陰から様子をうかがっていると、七人ほどの男女混成の集団が歩いてきた。

「近くにラザルという名の街があるんですけど、おそらくそこの人たちだと思います」

「あの女の人が着てるシャツ、かわいいね」

「先輩、髭面《ひげづら》の男の人が猟銃を持ってるとか、そういうところに着目してくださいよ」

「うん、クマみたいだね」

七人の表情は一様に暗かった。その理由はおそらくみなで運んでいる担架にあるのだろう。担架には厚みのある布がかけられており、みな神妙ながらも、運んでいるものがゆれたりすることに対してあまり気を使っていない。

気が立っているようですから、ここはやりすごしましょう。ヨキが小声でそういおうとしたところで、シュカが盛大にくしゃみをする。

「誰だ？」

男が猟銃をヨキたちのいる方向にむける。その顔には興奮と焦燥の表情が浮かんでおり、今にも勢いあまって発砲しそうだ。

ヨキはシュカに批判がましい視線を送る。シュカは、「相手は人間だから平気さ」とでもいうように肩をすくめてみせた。二人は両手をあげて木陰から出る。

「なにもんだ？　こんなところでなにをしている？」

髭面《ひげづら》の男が持つマスケット銃は、両者のあいだにある木々の葉を貫き、ヨキとシュカに命中させるだけの威力と精度はあるだろう。そんな状況でも、シュカは冷静だった。

「ただの旅人だよ。そんな物騒なものはしまって欲しいな」

「旅人がどうしてこんな道もない場所にいる」

「ジグマルカン大空洞を見物したくてね」

七人のなかの、眼鏡をかけた女の人が、「普通の人よ」と髭面《ひげづら》の男に銃をおろすよう促す。

そのとき、担架を持っていたひとりがその重みに耐えかねたのか、身体《からだ》をよろめかせた。

白い布がはだけ、担架に載せられていたものが鈍重な音を立てて地面に落ちる。

死体だった。骨格、体つきから、壮年の男だとわかる。ヨキとシュカは調査において死体と出遭うことがままあり、それゆえ、多少のものをみたところで驚くことはない。しかし、その地面に転がった死体をみたときは、驚き、そして目をそらすことなく、凝視していた。

死体の皮膚に潤いはなく、ひび割れ、象皮のように硬質化している。そして紫色に変色していた。そして最も異常に感じられたのは、死体の額にある赤い色の球体だった。指先ほどの大きさのものから、こぶのようなものまで、不規則に六つ、肉に埋まっている。ヨキがそれをみて最初に連想したのは、蜘蛛《くも》が頭部に持つ八つの単眼だった。口の構造も異様だった。くちびると歯の内側に、さらにまた、くちびると歯がある。二重になっているのだ。

「ヒトなのかな」

シュカが首をかしげながら呟《つぶや》く。

眼鏡をかけた女の人が、すぐにその死体に白い布をかけようとする。しかしあわてているものだから、勢いあまって死体の頭を蹴りとばしてしまう。首の付け根が劣化していたのだろう、首がもげて、ころころと、ヨキとシュカの足元まで転がった。

眼窩《がんか》と口、首の切断面から、紫色の粘性の液体があふれだす。

「さわらないほうがいいかもね」

「ええ」

ヨキとシュカは一歩さがる。

粘性の液体がふれた場所に生えていた草がみるみるうちに枯れてゆくのだった。

ヨキが問いかけるような視線を投げかけると、眼鏡をかけた女の人は観念するようにいう。

「ジグマルカン大空洞にいくのはやめたほうがいいと思います。今、この辺りでは恐ろしい生物災害が発生しているんです」

この、蜘蛛《くも》の目が額についたような死体も、元は普通の人間だったという。

「帰ったほうがいいですよ、絶対」

眼鏡の女の人にいわれ、ヨキはシュカに問いかける。

「だそうですよ。どうします？」

「現地の人の警告はえてして信頼できるものさ。多分、本当に危険なんだと思う。そして、こんな死体をみせられて、帰ったほうがいいなんていわれてしまったらさ」

シュカは最初、深刻な顔をしていたが、すぐに不敵に笑っていう。

「絶対、帰るわけにはいかないよね」

◇

森から少し離れた平野部に、ラザルの街はあった。

大空洞へは歩いて半日ほどの距離ということで、ヨキとシュカはひとまず立ち寄ることにした。少し遠回りになるのだけど、死体のことも気になったし、街の文書館にはジグマルカン大空洞に住んでいた古代人、洞窟の人々についての文献もあるという
「そういうわけで、洞窟の人々は私たちの祖先じゃないのよ。髪の色から骨格まで、すべてが違っている。どこかで断絶したのね」

街の公文書館で、眼鏡をかけた女の人はいった。死体の頭をコミカルに蹴とばした彼女はエレナといい、街で教師をしていた。小さな街だから、全ての科目を担当しているという。

「宗教的にも大きな違いがあるわ。私たちは偶像崇拝を禁止しているけれど、洞窟の人々はたくさんの宗教的シンボルをつくった。洞窟の壁面を彫ったり、森の奥には石仏も遺っている」

エレナは洞窟の人々に興味を持っているらしく、周辺地域から資料や文献を取り寄せていた。そのなかには、大昔の冒険者が洞窟のなかで写し取ったという壁画の図もあった。

「君の集めた資料をみていると、洞窟の人々はなかなか高度な知恵を有していたように感じる。天文学や農耕についてかなり正確な知識を持っていたようだし、鉄も使っていた。そんな人々

の生活の跡が、ある時を境に突如として断絶している。そこから先は遺跡も土器も出土していない。それはなぜだろう？」

「なんらかの天災で滅亡したのではないかしら？」

　エレナは疫病や環境変化の可能性を指摘し、また、冒険者の手記の内容を示した。

「洞窟の人々はたくさんの流星の壁画を遺《のこ》していたみたいなの。流星が落ちてきて、人が住めなくなったのではないかしら？」

「どうだろうね」

　ヨキは明言を避けた。巨大隕石《いんせき》による環境変化という仮説は、周辺地域にそういった痕跡がある場合に使われる。クレーターや隕石《いんせき》湖。しかしこの地域にそういった地形はなく、少なくとも環境を激変させるほどの巨大隕石《いんせき》が落ちた形跡はなかった。

「ところで、あの奇妙な死体は結局なんだったのかな？」

「それなら、ダグラスに聞くといいわ」

　エレナはいう。ダグラスとは、あの猟銃を持っていた髭面《ひげづら》の男だ。彼は医者だという。

「彼も答えは持っていないでしょうけど。私も生物災害がおきているといったけれど、なにもたしかなことはわかっていないの。森の様子がおかしくなって、人が死んで」

　エレナは眼鏡を取り、椅子によりかかりながら、つかれた顔で頭をおさえた。ひどく憔悴している。ヨキはその場を去ろうとするが、シュカがひとつだけ教えて欲しいと声をかけた。

「さっきみかけたんだけど、風車小屋に住んでいる、あの白髪の少女は？」

「セシルのことかしら？　あの子はとてもいい子よ。すぐに授業をさぼっちゃうけど」

両親を早くに亡《な》くし、雑用を手伝うことでお駄賃をもらい、生活しているという。

「とても動物が好きで、風車小屋のなかでたくさんの犬や猫を飼っているの。でもやっぱり女の子だから、たまに香水を借りにくるわ。獣の匂いが恥ずかしいのね」

シュカはなにを考えているのかわからない表情でうなずいていた。ヨキには質問の意図がわからない。なぜそんな少女のことを気にしているのだろう。すでに不可解な行動はあった。街に入ってすぐ、シュカは白髪の少女をみかけると、素知らぬ顔で後をつけはじめたのだ。そして風車小屋に住んでいることがわかると、しれっとなかをのぞいていた。

「あの女の子がどうかしたんですか？」

公文書館を出たところで、ヨキがたずねる。

「ちょっとね」

シュカがあからさまにはぐらかすので、ヨキはそれ以上きかなかった。

ヨキとシュカは、ダグラスの診療所で変死体の解剖に立ち会った。医者とはいえいかにも街医者といった水準で、法医学の域にはない。ダグラスも、肉や内臓を切り分けながら首をかしげ、かつてそれが人間だったことをたしかめるくらいが関の山だった。

「かわりに私がやりたいね」

シュカが小声で呟《つぶや》く。ヨキはその足をふんづけておしとどめ、観察者に徹した。

「最初、男がひとり行方不明になった。最後の言葉は、ジグマルカン大空洞にいく、だった」

ダグラスは遺体の頭部にナイフを突き立てながらいう。

「次に、その男を捜しにいった捜索隊が全員行方不明になった。集団失踪だよ。森に入ってすぐのところで、彼らの持ち物がみつかった。その時点で、みながすでに異様な雰囲気を察していた。行方不明者の捜索は、森を歩くことに慣れた猟師たちを中心に少数精鋭でおこなうことになったが、誰もみつけることはできなかった。そこから少し時間をおいて、遠くの街へつづく、森の脇を抜ける街道でも人が消えるようになった。少しずつだが、何人も、何人も。まるで森の暗闇から、怪物が舌を伸ばしているように思えた」

ダグラスがナイフをてこのように使って、死体の額にある蜘蛛《くも》の単眼のような球体を取りだす。神経のような白い繊維が皮膚の下の組織と繋《つな》がっていたのをヨキは見逃さなかった。二重になった口も、最初から生物としてこういう形状だったといわんばかりの強固な構造だった。元はまったく普通の人間だったのかとヨキがたずねると、そうだとダグラスはうなずく。小さいころからの友人だったという。

「それから、ぽつりぽつりと街道で失踪した人間の死体が森のなかでみつかるようになった。みんな、こんな姿になって、体中が穴だらけになって死んでるんだ」

ダグラスが遺体の胴体を指し示す。腹から肩にかけて、無数の親指大の穴が空いていた。セントラルの重機関銃で撃たれれば、このようになるかもしれない。

「こんな姿になる原因は？」

シュカがたずねると、ダグラスは「奴《やつ》らのせいだ」と声を荒げた。そして、ヨキとシュカにジグマルカン大空洞にいってはいけないと強い口調でいった。

「このあいだも、お前たちのような旅人がやってきて、俺がとめるのも聞かずに森へと入っていき、戻ってきていない。背の低い女だ。研究者らしいが、命を無駄にしてどうする。命を守る医者の気も知らないで。最初に失踪したラカンもそうだった。洞窟の水がひいたから、調べにいくといって。子供たちに歴史を教えたいという気持ちはわからんでもないが」

「最初に失踪したのは学校の先生だったの？　それで、まだみつかっていないんだね？」

シュカがたずね、ダグラスが、ああという。

「エレナの恋人だよ」

診療所を出るころには、すっかり日も暮れていた。月明かりの下、宿にむかって街路を歩く。明日の朝にでも大空洞にむけて出発するつもりだった。

「ダグラスがいってたこと、どう思う？」

「人が後天的にあんな奇形になる原因についてですか？　にわかには肯定しがたいですね。可能性というより、イメージもあるんでしょうけど。ハリネズミなんて」

ダグラスは、突然変異したハリネズミが大量発生し、人を殺してまわっていると、診療所で語った。手のひらに乗るくらいだった大きさが、ウサギ大になっているらしい。森のなかで人が刺されたところを離れたところから目撃した人間もいて、そのものによると、伸縮自在の針が貫き、後から遺体に近づいてみれば変異していたという。

「上手く想像できないんですよね。突然変異したハリネズミが人を襲うというのが」

「先入観はよくないよ。かわいい小鹿《バンビ》がゾンビになる映画があってだね」

「バンビゾンビですか。そんなB級映画の話はいいんですよ。僕が疑問に感じているのは、後天的に、人体にあれほどの変化が起きるのかってことですよ。皮膚の変色や硬化はともかくとして、二重になった口や、額の球体なんかは説明が難しいですよ。あれ、眼球ですよ?」

「たしかにね。突然変異した動物が人を刺して、その変異が伝染するようなことって簡単には起こり得ないよね。まあ、ネズミでもなんでも、みてみるしかないね」

二人は夜道を歩きながら、さまざまな可能性について話しあった。毒素による人体の改変、遺伝子の破壊による細胞の異常増殖、ウイルスや寄生生物による影響。そして、実際の現場をみる機会はすぐにやってきた。

宿につくまえに、女性の悲鳴があがった。

ヨキとシュカは顔を見合わせ、それぞれコートのなかのナイフを確認し、声のしたほうへと慎重な足取りで小走りした。区画整理されておらず、土地勘もない。物陰や建物のあいだを注意深く観察しながら進んだため、現場についたときには、すでに人だかりができていた。

「ハリネズミだ」

ダグラスがいう。彼はその場に座りこんだ中年女性を片腕で抱えていた。取り乱したその女性が手を伸ばすのを、おしとどめている。その先には、少年の死体があった。

「息子さんだ。二週間くらい前から行方不明だった」

今夜、それらしき人影をみたと街の人から知らせを受け、母親は息子の姿を捜して街を歩きまわったという。そして、息子に似た人影を路地裏にみつけ、声をかけようとしたところ、物陰から剣山のような針が伸びてきて少年を貫いてしまったというのだ。

ヨキはランタンで少年の遺体を照らす。やはり皮膚は変色して硬質化している。そして、あの蜘蛛《くも》の単眼が、顔中、無数に形成されていた。もはや目も鼻も見当たらない。

「人の姿をこんなものに変えて殺す。そんな危険な害獣は早く駆除しないと」

ダグラスがいい、街の男たちは各々《おのおの》、手に銃を持って散っていった。

ヨキは死体をみつめていた。

「生体組織が潰れて再形成されない限り、こんな変異は起きないですよね」

「もしかしたら、突然変異したハリネズミは仲間を増やそうとしているのかも。そのネズミも蜘蛛《くも》の単眼を持っていて、口が二重でさ。針で刺して感染させて、でも細胞が耐えられなくて少年は死んでしまった。耐えることができた人たちは、森の奥で仲間になって潜んでる」

「バンビゾンビの見すぎじゃないですかね」

どうかな、とシュカは少し静かな口調でいう。

「私たちはさ、生物の在り方を変えてしまう瞬間に立ち会ったことがあるよね」

いわれて、ヨキは失われた文明の地で起きたことを思い出す。かつて優秀だった調査官が、人ならざるものに変化した。あれには、人類史を解き明かす可能性を持つ物体、モノリスが関与していた。たしかにあれならば、ハリネズミや人の身体《からだ》に影響することは容易《たやす》いだろう。しかし、二人はそれ以上の明言を避けた。証拠のない状態ではすべて空想でしかない。

「ゾンビハリネズミ、みたくなってきましたね。どうします、僕たちも捜します？」

「無駄だと思うな。元は野生でしょ？　大型獣ならまだしも、隠れる場所の多い人の住む街でウサギ大の獣をつかまえるのは難しいと思うよ。とりあえず、宿に戻って休もうよ」

シュカはそういうと、さっさとその場を後にしてしまった。あまりにあっさりとしているため、なにか目論見《もくろみ》があるのだろうとヨキは思ったが、やはりそうだった。

「交互に眠って、見張ってようよ」

宿の二階の窓は、風車小屋をよくみることのできる位置にあった。シュカはそれを見越して、この宿を選んだのだ。

「先輩、どうしてその白髪の女の子にこだわるんです？　気に入ったんですか？」

「いいからいいから」

ヨキは仕方なく、目的も知らされないまま交互に眠って、風車小屋を見張った。そして朝には、シュカがなにを待っていたかが明らかになった。

空が白んだころ、扉が開いてどこかしら影のかかった少女がでてきたのだ。

手には、針の生えたまるい毛玉を持っていた。

◇

シュカは何度か立ち止まるものの、軽快な足取りで森の奥へと進んでいく。背の低い草がかすかに折れているのをみつけて、ここを通ったに違いないという。

風車小屋に住む白髪の少女、セシルは、街はずれまでハリネズミを抱えてゆき、森にむかってそれをはなった。遠くからそれをみていたヨキとシュカは、とりあえずハリネズミを追跡することにしたのだった。ヨキは急いでハリネズミの後を追おうとしたが、シュカに制された。

「すぐに捕まえる必要なんてないさ。泳がせて、巣まで案内してもらおう。気づかれないように少し離れて追跡さ」

森を歩きながら、シュカは何度かオートマティック拳銃の弾倉を確認していた。警戒しているのかもしれないし、ゾンビパニックになって撃ちまくることを期待しているのかもしれない。

「死体をみていて思ったんだけど、あの変異には時間がかかるんじゃないかな。だから昨夜の件も、暗闇でわからなかっただけで、刺される前から少年は変異していたかもしれない」

「つまり、変異と刺殺は別の問題だと――」

そこでヨキとシュカは会話をやめる。木々の向こうにログハウスがみえた。街の人たちからは聞かされていない。そしてその小屋の扉の前に、ハリネズミがいる。

立ち止まって様子をうかがおうとする。しかし、そのとき、ヨキが枝を踏んでしまう。

乾いた音に反応して、ハリネズミの小さな耳がぴくぴくと動く。

今にも逃げだしそうな気配を察し、ヨキとシュカは顔を見あわせ、茂みから飛びだした。

銃を構え、左右から挟みこんで迫る。

ハリネズミはふりかえり、「ぎょわわあああぁぁ、ウタナイデ!」と声をあげた。

特に変色したり、蜘蛛《くも》化している印象はない。ただサイズが大きくなって、全体的にふっくらと丸みを帯びたような印象だ。そして小さな手で頭を押さえ、ぷるぷると震えている。その姿は、人間を刺し殺す狂暴な獣というイメージからは縁遠いものだった。

「ていうか、今、変な声が聞こえませんでした?」

「ヨキにも聞こえた? 絶対、幻聴だと思ったんだけど」

二人が銃をむけたまま話しあっていると、ハリネズミの小さな口がもごもごと動く。

「テッポウはやめてよう。死んじゃうよう」

啞然《あぜん》とするヨキとシュカ。人の言葉が、獣の口から語られている。人語を操る獣。当然、それは長いセントラルの歴史のなかでも、まったく観測されたことのない存在だ。

「一発、撃ってみますか？」

「いいね。轟音《ごうおん》で夢から醒《さ》めるかも」

ハリネズミは二人の会話を聞いて、またもや、「ぎょわあああぁぁ」と声をあげた。声と口の動きは一致している。解剖してみようかとシュカがいうと、また、ぎょわぎょわと騒ぐ。そんなことをして遊んでいるときだった。

ログハウスの扉が開いて女の子が出てきた。

「私の従順な手下をいじめないで欲しいな」

内巻きの短い髪に、褐色の肌。白衣をまとって、ポケットに手をつっこんでいる。ジグマルカン大空洞にいくといって、街に戻ってきていないという研究者の旅人だ。ヨキとシュカをみて、「まさかもう一度、君たちに会うことになるとはね」という。

「まあ、お互い好奇心に従って動いていれば重なることもあるか」

おそろしく冷静な温度で、女の子はいう。ヨキもその顔には見覚えがあった。

ラターシャ・アルナイル。

砂漠の街、グレートインゴットで出会った研究者だ。

「私に出会えてよかったね。かなりの工程を飛ばして、君たちは真実に近づける。文字通り、身を挺《てい》して、研究しておいたからさ」

ラシャが左手を掲げる。白衣の袖が不自然に垂れ下がり、質量が感じられない。

左腕の肘から先が、なくなっているのだった。

◇

かつて砂漠に七日で創られた街を調査で訪れた。そこにいた研究者がラシャだ。若くして街で一番優秀な研究者と評判だったが、教会の教義と対立し、追われることになった。地上生まれだが、父親がセントラルの科学者だったため、調査官の存在も知っている。

「君たちと同じように興味の赴くままに世界を放浪して、ジグマルカン大空洞にたどりついたというわけよ」

ログハウスの部屋で、椅子に腰かけながらラシャはいった。机の上には実験器具が所狭しとならべられ、床やソファーには衣類が散乱している。そしてそういった物以上に、いたるところでハリネズミがうごうごしていた。

「ゾンビハリネズミじゃなかったのかあ。もちろん、これはこれでＯＫだよ。よくぞ私のために巨大化してくれた」

シュカが一匹ひろいあげ、裏返して、やわらかいお腹に顔をおしつける。ハリネズミはくすぐったいのか、むははむはと笑う。

「この人語を話すハリネズミは一体なんだい？　街の人たちは突然変異の殺人ハリネズミがあらわれて、生物災害を起こしているといっていたけれど」

ヨキが質問する。ラシャは、なにから説明したらいいかなとあごに手をあてながら、椅子の下にいたハリネズミを足で転がした。ハリネズミはころころと転がりながら、めがまわるー、と喜んでいる。

「私がここにきたときにはすでにこの子たちは巨大化してた。話を聞いてみれば、みんな、つい最近までは普通の小さなハリネズミとして地面の下で暮らしていたらしいわ。それが気づいたら、言葉を話せるようになって、身体《からだ》も大きく変化していた。針も伸びるのよ」

ラシャがいうと、床でうごうごしていたハリネズミの一匹が、「ノビルノデス！」といって、背中の針を伸ばす。それはヨキの身長よりも長く伸びた。明らかに質量が増大しており、どういう原理なのか、見当もつかない。

「すごいね。ところで、この子たちに名前はあるの？」

シュカがいうと、部屋中のハリネズミたちが一斉にしゃべりだした。

「アリマスヨ！」

「ラシャさんにたのんでつけてもらったのです！」

「さいしょ、ラシャさんは数字をつけようとしました！　雑だと、僕たちは抗議しました！」

ハリネズミたちが次々に自分の名前を名乗る。ベータ、イプシロン、ラムダ。どれもグレートインゴットで使われていた文字の名称だ。文字の種類は有限なため、一周するごとにアルファマークツー、アルファマークスリーとなっていく。これはこれで、相当やっつけな命名だ。

ヨキがラシャの顔をみると、ラシャは「知らん」とでもいうように顔をそらした。

「かわいいねえ。本当に、この子たちが人間を刺し殺してるの？　あの長い針で刺殺した現場をみた人もいるらしいんだけど」

シュカがいうと、ハリネズミたちはいっせいに、「ボクたちはそんな悪いことはしないヨ！」と声をあげた。

「そうなの？」

シュカがたずねると、ラシャは「刺してはいるんだけどね」という。

「でも、あれはもう人とはいえないから。そうね、実際に見たほうが早いから、大空洞にいきましょうか」

ラシャがいうと、部屋のなかの毛玉たちはにわかに色めきだった。たたかいだー、と針を伸ばしたり縮めたりする。え、戦うの？　とシュカがきく。

「ええ。死体をみたでしょう。あれはこの子たちが原因ではないのよ」

「じゃあ、原因は？」

「明確に答えることはできないけれど、ちょうどサンプルがあるわ」

ラシャが棚に歩み寄る。その棚の上には黒い布がかけられていて、取り払ってあらわれたのは、分厚いガラスケースだった。

なかには、これまでみてきた死体と同じように変異した左腕が入っている。

「私の左腕」

ラシャは事もなげにいう。

「自分で切り落としたの」

ヨキはケースのなかから目が離せない。切り落とされたはずのその手が、かすかに動いていたからだ。そしてそれは、まるでヨキの視線を感じたかのように、突然跳ねあがり、ケースに張りついた。

五指がガラスに爪を立て、甲高い音が鳴る。

その動きには、明らかに強烈な敵意が含まれていた。

◇

大空洞へむかって森林地帯を歩く。ヨキたちの周囲を、小屋にいた三十匹ほどのハリネズミが取り囲んでいた。

「変異してしまったものを殺せるのはこの子たちだけだから」

ラシャはいう。ハリネズミたちは、変異した人間だけを刺し殺しているというのだ。街の人たちは断片的にしか目撃していないため、ハリネズミが刺したから変異したと勘違いした。

「ハリネズミたちに人を殺そうという意志はない。あるのは、ただ変異したものを倒さなければいけないという半ば本能に似た意志だけ」

「本能に似た意志?」

「普通のハリネズミだった彼らは、突如として意識や言葉を手に入れた。そして思考できるに至り、まず最初にこの子たちが思ったのは、あの変異したものたちをなんとしても駆逐しなければいけないということだったそうよ」

「まるでそのために意識が備わったみたいに聞こえるね」

ヨキはさらに変異したものの正体について質問を重ねようとするが、首に疲れを感じて軽くまわす。すると頭の上で「オチルー」と声があがった。

大空洞へいくこととなったとき、ハリネズミたちはその『本能に似た意志』のためか、みな興奮していた。しかし一匹だけ、部屋のすみでコワイコワイと震えている個体がいた。それがタウだ。怖がりで、いつも戦いを恐れていて、そのときも他のハリネズミに非難されていた。

「怖がりなのは仕方ないさ。そういうのを個性というんだよ。意識というものを持って、もっと時間がたてば、みんな違ってくるんじゃないかな。同じ人間でも、私みたいに勇敢なのもいれば、この根暗なお兄さんみたいに、とっても怖がりな人間もいるんだよ」

シュカがそんなことをいい、

「そうだ。ヨキの頭の上にでものっていれば？　シュカさんにまとめて守ってもらえるよ」

とラシャがいったため、ヨキの頭の上にタウがのることになったのだ。ヨキとしては心外なことであったが、タウまで「ヨキはボクと同じなんだね」というから、あきらめた。

「それで、あの変異した人間は一体なんなんだい？」

ヨキがあらためて聞くと、ラシャは、変異するのは人だけではないといい、彼女の体験したことを語りはじめた。

「そのときもこの道を歩いていた。やがて森を抜けて、ジグマルカン大空洞の入口についた。奥から、一匹の猿が出てきた。頭部が、赤い球体に覆われて変形していたわ」

その変異した猿は、入口のところにいた普通の猿の群れへ寄っていく。異形の個体を受け入れるほど自然界の集団は優しくない。猿たちは木々を伝って逃げてゆく。突如、変異した猿が猛然と追いかける。一匹、逃げ遅れた子猿がつかまってしまう。変異体が子猿を押さえつけ、赤い球体の縁から粘液を垂らす。それは子猿の顔面に落ち、子猿は四肢を痙攣《けいれん》させたのち、大人しくなる。そしてすぐに子猿の顔面に、ぷつぷつと赤い球体が発生しはじめたという。

「そこで変異体と目が合ったの。いつもなら敵性の野生動物と目を合わせるような間抜けなことはしないんだけどさ。ついつい、ね。まあ、当然こっちにくるし、密林で猿から逃げられるわけもなくて、左手摑《つか》まれちゃうし」

そこを助けてくれたのがハリネズミだという。木陰から飛びだしてきた彼らは、瞬《また》く間《ま》に変異体と、のっそりと動きだした子猿を刺し貫いた。

危機を脱したかと思ったが、ラシャは左腕に灼《や》けるような痛みを感じた。袖をまくってみれば摑《つか》まれたところが変色して、肘にむかって上ってきたという。

「仕方ないわよね。だって、放っておいたらロクでもないことになるのは明らかだったし」

そういうわけで、ラシャの左腕は失《な》くなったのだった。

「変異体になる原因はウイルス感染みたいなものなのかな。それとも、寄生生物？」

ヨキがたずねると、ウイルスや細菌ではなく、生物だと思うとラシャはこたえる。

「左腕から採ったサンプルを観察してみたけど、細胞が確認できたわ。感染プロセスは接触による皮膚からの浸透みたい。まあ、そんなこんなで、私のここでの生活ははじまったわ」

ラシャはうち捨てられた山小屋を改修し、そこを研究所としながらハリネズミたちと暮らしているという。日課は、変異体の狩りだそうだ。

「別に、変異体が広がらないようにとか、高い志があるわけではないわ。ハリネズミたちがそれを望むから協力しているだけ。私の興味はもっとパーソナルなものよ」

ラシャは、ヨキの頭の上にのったタウに目をむけていう。

「突然、知恵をさずかったハリネズミたち。なぜそうなったのかという原因も気がかりだけれど、この子たちが今後どうなっていくかに興味があるわ。出会ったころはただ変異体を倒したいだけの獣だったけれど、最近では名前を欲しがったり、自我がめばえてきている。そしてついに戦いを怖がるものまでできた。とても興味深いと思う」

周りにいたハリネズミの一匹が、「ワタシたちは知恵をさずかりました！」という。

「とても組織的に戦うようになりました。大空洞を中心にして、森のなかにはたくさんの仲間がぼうえいラインをつくっています。たまに外に出られてシマイマスけど」

今度は、別のハリネズミが声をあげる。

「賢くなるのはイイコトデス。けれどラシャさんがタウの怖がりを怒らないのはいけないことだと思います。ボクたちは戦わなければいけません」

ヨキの頭の上で、クウンと弱気な鳴き声がする。

「こらこら君たち、これは多様化というものだよ。知恵をつけて賢くなると、色々な考えが浮かんで、それを選択すると他とは違う個体が発生するのさ」

ヨキがいうと、ソウダソウダとでもいうように、タウが頭をばんばんと叩《たた》いた。

「でも、変異体と戦うのに怖がりがまじっていると組織が弱くなります。怖がりのいるところからぼうえいラインを突破されるかもシレマセン。みなが、同じであるべきです」

「なかなか頭の良い奴《やつ》がいるな」

隣で聞いていたシュカが、一匹のハリネズミを拾いあげる。名をラムダといった。

「全体と個の議論だね。たしかにひとつの目的にむかうとき、単一化した集団の方が強いことが多い。というか、ほとんどそうだ」

「デスヨネ」

「でもさ、実際のところ世界は多様で、『こうあるべき』という考えが実現するケースなんてほとんどない。群れをなす個体の単一性を確保して集団を強くするという考えは正しいんだけど、実はそこまで現実的ではないのだよ、ラムダ君。君たちからみると人間は同じにみえるかもしれないけど、私とヨキは空からきてたりするのだ」

ほんとだ、土の匂いがしないと周囲のハリネズミたちが声をあげる。

「みなが同じになる方が実は難しかったりするのさ」

「じゃあ、僕の考えは間違っているのデスカ？」

「白黒つけるのは難しいのだよ、ラムダ君。ひとつの思考とひとつの思考がぶつかったとき、それはもう優劣も正誤もつかない。あとは好みの問題さ。答えの出ない問題だから、相手に対してちょっとだけ寛容になってあげればいいんじゃないかな」

それからも、シュカは賢くなったハリネズミたちと議論を繰り広げた。真正面から論理的に意見をぶつけてくるハリネズミたちを、シュカはこっちの方が楽しいし、あっちの方がカワイイし、と煙《けむ》に巻《ま》いた。

「ねえヨキ、僕だってホントは戦いたいんだよ」

頭の上でタウがいう。

「でもさ、怖いんだよ。変異体は凶悪で、もう何匹も仲間がやられてるんだ。悲しいし、怒ったりもするんだけど、僕は同じように死にたくないって思ってしまうんだ」

「わかるよ。その気持ち。それはね、恐怖っていうんだよ。人もみな、持ってる」

「どうやったらその恐怖ってやつを追い払えるんだろう」

ヨキは少し考えてから、「勇気じゃないかな」とこたえる。するとタウは、「勇気ってなに？」ときく。ヨキは困りながら、「恐怖が暗闇で、それを照らす光みたいなものが勇気だよ」と苦し紛れにこたえる。

「ねえヨキ、僕には勇気ってものがわからないよ。恐怖はすぐにわかったのに」

勇気ってどんなものなのだろう。どこにあるんだろう。その問いにこたえるため、ヨキはしばらく悩んでいたが、ついに観念していった。

「僕も知りたいね」

ジグマルカン大空洞は洞窟という印象のものではなかった。広大な山脈の内側を空洞にして、そこにひとつの世界を築いたかのように壮大なものだった。それは森を抜けて、山肌に空いたアーチ状の大きな入口をみたときから予感できた。洞窟のなかから川が流れてきているし、遠目にみても、空洞内に木々が茂り、ところどころに光の柱が射しているのがみえた。

川に沿って入ってすぐ、まずはその高さに目を奪われた。遥か頭上、赤褐色の岩盤に苔の生えた天井がみえる。そして上だけでなく、下にむかっても空間は広がっていた。いくつもの地層が露出して、階段のようにくだっている。ヨキはこれまで感じたことのないほど、厳かな気持ちになる。巨人たちのねぐらか、神々の住処《すみか》に入っていくような心地だ。

奥へいくと、光量は少なくなり、木々のサイズは小さくなって、荒涼とした風景になった。巨大な鍾乳石《しようにゆうせき》がつららのように垂れ下がり、緑色の地下水脈が流れている。そして時折、天井の岩盤に大きな穴が空いており、そこから光が射し、木々が育って小さな森を形成している。そんな聖域のような場所に、古代人が残していった石の祭壇があったりするのだ。

「みて、これ」

シュカが木々をかきわけ、祭壇にたどりつき、苔の上から手でさわっていう。

「ほら、文字みたいなのがあるよ」

「先輩、あまり興奮しないでください。とりあえず、撮影しときましょう。あとで解析すれば文字の形状もわかりますから」

「あのさ、君たち、ここには地上の人間もいることをくれぐれも忘れないでおいてくれたまえ」

ヨキとシュカはこの洞窟でベースキャンプを張り、そこらじゅうを調べる計画を話しあった。どこに古代人の痕跡があるかわからない。ロッククライミングでのぼれそうな断崖もいくつもある。鉱物だって、岩だけでなく、クリスタルのような鍾乳石《しようにゆうせき》があったりする。しかし、そんな楽しい調査は今は無理だとラシャがいう。

「変異体はこの洞窟の奥からきてるのよ、ほら」

足元に低い草が生える、大きな空間にでたときのことだった。地面から巨大な石柱が無数に伸びており、その陰に猿の変異体が一体、たたずんでいた。毛は抜け落ち、硬質化した皮膚が歪《いびつ》に張りだしている。そして無数の単眼のついた頭部を向け、こちらに気づいて近寄ってきた。

ハリネズミたちは息荒く興奮していたが、ラシャに冷静になるよう諭されると、しっかりと隊列を組んでヨキたちを取り囲んだ。

「接触感染だから、気をつけてね」

「近づかれるまえに、やっつけちゃえばいいんじゃないかな」

いうやいなや、シュカは拳銃を抜いて、たてつづけに三発撃った。薬きょうが地面に落ちる。頭部の赤い球体に穴が空いたが、変異体の猿に気にした様子はなく、むしろ四つ足になって猛然と走ってくる。

「やっちゃうぜ」

シュカがオートマティックの拳銃を捨てて、大口径のリボルバーを取りだす。

「それ、支給品のリストにありませんよね。旧式のアナログですし」

ヨキがいうと、シュカは伊達《だて》と酔狂に決まってんじゃん、といって引き金を引いた。

速射性は皆無だが、威力はある。空洞内に響く轟音《ごうおん》は、タウがヨキのフードのなかに頭から逃げこんでしまうほどだった。お尻が後頭部にあたる。

「やったかな?」

しかし、右側頭部と左腹部が吹き飛んでいるにもかかわらず、変異体がとまることはなかった。吹き飛んだ体組織も地面でうじうじと動いている。結局、走りこんできたところをハリネズミたちがタイミングよく針を伸ばして串刺しにした。それは単純作業のようにみえた。近づいてきた敵を、圧倒的な兵器で制圧する。それくらい、変異体はハリネズミの針に弱かった。

刺されて動きをとめたかと思うと、体中の穴という穴から粘液を吹きだして死んだ。

「みての通り、変異体は飛散した組織すら動くことができるくらい、生物的に強い。だから回避や防御運動という概念が存在しないのかもしれないわね」

ラシャがいう。シュカは、「本当にハリネズミしか倒せないんだね」といいながら銃をしまった。その表情はひどく無機的だ。

「針の威力で倒しているわけではないんでしょう」

「ええ。針は元素不明の金属で形成されていて、変異体の細胞を連鎖的に結合崩壊させる作用がある。変異体にとっては想定されない天敵といったところでしょうね」

「この変異体、入口の水が引いて、洞窟の奥にアクセスできるようになってからあらわれたんでしょ。もう少し先へいって、こいつの正体がなんなのか、調べたいところだね。銃火器が通用しない伝染性の敵性生物は危険だよ。せん滅も視野に入れたほうがいい。変異体は未知の生命で、残念だけど、人類というか、現状の生態系とは相容《あいい》れないように思える。他の生命を侵食しすぎる点からして、まったく、別の生態系の生物だよ。かつて密閉された地底湖で完全に別の生態系が形成されていたことがあったよね」

「ええ」ヨキはうなずく。「岩盤のなかに外気とふれない状態の地底湖があって、そこに発生した生物群は呼吸に酸素を必要とせず、目は完全に消失し、身体《からだ》の色は透明か白になっていました。蜘蛛《くも》や、蛭《ひる》なんかの小さな生物が中心でしたけど」

「そんな風に、このジグマルカン大空洞では別の生命が育まれていたのかもしれない。現状の自然と敵対するような奴《やつ》がさ。絶対、最深部まで確認しておくべきだよ」

しかし、ラシャがこれ以上は奥に進めないといった。

「洞窟のなかで夜を明かすというのは論外だし、陽《ひ》が暮れる前には引き返すべきよ。それに、おそらく君たちでもこの先へ進むことはできない」

ラシャのいう通りで、少し進むと、巨大な地下水脈にぶつかった。周囲に光を放つ苔が群生し、水面を青く照らしだす。岸のはしで立っていると、時折、水面に巨大な魚の背が顔を出した。ジグマルカン大空洞を未踏地域たらしめていた、暗魚だ。大量にいて、しかも目をこらしてみれば、すでに変異体となっているようだった。

「ボクたち、水に濡れるのはあまり好きじゃないデスヨ。おぼれマスヨ」

「針つき毛玉ちゃんたちが水に流されるのは可哀想だなあ！」シュカがいう。

現状では幅の広い地下水脈を渡り切る手立てはなく、撤退することになった。そして帰路の方が往路よりも疲弊する道中となった。どこに隠れていたのか、変異体たちが次々に襲ってきたのだ。猿、猪《いのしし》、もっとも苦戦したのは豹《ひょう》だった。運動機能は宿主の身体能力に依存するらしい。

「今までとはなにかが違う。まるで、私たちが奥へいくのを待っていたみたい」

洞窟を出たところでラシャがいう。頭の良いハリネズミ、ラムダも声をあげる。

「まるで、ボクたちみたいデスネ！」

どういうことかとヨキがたずねると、ラムダは明るい調子でつづけた。

「変異体も賢くなったということデスヨ！」

◇

ヨキとシュカは、周辺地域に甚大《じんだい》な影響を及ぼす生物災害の可能性ありと、セントラルに連絡した。事実上の介入要請だった。明らかに、調査官二人の裁量を越えた事態と想定された。

二人はセントラルの決断を待つあいだ、ラシャのログハウスを拠点に大空洞を包囲する生活を送った。ハリネズミたちと防衛線を敷き、変異体を森から出さないようにするのだ。

「鳥や昆虫は無視していいわ。変異体の細胞は大きく強固で、小さな個体はその寄生に耐えられないのよ」

　ラシャは事前に研究していた資料をすべて手渡してくれた。

「基本的に猪《いのしし》くらいからと思っていいわ。以前、変異した鳥が飛んでいこうとしたのだけれど、すぐに空中で溶解して落ちてきたし。念のため、洞窟の天井に穴の空いているところには、山からまわりこんだハリネズミたちが待機しているけどね」

「変異体をせん滅するとなると、洞窟内や森にいるかもしれない全個体をひとつひとつ倒すしかないのかな？」

　シュカがたずねる。ソファーに座り、その周囲にはたくさんのハリネズミをはべらせていた。思う存分、しゃべれる毛玉との生活を堪能している。

「私は彼らの起源となる存在を想定しているわ。オリジナル・ワンとでもいうべきかしら」

　ラシャがいうと、ハリネズミたちが「ボクたちはずっとそうシュチョウしていました！　ずっと、おりじなる・わんの存在を感じていました！」と口々にいう。ラシャはそんなハリネズミたちをぽんぽん蹴とばしながら、「私は感覚なんて曖昧なものは信じないのよ」と、何枚ものガラス板を合わせたものを取りだした。なかに、紫色の粘液が挟まれている。

「すべて別の変異体から採取した細胞よ。どれも生きているんだけど、面白いことに全ての動きが同期しているの」

　細胞が活発な時間、休んでる時間、それらバイオリズムが常に一致しているという。さらに、変異した猿の群れを遠目から観察したところ、全ての個体の活動時間と休憩時間が一致していたらしい。

「山を覆うほどに群生していた花が、実はひとつの根で繫《つな》がっていて、すべてが同一個体だったっていう事例はいくつか観測されているね。そして、親株のような存在が枯れたら、山全体の花が枯れた。オリジナル・ワンは変異体の親株と考えればいいのかな？」

シュカがいうと、そうよ、とラシャは肯定する。

「ハリネズミたちもそう感じている。洞窟の奥に親玉がいて、その個体を倒す。それですべてが終わる。油断しているわけではないけれど、それほど難しいことではないはずよ。セントラルからの応援がくれば、あの地下水脈を越えてハリネズミを運べるのでしょう」

「まあね。相応の装備を持ってくるだろうからさ」

変異体の起源や来歴については、確証のある議論はできなかった。大空洞の奥で偶然に発生して、水が引いたことで外界に進出したのかもしれないし、神話的に考えれば、洞窟の人々が封じていたオリジナル・ワンを、最初に失踪したエレナの恋人、ラカンが解き放ってしまったのかもしれない。

「先輩、大空洞のなかにあった祭壇を覚えてます？」

「苔の下に文字が刻まれていたやつね。解析できた？」

「いくつかの解読パターンがありましたが、『星の侵略者』という単語はどのパターンでも読み取ることができました。もしかしたら、洞窟の人々は外界から飛来したなにかと戦って滅亡したのかもしれませんね」

「詳細を調査しないとなんともいえないね。想像の域を出ないよ」

今わかっているたしかなことは、変異体が存在していること、そして、ハリネズミが急激に進化してその対存在となっていることだけだった。

「針自体の性質は、元から変わってないみたい。昔から謎の金属元素だったそうよ」

ラシャがいう。

「つまり、生来的に変異体に対抗しうる素養をもっていたハリネズミに、知恵と体格、針の伸縮機能、そして変異体に対する闘争本能が与えられたという印象ね。現状の生態系を脅《おびや》かすものに対する免疫として働かせるために」

それは神のような高次存在からの干渉のように思えた。

ヨキとシュカは変異体だけでなく、そんなハリネズミたちの観察もつづけた。彼らは文化というものを持ちはじめていた。

朝と夕はいつも、「ちょっと外しますヨ」と、非番のハリネズミたちがぞろぞろと、どこかへ出かけていく。こっそり後をつけてみたところ、森のなかにある古代人が遺《のこ》した石仏にお参りしているのだった。もごもごと変な呪文を唱えては、ぺこぺこと頭を下げていた。お昼にはシュカを見習って、お昼寝の習慣を取り入れた。どんどん人間らしくなっているようにみえるが、冷たいところもあった。

水辺で、水牛の変異体と戦った後のことだ。数匹のハリネズミが重傷を負った。最近、変異体は大きな身体《からだ》の動物に寄生して、刺されながらもその体重でハリネズミを潰しにくる。捨て身にもみえるが、天敵の頭数を減らしておこうというオリジナル・ワンの意志が感じられた。そして、ハリネズミたちは、仲間数匹が水牛の下敷きになったり、骨が折れたりして動けなくなっているにもかかわらず、なにくわぬ顔で撤退をはじめたのだった。

「群れが弱者を切り捨てるというのは自然界ではままあることですからね。ハリネズミたちは、知性は獲得しましたが、別の個体を思いやるところまではたどりついていないのでしょう」

ヨキがいうと、人間だってわからないよ、とシュカはいう。

「平和な状態では隣人を思いやることもできるけど、戦時ならどうかな。このハリネズミたちよりも下劣なことをするかもしれないよ」

二人がそんな会話をしていると、タウがヨキの頭の上からおりて仲間を水牛の下から引きずりだそうとする。小さな口でくわえて引っ張るが、びくともしない。

「おまえは優しいね」

ヨキはタウを拾って頭にのせると、重傷を負ったハリネズミたちを救出して小脇に抱えた。

「ありがとうヨキ」と、タウはいう。「僕はわかるんだ。ヨキは僕が仲間を助けたくて、でもできないから、僕のために代わりにやってくれるんだ。僕を、悲しませないために。だけど、どうしてヨキは僕のためにやってくれるんだろう。ヨキは人間で、僕はネズミなのに。同じネズミ同士でも、ほうっておくというのに」

「なんでだろうね」

ヨキはいう。すると、シュカがすかさず、友だちだからだよといった。

「なにをするかはさておき、相手の気持ちがわかれば友だちさ。ヨキはタウの気持ちがわかったし、タウもヨキの気持ちがわかる。立派な友だちさ」

よかったねヨキ、生まれて初めての友だちができて、とシュカがいう。しかも冗談めかしてではなく、本当に心を込めていっているような顔をするから腹立たしい。

「トモダチ。ボクとヨキはトモダチ」

夕暮れの帰り道、タウは頭の上で繰り返していた。

ついにセントラルの決定が下り、災害対策局の応援がくる日のこと。

風車小屋に住む少女、セシルからログハウスに手紙がきた。ハリネズミがくわえてきたのだ。

「ジグマルカン大空洞にむかう私に、セシルがこっそりと教えてくれたのよ。ハリネズミは味方だって。あと、彼女の髪は白髪じゃなくて、プラチナブロンドよ」

ラシャはいう。今でこそヨキとシュカが説き伏せたことで街の人々もハリネズミが味方だと納得したが、それまではセシルだけが唯一の理解者だったという。風車小屋にハリネズミをかくまい、防衛ラインを抜けてしまった変異体から街を守っていたのだ。

「腑《ふ》に落ちないな」

そんなセシルからの手紙をみて、シュカが首をかしげる。

「最初の失踪者が今頃戻ってきたなんてさ。しかも普通の人間のままで」

「それはセシルも感じているようですね。街の人々は喜んでいるけど、自分は不安であることを示唆している文面ですよ。大空洞にいって変異体に襲われなかったなんて、不自然です」

水が引いてすぐに大空洞にむかったエレナの恋人、ラカン。彼が戻ったというのだ。つまり、長期間、変異体に襲われず、さらにハリネズミたちに気づかれずに防衛ラインを抜けたということになる。それはとても違和感のあることだった。

「不穏だね」

ヨキとシュカは何匹かのハリネズミをカバンに詰め、ラザルの街へと急いだ。

◇

街は霧がかかり、静まり返っていた。

人通りのなさを奇異に感じながら、ヨキとシュカは風車小屋にむかった。

「ラシャは？」

セシルは二人を素早く小屋に招き入れ、扉を閉じて閂《かんぬき》をしてから、たずねた。

「ハリネズミたちを指揮するためログハウスに残ってるよ」

ヨキがいうと、セシルは「そう」とうなずいた。事情は知っているものの、面とむかって話すのははじめてだ。セシルは十才そこそこであるが、ひどく落ち着いてみえた。

「あなた、そうやっていつも頭にハリネズミをのせているの？」

「最近は」

「いかしてるね」

セシルはどこまで本気かわからない表情でいった。

「それで、戻ってきたラカンは？　変わったところはなかった？」

シュカが矢継ぎ早に質問する。セシルは「わからない」とこたえた。

「昨夜、ラカン先生が帰ってきた。私は小屋の天窓からみていただけ。でも、見た目は普通だった。大通りで、街の人たちが祝福していたわ。それで、つれだってどこかへ歩いていった。多分、お祝いでもするつもりだったのだと思う」

見た目は普通だった。けれど、いいしれぬなにかを感じたのだろう。だからハリネズミに手紙を持たせたのだ。

「じゃあ、まずはそのラカン先生を探してみようか」

シュカはカバンからハリネズミたちを出した。ぽんぽんと放り投げられて、床に転がって笑っている。そのなかには賢いハリネズミ、ラムダもいて、「がんばりマスヨ！」というのだった。

ヨキとシュカはセシルとハリネズミたちと共に、霧の街を歩いた。人がみあたらず異様だった。とても静かで、不気味さが漂っている。

「エレナ先生の家」

セシルがたちどまる。その視線の先には、木造の家屋があった。二階建ての普通の民家で、気がかりなのは扉が開け放たれていることだ。田舎町とはいえ、不用心にもほどがある。

「エレナさん、いるんですか？」

ヨキは玄関口からなかにむかって呼びかける。しかし返事はない。ふりかえってみれば、シュカがうなずいていた。二人は銃を抜き、屋内に足を踏み入れる。

「荒らされている様子はないね」

シュカがいくつかの部屋のドアを開けていう。ヨキは廊下をまっすぐ進んでいく。そして、のれんをよけて食事部屋らしき部屋に入ってみれば、エレナがこちらに背を向けた状態で、テーブルセットに座っていた。

「エレナさん、僕です、ヨキです」

返答はない。再度、ヨキは「エレナさん」と呼びかけた。すると彼女の肩が震えだす。

「ラ、ラ、ラ……ラカ」

くぐもった声で、なにかいおうとしている。しかし――。

「ラ、ラ、ラ、ラ、ラ、ラ、ラカララギギギィィィ」

最後は声というよりも、虫の関節がきしむような音が喉からもれるだけだった。そして立ちあがり、振りむく。エレナの顔には無数の赤い球体が発生していた。ヨキとシュカは啞然《あぜん》とする。理知的な眼鏡をかけた彼女。それが、変異してしまっていた。一瞬、二人の身体《からだ》が硬直してしまう。それを助けようとするかのように、タウが床に飛びおりた。

「危ナイヨ！」

毛を逆立てて変異体と対峙する。しかしすぐに、ぷるぷると震えだした。やはり怖いのだ。それをみて、後ろに控えていたラムダが躍りでる。勢いそのままに針を伸ばそうとしたが、タウが「マッテ！」と声をあげた。

「この人は、ヨキの知り合いなんだ。だから、簡単に殺してはイケナイんだよ。友だちだから、僕にはヨキの気持ちがわかるんだ。この人が死んだら、ヨキは哀しい」

「じゃあ、どうするのサ」

「ワカラナイ」

タウは毛をしょんぼりとさせてしまう。変異体になってしまったものは、もはや個の同一性を保っていない。別の生きもので、しかしその事実を突きつけることがヨキとシュカにとって残酷だということもわかっているのだ。

「だからボクたちがやるんだよ」

ラムダがいう。そのあいだにも、エレナだったものはずるりずるりと近づいてくる。

「ボクも最近、仲間って言葉の意味がわかってきたんだ。仲間がいると、あったかくて、楽しいんだ。そして、仲間が死ぬと、悲しい。ヨキとシュカは、あの人と同じ種族で、仲間だった。変異してしまったとしても、仲間を殺すなんて、すごく悲しいことなんだ。だから代わりに、ハリネズミのボクたちがやるんだよ」

いうやいなや、ラムダは背面の針を伸ばしてエレナの変異体を刺し貫いた。変異体が倒れてからしばらく、誰も話さなかった。なにかを立て直すための時間が必要だったのだ。

「僕には勇気がナイ」

タウがいう。

「僕もやらなきゃって思ったから、前に出た。でも、なにもできなかった。そしてヨキの知り合いだったって思うと、ラムダのように決断もできなかった。勇気がナイからだ」

ヨキはそんなことないよ、と声をかける。

「ラムダもタウも、僕を助けてくれたよ」

二匹のハリネズミの腹をなでる。ハリネズミたちは気持ちよさそうに目を細める。ヨキはそんなことをしながら、エレナのことを想った。ラカンが帰ってきたときいて、嬉しかっただろうか。せめてその幸せな幻想のなかで意識を失っていて欲しい。

エレナの家を出たところで、ダグラスと遭遇した。

両者のあいだに緊張が走り、ダグラスなどは猟銃をかまえるところまでいったが、互いに変異していないことに気づくと、安堵《あんど》の息をはいた。

「エレナは？」

ダグラスにきかれ、ヨキは首を横に振る。

「そうか。もう悲しみも感じないよ。多くの人々が変異してしまった。せめて、変異していない人たちを助けないと」

ダグラスをくわえ、一団は街を巡った。床下や暖炉のなかに、変異をまぬがれた人たちが隠れていた。彼らを風車小屋に避難させ、入口を数匹のハリネズミに固めさせる。そんな活動のなかで散発的に変異体と遭遇した。なかでも、ある二体の変異体を倒した後で、ヨキとシュカは痛恨の表情を浮かべた。セントラルの、生物災害対策局の制服を着ていたからだ。しかも、装備が一式なくなっていたのだ。

違和感は尽きなかった。なぜ、街に入りこまれてしまったのか。いつもの変異体であれば、森の防衛ラインでひっかかるし、もしそこをすり抜けても、風車小屋にはハリネズミが待機している。これほど簡単には拡大できないはずだ。助かった人たちにいわせれば、いつのまにか人々が変異していたという。朝起きたら夫が変異していた。通りを一緒《いっしょ》に歩いているうちに、気づいたら子供が変異していた。まるで空気感染しているかのように。

正体が明らかになったのは、修道女たちを助けたときのことだった。教会に立てこもっていたのだが、ヨキが事情を説明して扉を開けさせた。修道女たちがひどく脅《おび》えて泣いていたことにもっと注意を払うべきだったかもしれない。

彼女たちをつれて風車小屋へむかっていると、突然、シュカがナイフを後ろにむかって投げた。そのナイフは修道女たちにまじって、フードをかぶっていた人物の額に突き立った。フードが取れて姿をあらわしたのは、帽子をかぶった旅装姿の男だった。

「ラカン！」

ダグラスが叫ぶ。そしてヨキは、ダグラスとセシルの名を叫んでいた。

ラカンの右手がダグラスの背中に、左手がセシルの右肩に触れていたのだ。ナイフが突き立った反動でラカンが後ろずさったとき、手から紫の粘液が糸を引いているのがみえた。修道女たちはもう変異がはじまっているようで、口から泡を吹き、片目だけ白目を剝《む》いているものもいる。

ラカンは額に突き立ったナイフを抜く。帽子の下には、六つの小さな赤い球体が二列で整列していた。肌の色も、形状も、人間の状態を保ったままの変異体といえた。

「そうやって人間に紛れて、こっそりみんなを変異させていたんデスネ！」

ラムダが針を伸ばして、ラカンの右手から肩までを貫く。しかし、そこで驚くべきことが起きた。今までの変異体は針が刺さるだけで急激に細胞崩壊を起こし、簡単に倒れたのに、ラカンは踏みとどまったのだ。苦悶《くもん》の表情を浮かべ、アレルギー反応を起こしたように、皮膚に無数のクレーターができるが、動きつづけ、後ろに下がって自分で針から抜けだした。

他のハリネズミたちが追撃しようとする。そこでラカンは突然、両腕をだらりとたらし、涙を流しはじめた。

「やめてくれよ。痛いじゃないか。僕は、変えられてしまっただけなのに。同じ、人間なのに。こんなことするなんて」

ハリネズミたちが一瞬、動きをとめる。するとラカンはにっこりと笑った。いつのまにか刺されていないほうの左手に銃を持っていて、平然とハリネズミを撃ちはじめる。何匹かのハリネズミが短い悲鳴をあげ、地面を跳ねた。

シュカがもう一本、引き金をひくラカンの左手へナイフを投げる。銃が落ちたところで、ラムダが針を伸ばそうとするが、ラカンは路地裏にむかって走りだしていた。

「うっとおしいネズミたちだ。母さんが嫌がるのもわかる」

捨《す》て台詞《ぜりふ》を残して走り去るラカン。

シュカは追跡の姿勢をみせたが、すぐに地面に落ちている物体に気づき、それをつかむと遠くに放り投げ、全員に伏せなさいと大声で怒鳴った。その剣幕に驚き、ヨキが地面に伏せた瞬間、手榴弾《しゅりゅうだん》が爆発した。

れてしまった」

「変異体のことを報告していたから、災害対策局は重装備を用意したんだろう。それを、とら
起きあがり、シュカがいう。

「アナザー・ワンだよ、あの個体は」

知性、形状、そして狡猾《こうかつ》さ。その全てが今までの個体とは一線を画している。

「あれがオリジナル・ワンじゃないんですか？」

「オリジナル・ワンがあんな簡単に姿をさらすかな？　母さんとかいってたし、それにほら」

シュカが端末を取りだす。画面の情報はリアルタイムで、切り落とされたラシャの左腕の情報と同期している。

「今、オリジナル・ワンの細胞は安静状態だ。のわりに、ラカンは激しく動いていた」

「つまり、別の一体だと」

「あくまで推測だけどね。おそらくオリジナル・ワンの一部じゃなくて、次世代の個体ができたんじゃないかな。もしそうなら、アナザー・ワンは独立した存在で、オリジナル・ワンを潰しても死なない可能性が高い。もちろん、感染力を持っていて、しかもハリネズミの針に対して一定の耐性を持っている」

シュカは鬼気迫る表情でいう。琥珀《こはく》色の瞳が、まるで狼《おおかみ》のそれのようにみえる。

「街から出しちゃいけない。ここで必ず、殺したほうがいい」

◇

アナザー・ワンはやはり狡猾《こうかつ》で、自分が遠くへ逃げてしまうことが相手にとって厄介であると気づき、街の外へ出ようとした。そしてシュカはそれ以上に狩人《かりゅうど》だった。アナザー・ワンが逃げだす算段をたてる前に、街のいたるところに木札をつけた釣り糸をしかけた。知らずに足をひっかけると鳴るのだ。それを合図に、数は少ないが効果的に配置されたハリネズミが駆けつける。生き残った人々のなかで戦意のある人間も、足止めに参加した。

アナザー・ワンといえども、寄生した宿主の身体能力に依存することに変わりはなく、壁を壊したりといった荒業はできないようだった。つまり、バリケードも有効だった。

間隔を置いては、局所的な小競《こぜ》り合いが起きた。物陰からハリネズミがアナザー・ワンを刺すこともあれば、木札が鳴ったと思って駆けつけたところ、隣の建物からアナザー・ワンに撃たれるということもあった。それでも最終的には勝てると、ヨキは信じていた。しかしそれは一方的な科学力と知性に守られてきたものの驕《おご》りだったかもしれない。

アナザー・ワンが逃げることをやめ、腰を据えたことで状況は一変した。

今、ヨキとシュカ、ダグラスとセシル、そしてハリネズミたちは建物の陰に身をかくしながら、広場の様子をうかがっていた。顔を出そうものなら、銃弾の嵐がやってくる。

広場には、接地運用の大型重機関銃が置かれていた。三六〇度回転式で、金色のベルトで繋《つな》がれた弾帯が地面にとぐろを巻いている。アナザー・ワンが、それを操作しているのだ。

「変異体は大空洞から出てくるって報告していたからね。掃射用に持ってきてくれたんだろうけど、まさか敵にそれを奪われて使われてしまうなんて」

シュカが壁を背にしながらいう。ヨキたちは隣の建物を背にしている。アナザー・ワンはこちらの力量を見抜いていて、シュカを優先的に狙っている。だから、あえて離れているのだった。

「セントラルの兵器を敵にまわすと恐ろしいね」

一発一発が重く、シュカが隠れている建物はすでに一階部分が穴だらけだった。断続的に撃ちつづけていれば石壁程度なら貫通できた。

「相手は相応の知性と言葉を持っていますが、話し合いってわけにはいかないんでしょうね」

「無理だろうね」シュカはいう。「相手は生態系を覆《くつがえ》す存在で、私たちは現状の生態系の上位にいる。相容《あいい》れないのさ。それに、向こうもこっちも、害虫駆除の気持ちでいるだろうしね」

重い銃声が響き、ヨキは背中に振動を感じる。それがだんだんと移動し、建物と建物のあいだの石畳を削る。そしてシュカの背にした建物にゆく。すでに多くの銃弾を撃ち込まれた建物は脆《もろ》くなっており、銃弾が貫通して、シュカの顔付近で壁の漆喰が飛び散り、粉塵《ふんじん》をあげた。

ちぎれたブラウンの髪が、ひどくゆっくりと宙を漂う。

「先輩！」

ヨキは思わず声をあげるが、「たいしたことないさ」とシュカの声は落ち着いていた。

「それより、せーので一コずれるよ。はい、せーの」

ヨキたちが隣の建物にゆき、シュカがヨキたちのいたところにくる。銃撃はシュカを追っていて、ヨキたちは安全に移動することができた。

「やれやれ、髪が乱れてしまったよ」

シュカはちぎれてしまった頬の右の髪をさわる。そしておもむろにナイフを取りだし、撫《な》でるように削いで毛先を整えた。

「先輩は本当に肝が太いですね。それに、もっと怒ると思ってましたよ」

「私はもうここは戦場だと思っているからね。残酷なことが起きても感情的にはならないさ。お互いに相手が一番きついことをやる。そこに妥協がないのが戦争さ」

ヨキたちが苦境に陥ってる原因は重機関銃の他にもうひとつあった。

アナザー・ワンはこれまでの散発的な小競《こぜ》り合いのなかで、ハリネズミを何匹か捕虜にしていた。そして、機関銃の横で、拷問にかけていた。

「隠れているだけでは仲間を助けられないよ。いいのかい、見殺しにするというのは最大の悪徳だろう？」

掃射をやめ、静かになったところでアナザー・ワンがいう。

顔を出して様子をうかがってみれば、アナザー・ワンが微笑みながら、一匹のハリネズミを足で踏んでいた。そのハリネズミは針を全て抜かれ、抵抗する力は残っていない。

「ほら、はやくしないとこのネズミが死んでしまうよ」

アナザー・ワンが体重を乗せていく。かすかだが、骨の折れる音が聞こえた。キウキウというハリネズミの激しい鳴き声。たまらず、一匹のハリネズミが仲間を助けようと側溝から飛びだしていく。ヨキたちがいるところとは反対側、アナザー・ワンの背後からだったが、アナザー・ワンは当然そういうことも想定していて、オートマティックの拳銃を使ってそのハリネズミを穴だらけにしてしまった。

アナザー・ワンはハリネズミを拷問することで他のハリネズミをおびきだし、一体一体、駆除しているのだった。踏まれたハリネズミは傷ついているものの、まだ生きていて、痛々しい声で鳴いている。その声が、他のハリネズミを興奮状態にさせてしまうのだ。

「仲間があんな風にされて、ボクはクヤシイ」

ヨキの足元で、ラムダがいう。目元がしっとりと濡れていた。

「前だったら、ボクもみんなも、平気だった。一匹がやられたからって、自分の命を投げうってでもなんて気持ちにはならなかった。群れのために、平気で捨てることができた。でも、ボクは今、耐えられない。すぐにでも、あそこに走っていきたいんだ」

ヨキはなにもいえなかった。もしラムダが建物から飛びだそうとしたとき、それをとめていいかどうかもわからない。

それから、耐え切れなくなった何匹かのハリネズミがやられた。

シュカは何度か、アナザー・ワンにむかって発砲した。

「銃はききませんよ」

「あの砲身のなかにブチこんでやろうと思ってね」

相手は常にシュカを狙っている。つまりそれを狙う精度があったとして、それは一瞬でもシュカと重機関銃が同じ軸線上に入るということであり、さらに相手が発砲するよりも早く銃弾を届かせなければいけない。同時では遅い。同じ軸線上であれば銃弾がぶつかり、拳銃が負けてしまう。シュカがやろうとしていることはとても危険で、奇跡のようなことだった。

「努力の上で幸運を待つしかないさ。試行回数を増やせば確率はあがるんだ。コツコツ叩《たた》きつづけていれば、分厚い壁だって壊せるかもしれない。奇跡だっていい。その奇跡があれば、戦局は一変するんだ」

ヨキは大きく息をつく。知性を持ち、道具を使う相手との戦いがこれほど厄介なものだとは思わなかった。恐ろしく、疲弊する。

「コツコツ壁を叩《たた》いている時間はないだろう。ハリネズミたちがこれ以上減ってしまったら、ラカンに逃げられちまう。そうなったら、世界中にあの変異体があふれかえる。そうだろ？」

壁を背にして座りこんでいたダグラスがいった。息が荒く、顔面蒼白だ。ヨキが大丈夫かと声をかけると、ダグラスは人生で一番明るく笑ったのではないかと思うくらいワイルドな笑みをみせて、シャツをめくった。脇腹のあたりが紫色に変色している。アナザー・ワンに触れられて、変異がはじまっているのだ。

「オレはもうダメだ。だから、最後にあいつに目にものみせてやろうと思う」

ダグラスはめくれた石畳や板切れを集めて、服のあちこちに仕込みはじめた。石の板をリュックのなかにも入れていく。そしてラムダに声をかけた。

「なあお前、仲間がやられて悔しいんだろう。だったら、オレと一緒《いっしょ》にこないか」

ダグラスがいうと、ラムダはキイと鳴いた。

ヨキにはこれからなにが起きるのか、まったくわからなかった。しかしシュカにはすべてがわかっているようで、「機関銃はこっちにむけさせておくよ」という。

「たのんだぜ」

ダグラスはただ一匹、ラムダをつれて広場から離れるように歩いていった。

「タウ」シュカがヨキの頭の上にむかって呼びかける。「残ったハリネズミたちを広場に集めるんだ。ちゃんと隠れて、側溝にもぐって、できるだけアナザー・ワンの近くにいるようにしてって。配置はもう適当でいいよ。ただ、絶対にラムダが姿をあらわすまでは隠れているようにって伝えて。ラムダの姿がみえたときに、アナザー・ワンをやれる」

タウはひと声鳴くと、地面に着地して走りだしていった。

ヨキはシュカにたずねる。もう変異体になるしかないダグラスと、仲間がやられて悲嘆に暮れるラムダがなにをなそうとしているのか。

「自己犠牲というやつだよ。おそらく、それは大きな武器になる。特に、優しさを逆手に取っているあのアナザー・ワンに対してはね。知らないんだよ、その心と力を」

シュカがひどく哀しい顔をしていることに気づき、ヨキはなにもいえなくなった。

「君は大丈夫かい？」

ヨキはとなりにいるセシルに声をかける。あえてその話題を避けてきたのだが、ダグラスがああなっては仕方ない。しかしそれは杞憂《きゆう》だったのか、セシルは涼しい顔をしていた。

「ジャケットを着ていたから助かったみたい」

胸元のボタンを外して、肩をみせてくれる。アナザー・ワンに触れられた箇所はきれいな白い肌をしていた。ヨキはよかったと口にしながらも、少しの疑問を感じていた。服の生地の厚さで助かるのであれば、ダグラスの方が分厚いコートを着ていたように思えたからだ。

◇

永遠とも思える時間が流れた。そのあいだに建物をまたひとつ移り、拷問で一匹のハリネズミが死に、新たに、首に細い棒を刺されたハリネズミが前に出されていた。そのハリネズミは痙攣《けいれん》しながらも、まだ生きている。

隠れているハリネズミたちも、もう限界だろうと思ったとき、ヨキたちのいるところとは反対側からダグラスがたったひとりであらわれた。そして、ゆっくりとアナザー・ワンにむかって歩いていく。アナザー・ワンは最初、その意図がわからず戸惑った様子だったが、やがて、おもむろにダグラスを撃った。

ダグラスの体は少し後ろにのけぞったが、平気なようで、それをきっかけに猛然と走りはじめた。服のあちこちに仕込んだものが功を奏したのかもしれない。

アナザー・ワンは何発撃ってもダグラスがとまらないのをみて、顔を狙った。ダグラスは一度はそれで地面に伏したが、また起きあがって前に進んだ。あごから下がなくなっていた。変異体になりかけているせいで痛みを感じていないのかもしれない。

アナザー・ワンはたまらず重機関銃でシュカのいるところにむかって威嚇射撃したのち、回転させて銃口をダグラスにむけて撃った。足を中心に撃って、ダグラスは下半身がなくなって、うつぶせになって倒れてしまった。手にはハリネズミの針を持っていた。アナザー・ワンまであと十歩という距離だった。

ヨキはその様子を、固唾《かたず》を呑《の》んで見守っていた。あまりに日常からかけ離れていて、蜃気楼《しんきろう》の向こうの幻影をみているような気分だった。

アナザー・ワンは用心深くダグラスに歩みよって、その頭を何発か撃った。ダグラスは絶命してぴくりとも動かなかった。そしてアナザー・ワンが重機関銃のところに戻ろうと背をむけたときだった。

ダグラスが背負っていたリュックから、ラムダが飛びだした。そして針を思い切り伸ばして、アナザー・ワンの全身を刺した。アナザー・ワンは凄絶な悲鳴をあげながらも、手に持った銃で、刺されているにもかかわらず無理やり手を動かしてラムダを撃った。ラムダは真っ赤にそまりながら、それでも抜けられないように、さらに針を伸ばす。

「今しかない！」

シュカが叫びながら走りだし、引き金を何度か引く。乾いた銃声が響き、アナザー・ワンの手の中にあった銃がはじけとぶ。それが呼び水となって、いたるところからハリネズミたちが姿をあらわし、四方八方からアナザー・ワンを刺し貫いた。

アナザー・ワンはその状態でもしばらく生きていたが、やがて動かなくなった。

ヨキは目まいをおこして、その場に座りこんだ。何日も戦っていたように感じるが、たった半日の出来事だった。

◇

ヨキはタウと一緒《いっしょ》にログハウスの屋根にのぼり、大空洞の方角を眺《なが》めていた。青空の下につらなる山々、そのなかに広大な空間があるのだ。

ログハウスのなかでは、シュカとラシャが銃弾をつくっていた。死んでしまったハリネズミたちの針を集め、溶かして鋳型《いがた》に流しこむ。アナログな方法で、オートマティックの銃に込めるにはクオリティが足りないが、シュカが趣味で使う、単純な構造の回転式拳銃であれば使用できる目算だった。

セントラルにも新たな応援を要請した。今度は中央調査局を通して、災害対策局ではなく軍に連絡がいった。セントラルを脅《おびや》かす可能性のある敵意ある知的生命体。議会で承認がおりたところで正式に軍隊が派遣されることになった。もちろん緊急性があるため、数日のうちに先遣隊が暫定的にやってくるという。

ヨキたちは災害対策局の人々が残した装備を使って、可能な限り、被害の拡大を防ぐようにと指示を受けた。そのため、万が一の事態に備えようと、ハリネズミの針から弾丸をつくる作業にとりかかり、ヨキはひと休みしているのである。

「アナザー・ワンが倒れて、変異した街の人たちも動かなくなったネ」

タウがいう。

「でも、大空洞のなかからはまだ変異体がでてくる。つまり、街にいた変異体はアナザー・ワンに変えられた個体で、オリジナル・ワンはまだ大空洞のなかに潜んでるってことなんだね」

「そうだよ」

ヨキはこたえる。今もっとも恐れる事態は、オリジナル・ワンが移動してしまうことと、アナザー・ワンが増えて世界中に散らばってしまうことだった。

「オリジナル・ワンがいるってことはさ、また戦うことにナルンダネ」

「ああ。そうなるね」

「僕は多分、その戦いにはイケナイ気がする。本当に怖いんだ。自分が死ぬのも怖いし、仲間が死ぬのも怖い。ラムダが撃たれたとき、僕は本当に痛くて痛くて泣いてしまった。側溝のなかにいたのに、飛びだせなくて、ただ泣いていたんだよ」

やっぱり僕には勇気がない、どこを探してもミツカラナイとタウはいう。

「ねえ、ヨキもホントは怖がりなんでしょ？　どうして危ないところにいられるの？」

ヨキは少し考えてから、わからないとこたえる。

「勇気がどこにあるかは本当にわからないよ。ひとりだったら、なにもできないと思う。でも、すごく不思議なんだけど、シュカ先輩と一緒《いっしょ》にいるとなんでもやれるような気がして、少し大胆になれるんだ。もしかしたら、先輩の勇気を借りているのかもしれない」

「貸し借りできるモノなの？」

「できるといいよね」

タウは空をむいてしばらく沈黙し、鼻をひくひくと動かしていた。そして、「賢くなることはあまりイイことではないかもしれない」といった。

「身体《からだ》が大きくなって色んなことを学ぶ前は、もっと簡単だったんだ。食べ物を探して、眠くなったら寝て、寒くなったらみんなで穴のなかに入って、その繰り返しだった。すごく単純で、気楽だったように感じる。でも賢くなってからは、つらいことばかりだ。悲しいこととか、そういうことがわかるようになってしまった。知らなければ、こんな気持ちにならなかったのに」

色々なことを知ると、それが自分にとって悪意のあるものなのか、悲しいものなのか、わかるようになってしまうからね、とヨキはいう。

「でも同じくらい、嬉しいことや、価値のあるものをみつけられるようになったはずだよ。たしかに仲間を失うことは悲しいけれど、仲間と一緒《いっしょ》にいることを楽しいと感じられるようになっただろ。あと、友だちとか」

「うん。トモダチって聞くと僕の心は温かくなる。今までになかったことだ」

「きれいな風景をみて感動できるのも、知性があるからだ」

「そうかもしれない。僕は地上を這《は》いまわる生きものなのに、ヨキやシュカが住んでいる空の国ってのがスゴク気になってるんだ。まったく想像もつかなくて、みてみたいよ」

「空に浮かんでいて、とてもきれいなところだよ。飛行機という空を飛ぶ乗り物に乗って帰るんだけど、窓から、空中に浮かぶ島をみるたびに感動的な気持ちになる」

「僕もいけるかな?」

「ああ。いつかつれていってあげるよ」

約束するよといって、ヨキは人差し指を差しだす。タウが小さな手でひっかくようにタッチした。そのときだった。突然地鳴りがして、森の木々から鳥たちが飛び立つ。

「大変デス！」

森の奥から姿をあらわした伝令のハリネズミが叫ぶ。

「大空洞から大量の変異体がでてきマシタ！　信じられないくらい大きな奴《やつ》らもイマス。ボクたちでは、防ぎきれません！」

ヨキとタウは屋根から降りる。ちょうど小屋からシュカとラシャがでてくる。

「どうします？」

「まずは状況把握だね。でも、このゆれ、ただごとじゃない。災害対策局が持ってきた装備と、針からつくった銃弾だけは肌身離さず持って、ログハウスは捨ててもいい気持ちでいこう」

結果、シュカの判断は正しかった。

洞窟から出てきたのは無数の変異体。通常のサイズのものもいれば、民家の三倍くらいに巨大化した象や熊《くま》もいた。遠目にみながらラシャがいう。

「変異体の強い細胞に耐えられず、小さな動物たちは崩壊していた。いくら大型獣をベースにしたとしても、あのサイズまで大きくするような強烈な負荷をかけたら、細胞が長くはもたないんじゃないかな」

ラシャの見立て通り、巨大化した変異体は街にたどりつくこともなく溶けだした。

オリジナル・ワンの狙いは簡単だった。通常の変異体が周囲に拡散するための陽動と、防衛ラインの突破だ。その質量に圧《お》し潰され、多くのハリネズミが圧死した。ログハウスも倒壊した。毛が抜け落ち脂肪の塊のようになった、元がなんだったのかもわからない大型の変異体が破壊していったのだ。小一時間で、ラシャたちが張り巡らせた防衛ラインは壊滅的な打撃を受け、残ったのは木々の薙《な》ぎ倒された森だけだった。まさに災害だった。

「街にはあまり被害はなかったわ。変異体たちは街を破壊したいわけじゃなかったみたい。本当に、四方八方に散っていったわ」

セシルがいう。夜、ログハウスの跡地で焚火《たきび》をしているときのことだ。その場にいるのはヨキとシュカ、そして二十五匹のハリネズミたち。セシルがつれてきた街の待機組も含め、生き残ったハリネズミはたったこれだけだった。山に防衛ラインを敷いていたことを思うと、おそろしく少ない。

「散っていった変異体を追わなくていいんですか?」

ヨキはログハウスの残骸《ざんがい》に腰かけ、焚火《たきび》にあてていた鉄製の缶を開ける。白米が炊けていて、まずはそれをセシルに渡した。

「変異体は放っておいていいさ。オリジナル・ワンをやっつければ終わるんだ。それに防衛ラインを敷けるほども残っていないし。全員集合、一点突破しかないよ」

シュカはいう。リボルバーを二丁持っていて、それぞれに針からつくったハンドメイドの弾を込めていく。そして一丁をヨキに手渡した。予備の弾丸は互いに六発ずつ。弾倉に入ったものも合わせるとひとり十二発で、無駄撃ちはできない。

「あの混乱に合わせて、オリジナル・ワンもどこかにいったんじゃないですか？　あの巨大な変異体はデコイで」

「逃げだしてないさ。必ずいるよ、大空洞の最深部に」

シュカの口調は確信に満ちている。

「あの大騒動のなかで、こっちの被害も甚大だったけど、向こうもたくさんの変異体がやられたんだ。オリジナル・ワンが出てきていたら、偶然ハリネズミと出くわしてやられることだってあった。万が一にもやられてしまう、そんな危険は冒さないよ。だって、あっちには今、オリジナル・ワンしかいないんだから。逆に、こっちがやられて一番嫌なことってなにかな？」

ヨキは少し考えてからこたえる。

「アナザー・ワンが大量に発生して、それが各地に散ってしまうことですかね」

「それさ。新たなアナザー・ワンを生みだすまで、オリジナル・ワンはどんなリスクも冒さない。最初のアナザー・ワンが不幸にも、そして私たちには幸運なことに、倒れてしまったからね。オリジナル・ワンは大空洞の奥で息を潜めて大量のアナザー・ワンを生みだそうとしている。大量の変異体を放ったのはただの目くらましさ」

シュカはいう。

「今日はもう眠りなよ。朝一番に出発して、大空洞にいくからさ」

「軍の応援を待たないんですか？」

「うん。多分、明日中に大量のアナザー・ワンができあがる。最初の失踪者、ラカンを捜しにいった捜索隊が全員、アナザー・ワンになるのさ。残された時間は少ないよ」

ヨキはハリネズミたちと野営をし、陽《ひ》の出と共に大空洞へむかうことになった。ラシャとセシルは街で待機しておくように、とシュカはいう。

「ヨキ、シュカ、絶対やっつけてね」

セシルはいった。一方、ラシャはそっけないものだった。

「君たちが死んでも骨は拾えないからね。だって、そのときは遠くに逃げなきゃいけない。あと、ハリネズミたちの観察をよろしく」

別れの言葉を交わしながら、ヨキは頭の上がやけに軽いことに気づいた。みれば、丸太の下に頭を突っこんでタウが震えていた。ヨキは抱きかかえていう。

「怖いのかい？」

タウはごめんよごめんよと何度も謝った。

「僕がやらなくちゃいけないんだ。ラムダや、みんなのぶんまで。でも、だめなんだ。どうしても足がすくんでしまう」

ヨキはタウにむかって優しくいう。

「いいんだよ。できないことっていうのは誰しもあるものなんだ。タウにとって、それが戦いだったってだけなんだ」

街に戻ろうとするセシルにタウを手渡す。セシルはうなずいて受け取る。タウはその手のなかで、ボクはヒキョーモノだと泣いた。

「ヨキの友だちでいるシカクがない。まったく、役に立てないんだ」

「いいんだ、それが個性で多様性なんだ。僕は受け入れる」

ヨキはタウの小さな額を指先でなでてやる。

「僕は友だちに見返りは求めない。友だちがいなかった小さいころから、そう決めてるんだ」

全てが終わったら、一緒《いっしょ》に空に浮かぶ島にいこう。

ヨキはそういって、タウを見送った。

◇

翌朝、ヨキが目を覚ますと、シュカはすでに出発の準備を整えていて、珍しいことに、荷物まで用意してくれていた。

「はい、これ。ヨキの荷物。両手が使えるようにリュックにしておいたよ。なかには必要そうなものはだいたい入れてある。ピッケルにロープ、あと、非常食なんかもね」

「ありがとうございます」

ヨキはリュックを地面に置き、身支度を整えたり、朝食をとったりした。

大空洞にむかう途中、ハリネズミたちがお参りをしたいというので、少しだけ寄り道をした。薙《な》ぎ倒された木々のなか、彼らがいつも拝んでいた石仏だけは泰然と立っていた。ハリネズミたちはワタシタチをどうか勝たせてくださいとぺこぺこして祈った。

「ヨキさんシュカさん」

必勝祈願をしたところで、群れを統率する立場になったアルファマークツーという個体が話しかけてきた。

「ワタシタチの仲間の針からつくった弾丸は、オリジナル・ワンを倒すために使ってください。決して私たちを助けるために、重要でない場面で使ってはいけません。なんとしても彼らをせん滅しなければいけないのです。これは全員の総意です」

ヨキはうなずいた。そしてアルファマークツーのことを頼もしく思いながらも、寂しい気持ちになった。こういうことをいうのは、今までラムダの役割だったからだ。仲間のために涙を流し、アナザー・ワンと相討ちになったラムダ。彼が最後に遺《のこ》した針も弾丸に使われていて、それを思うと、なんだか脇のホルスターに入れたリボルバーが熱を持つように感じられた。

ジグマルカン大空洞は静まり返っていた。変異体の姿もみえず、森閑《しんかん》として、空洞内に光の柱が射している。　美しい景色で、本来であれば物見遊山（ゆさん）のように楽しんでもおかしくないところだが、先頭を歩くシュカは足早だ。

「午後には軍の先遣隊がきますけど、それすら待てないんですか？」

ヨキがきくと、シュカはよく考えてみなよという。

「通常の変異体は接触感染で簡単につくられる。けれどアナザー・ワンはどうかな」

「ある程度の時間はかかるんじゃないですかね。機能が違いますから」

通常の変異体はオリジナル・ワンの細胞に寄生された、いわば枝葉末節《しようまっせつ》に過ぎない。しかしアナザー・ワンはオリジナル・ワンから独立していて、オリジナル・ワンと同じ役割を果たすことができた。つまり、人間を依《よ》り代《しろ》にはしているものの、正当な子孫のような存在と認識される。ゆえに多機能で、危険性が高い。

「アナザー・ワンを生みだすのには時間がかかる。そこで重要になるのが最初の失踪者ラカンの存在だ。彼はこの生物災害がはじまってから、それなりの期間が経過してからあらわれた。つまり、それがアナザー・ワンに変異させるための時間なわけだ」

「そうでしょうね。ラカンの再登場には相当な時間がかかっています。であれば、それほど焦る必要はないのではないですか？」

「今からつくるのであればね。けれど、ラカンが失踪してすぐ、大量の人間が姿を消しているよね。そしてその死体はみつかっていない」

ああ、とヨキはうめく。

「捜索隊ですか」

「そのとおり。街に残っていた記録によると、捜索隊が森に入って消えたのがラカンの失踪から二日後なんだ」

ラカンがアナザー・ワンとなってあらわれたのが、今日からちょうど二日前の夜。昨日の午前にラカンを倒し、午後には大量の変異体に森と家が蹂躙《じゆうりん》された。そして今日がラカンの再登場から三日目となる。もし捜索隊が失踪直後にアナザー・ワンになる処置を施されていたのなら、もう、いつそうなってもおかしくはない。

「失踪したのは十五人だ。それだけの数のアナザー・ワンが生まれて、各地に散ったら、この周辺地域は大変なことになるよ。セントラルだってうかうかしてられない」

「セントラルを守るために変異体をせん滅するんですか？」

「どうだろうね。多分、気に入らないんだと思う。彼らのことが」

「ずいぶん個人的な事情ですね」

「そうだね。でも究極的には誰しもが個人的な事情で動いているのだと思うよ。大義名分なんてのはただの飾りつけさ。ただ気に入らないだけのことを、さも理論立てて正当化するなんて、まどろっこしいよ。気に入らないものは気に入らないって正直にいえばいいのさ」

「まあ、僕も毛玉の生物が紫色の硬い生物に置き換わった世界はみたくないですね」

一団は脇目もふらずに最深部をめざした。時折、残り香のように変異体がいたが、古いタイプであるからハリネズミたちの敵ではなかった。襲ってこない敵は放置した。

「ココは、どうするんデスカ？」

アルファマークツーがいう。以前きたときに撤退をしいられた、地下水脈まできたときのことだ。向こう岸までの幅が広く、あいかわらず変異した暗魚の背が見え隠れしている。

「ワタシタチ、とても成長しましたけど、泳ぎは習得していませんヨ」

「大丈夫だよ」

シュカはそういうと、手のひらに乗るくらいの球体デバイスをいくつか取り出した。

「アナザー・ワンはたしかに賢かったね。災害対策局の道具を利用するなんてさ。その有用性に気づいていたってことなんだろうけど、欲を出しすぎたね。使い方のわからないデバイスは奪い返されたときのことを考えて、隠すか破壊しておくべきだったんだ。大事に持っておくなんて、もったいない精神は日常生活では悪くないけど、戦争では愚策だよ」

アナザー・ワンから取り返したそのデバイスを、シュカはスイッチを押して次々に地下水脈に投げこんだ。ほどなくして白い煙があがり、水脈の大部分が凍りついた。

「その気になれば、セントラルはいつでもジグマルカン大空洞を調査できたんだ。でも、調査のためにそこにいる生物を殺してしまっては本末転倒だからやらなかっただけさ」

一団は水面を渡る。ハリネズミたちは初めての氷に、「サムイー」、「ツメタイー」とキウキウ鳴いていた。

「変異体は本当にハリネズミの針以外では死なないんですね」

ヨキはいう。

氷のなかで、暗魚の瞳が動いていたのだった。


地下水脈を渡り切った先は、最深部といえる場所だった。今までのように広くはなく、高さも幅も狭まっている。普通の鍾乳洞《しょうにゅうどう》のようであり、地上の光は届かない。青白い光を放つ苔がところどころに群生していてそれが光源となっている。

もっとも厄介だったのは、坑道のような細い小道が、蜘蛛《くも》の巣のように入り組んでいることだった。早くオリジナル・ワンのもとにたどりつかなければという焦りをあざわらうかのように、最深部は複雑で、同じような道をいったりきたりしなければいけなかった。

前に進んでいる感覚もなく、もうすでに、ここにオリジナル・ワンはいないのではないかという疑心暗鬼にもかられる。ヨキは心を落ち着けるように大きく息を吐いた。

「大丈夫さ。必ずここにいる。迷宮みたいな場所だからこそ、隠れるのに都合がいいのさ」

シュカは辛抱強かった。片手に持った端末に、少しずつ道を覚えさせていく。いきどまりになれば戻り、まだいったことのない道を探す。入れ違いにオリジナル・ワンが出ていかないよう、要所にハリネズミを配置したりもした。

「私が最初、セシルのことを気にかけた理由ってわかる？」

シュカが前を進みながらいう。部下の気持ちをやわらげようとしているのかもしれない。

「プラチナブロンドの髪がきれいだったとか、ハリネズミをかくまっていることに気づいていたとか、そういう理由ではないんですよね」

ヨキはいう。シュカが風車小屋の少女の後をつけはじめたのは、街に入ってすぐのことだった。さすがに出会ってすぐ、なにかに気づいたとは思えない。

「実はね、エスレヘムから帰って以来、ずっと幻視の症状があったのさ」

「少女が視《み》えるってやつですよね。産業医と面談してるって、同僚から聞いてしまいました」

「うん。それでさ、その視《み》えていた少女がセシルとうり二つ、というか、そのままだったんだよね。時折、セシルが視界の隅に立ってた、そんな感じ。どう思う？」

「どう思うっていわれましても」

「私はさ、モノリスによる干渉だと思ってるんだ」

エスレヘム文明に関わる事件があった際、シュカは高層階から転落した。死を免《まぬが》れない状況だったが、モノリスと意識のなかで邂逅《かいこう》し、生き返ったとシュカは語っている。

「あのときから、私はモノリスと深く繋《つな》がってしまったんじゃないかな。この命自体がモノリスに与えられたものというかさ」

「借り物みたいないいかたですけど、そうだとしたら、なんだか不気味じゃないですか？」

「別にかまわないさ。もともと生命なんていまだわからないことだらけ。この意識だってどこからきてどこにいくのかも不明なんだから。わからないものがわからないものに置き換わってもどうってことないよ」

シュカは、セシルの幻影はこの事件の予知夢に類するようなものではないかと、推測していた。モノリスがこの件に深く関わっていて、繋《つな》がりのあるシュカにはそれが伝えられた。

「モノリスですか。あれは生物進化に深く関わっている可能性がありますからね。変異体の出現や、ハリネズミの突然進化という今回のケースとは非常に親和的です。口には出しませんでしたが、全てモノリスが仕組んだことなんじゃないかって思ってましたよ」

「変異体と進化したハリネズミを生みだして争わせたってこと？」

「ええ。抵抗進化を促したとか」

「たしかに生物は危機に直面したときに進化するとされているね。でも、モノリスは生物の在り方を変えることができるんだから、抵抗進化なんて迂遠《うえん》な方法はいらないでしょ」

「たしかに」

「それよりも古代人が遺《のこ》した『星の侵略者』をそのまま受け取る方が自然だよ。飛来した侵略者が変異体。それが現代に復活して、生態系を破壊しようとする。それに対抗するため、モノリスはハリネズミを進化させた」

「それだとモノリスは生態系の守護者みたいな立ち位置ですよ」

「その解釈は矛盾しないよ。モノリスはいつも文明発祥の地にあるんだから。現状の生態系が前に進むことに肯定的で、それを壊すことに否定的。ちょっと人間に都合の良いシステムな気もするけどね」

そのときだった。前を歩くシュカがヨキにむかって、とまれというように手をかざした。次の瞬間、天井が崩落してきた。

砂塵《さじん》がおさまるころには、数匹のハリネズミが下敷きになり、シュカと分断されていた。

「先輩大丈夫ですか?!」

ヨキはいうが、岩の山は分厚く声が通らない。すぐに短波通信を立ちあげる。

『この崩落は作為的な罠だよ』

すでにシュカからメッセージが入っていた。

『それだけオリジナル・ワンに肉薄しているということ。そっち側になにかない？　こっちはこっちで探すけどさ』

『ちょっと待ってくださいね』

ヨキは周囲を見回してみる。そして光を放つ苔が、不自然な途切れ方をしている壁面をみつける。試しにそのあたりに手を押しこんでみれば、やわらかかった。岩なのだけど、まるで土くれを固めたかのような感触がある。ブーツの裏で強く蹴ってみれば、みためよりもずっと脆《もろ》く、簡単に穴が空いて新たな空間があらわれた。

のぞきこめば、下方向に傾斜し、その向こうに広大な空間がみえた。その真ん中に、紫色のヒト型が立っているのがみえた。距離があるため、こちらには気づいていない。

『偽装した壁の向こうにオリジナル・ワンらしき個体を確認しました』

ヨキはすぐにメッセージをうつ。するとシュカから返事がくる。

『そっちにいくよ。この空間は網の目になっているから、まわりこんでいけると思うんだ』

『了解』

ヨキは自分の顔や手から汗が噴出していることに気づいた。緊張しているのだ。コートの袖でぬぐいながら、目をこらす。

オリジナル・ワンらしき個体の後ろの岩盤に、たくさんのヒト型があることに気づく。小型の単眼の望遠鏡でみてみれば、岩のなかに、人が埋まっているのだった。ちょうど十五体。そこの岩盤は生体組織のように軟化していて、そのうちの一体が、動いているのがわかった。右手の指が、柔らかくなった岩盤を突き破っている。まるで卵の殻を破る雛《ひな》だ。そして肘まで露出する。もう一刻の猶予もない。ヨキは後ろをみる。こちらに残ったハリネズミは七匹。アナザー・ワンとオリジナル・ワンを同時に相手にできるとは思えず、今、やるしかなかった。

ヨキは自分の左胸に手をあてる。勇気はない。しかし、ラムダの無念の表情や、ダグラスの無理をした笑顔が浮かんできた。

『先輩、アナザー・ワンが孵化《ふか》します。先に、突入します』

ヨキはホルスターからリボルバーを抜いた。

◇

アルファマークツーがヨキ側に残っていたため、ハリネズミたちの指揮は彼が取った。とはいえ孵化《ふか》のはじまったアナザー・ワンを最優先で処理しなければならず、最短距離で突撃するという単純な選択肢しかなかった。

当然、邪魔に入ったのはオリジナル・ワンだった。粘性の体はアメーバのように形状を変え、触手を出したり、天井に張りついたりすることができた。それらの能力のせいで、ハリネズミたちは針のひとさしができないでいた。

オリジナル・ワンは天井に張りついた状態から、岩を剝《は》いで、それをムチのようにしなる手で投げつけた。

「全然へーキだ！」

直撃したハリネズミが叫ぶ。強がりなのは明らかで、右目が潰れていた。それでも、やっつけてやるぞと息巻いている。ヨキはリボルバーを抜いて狙いを定めようとするが、激しく動きつづけるオリジナル・ワンに銃口が追いつかない。

「ヨキさん、ダメだ！」

アルファマークツーが叫ぶ。

「無駄撃ちしちゃいけない」

ぴょんぴょんと地面を跳ねながら、飛来する岩をかわし、なんとか針を伸ばそうとしている。

「あいつは僕たちだけを狙ってる。ヨキさんが持ってる弾丸のことを知らないんだ。だから、それを使ってアナザー・ワンが生まれてくるのを防ぐんだよ！」

　ヨキは走った。

　若い裸の女が、岩盤から上半身を露出させている。そしてずるりと、生まれ落ちた。リボルバーの射程に入ったときにはすっかり立ち上がっていた。

「やめて、撃たないで！」

　女が金切り声をあげる。

「無理やり変えられてしまったのよ！」

　ヨキは一瞬ためらったが、しっかりと腰を落とし、リボルバーを構えなおした。

「ただの防衛本能だ。そういえば助かると刷りこまれているだけだ」

　撃鉄をあげ、引き金をひこうとする。しかしそれよりも早く女が動く。立った姿勢から前転して、ヨキの足元に転がりこんでくる。咄嗟《とっさ》のことで、ヨキの狙いは追いつかない。起きあがりざまに銃を蹴りあげられる。地面を滑るリボルバー。ヨキはすぐさまそれを追いかける。しかしそれは相手も同じで、頭からとびこんで手を伸ばすが、タッチの差で女にかすめ取られる。

「残念ね」

女は立ち上がり銃をむける。ヨキはひざまずくような姿勢のまま睨《にら》みつけるしかできない。

「ヨキさん！」

アルファマークツーが走りこんできて、女にむかって針を伸ばす。しかし子供を守る母のように、オリジナル・ワンが降りてきて、アメーバ状の腕でつかんだ岩の塊で、アルファマークツーを殴《なぐ》りつけた。

「エグッ！」

アルファマークツーの針は女に届く前に、折れてしまう。オリジナル・ワンは子供を傷つけようとしたハリネズミに憎悪をたぎらせ、何度も岩で叩《たた》く。

「エッ、エッ、エッ、エグッ、グギィ……」

肉の潰れた音がして、アルファマークツーが絶命する。みれば、もうこの広い空間に、動く針つきの毛玉はいなかった。それは終わりの光景だった。

岩盤の膜が裂ける音がする。残った十四の人型が同時に胎動していた。無数の指が、膜を突き破って生える。

女が高い声で笑った。

オリジナル・ワンが聞いたことのない音を、断続的に立てた。

彼らは勝ったのだ。この生存競争に。ヨキの全身から力が抜けそうになった、そのとき。

「うわあぁあぁあっぁあぁあっぁ！」

背中から、叫び声が聞こえた。最近、いつも聞いていた声。リュックの開く音がして、なんだか懐《なつ》かしい重みが頭に乗る。次の瞬間、目の前にいた女を無数の針が刺し貫いた。

女がおぞましい悲鳴をあげ、痙攣《けいれん》をはじめる。しかしまだ生きている。

「うわぁぁぁぁぁ！」

タウだ。タウは、ヨキのリュックに入って、ついてきていたのだ。怖かっただろうに、逃げだしたかっただろうに。一度は、安全な街にとどまることを選んだのに。

「あああぁぁぁぁ！」

タウは叫びながらヨキの頭から飛び降り、さらに長く針を伸ばす。それを上にむかって持ち上げ、相手の体重でより深く刺し、逃がさないようにする。

「ヨキ！　ジュウを！」

我に返ったヨキが、女の取り落とした銃を拾う。

「孵化《ふか》するまえにヤルんだ！」

岩盤からは十四人分の腕が突きだされて、ぐるぐるとまわっている。ヨキがそちらをみていると、鈍い音がする。岩が肉を打つ音だ。

「ふりかえっちゃいけない！」

タウが叫ぶ。

「僕は大丈夫だ。平気なんだ。僕がこうしているあいだ、ヨキは狙われない。だからそのあいだに、あいつらをヤルんだよ！　でないと、みんなの命が無駄になってしまう！」

ヨキは全身が熱くなって、猛然と岩盤にむかって走りだし、端から撃った。左の奴《やつ》に一発、しかし胎動はやまない。もう一発。動かなくなる。右のほうの奴《やつ》が頭を出そうとしている。一発も無駄にできないから、そいつの近くまでいって、側頭部を撃ち抜く。

背後からは「マダマダやれるぞ！」とタウの声。

ヨキはさらにすぐ隣の奴《やつ》を撃つ。でもやっぱりまだ動いていてもう一発。

「ヨキ、そのままヤルんだ！　僕は大丈夫だ！」

絶対大丈夫じゃない。だって、さっきから何度も肉を打つ音がしてる。骨の砕ける音もしてる。でも多分、ふりかえっちゃいけない。これはタウがかけてくれている魔法だ。血を熱くして、力をくれる。もし今、タウの姿をみたら魔法が解けてしまう。

ヨキはさらに次の奴《やつ》を撃って、弾切れになって、急いで残った六発を弾倉に入れようとして、二個取り落として、すぐに拾う。手が震えていて、自分が嗚咽《おえつ》して涙を流していることに気づく。さっきから、血を吐くような音が耳に届いていた。

「ヨキ、平気なんだ！　僕は今、力が湧いてきてるんだ！　なにも怖くないんだ！」

弾を込めて、次々に撃っていく。十二発しか弾は持っていなかったから、全然足りない。足元に落ちていた、折られたアルファマークツーの針をまとめて拾い上げ、岩の膜に突き刺した。

何度も、何度も、歯を食いしばりながら。

「大丈夫なんだ！」

ヨキはタウがんばれって祈る。そして次々と、針の束で胎動する化け物たちを突き刺してまわる。強く握り過ぎて、手のひらから血がでている。深く刺さらなくて、傷んだ手のひらで強く押しこんで、激痛が走る。

ヨキは泣きながら思う。

こんな針を持ってたばかりに、進化させられて、戦わされて、無惨《むざん》に死んで。アルファマークツーも、痛かったろう。まずはここにいる奴《やつ》らを片づける。それで、次はモノリスだ。もしこれを仕組んでいたんなら、モノリスもぶっ壊してやる。なぜだかそう思う。多分、気に入らないんだと思う。こんな状況にした、全てのものが気に入らない。

「大丈夫なんだ……」

十四体のアナザー・ワンをただの生体組織の塊にかえたところで、ヨキはふりかえる。女は針に深々と刺され、死んでいた。しかしその針はタウとは繋《つな》がっていない。タウは少し離れたところで血に染まってぐったりとしている。そしてその向こう側で、オリジナル・ワンが怒りに震えていた。ヨキの目に映るのはタウだけだった。

「全然、大丈夫じゃないじゃないか」

タウに歩みよっていう。

「なんだかひらたくなってしまってるじゃないか」

「大丈夫なんだ……平気なんだ……」

タウの目はもうなにも見えていないようだった。

「ねえヨキ、僕は勇気ってものがわかったよ。友だちを守らなきゃって思ったら、胸の奥が熱くなったんだ。そしたら、いつもみたいに身体《からだ》が震えなくて、力が湧いてきたんだ。これが勇気って思った。胸の奥底から出てきて、すごく熱くて、全然怖くなかったんだ。ホントダヨ」

「ああ。ほんとだね。僕はタウから勇気をもらったよ。僕もいつもならできないことができた。体が、すごく熱かった。タウが言葉をくれるたび、僕にも勇気が湧いた」

「ねえヨキ、僕は成し遂げたんだ。トモダチを守った。これはとても立派なことだろう？」

「ああ。立派だ。これより立派なことはない」

「ねえヨキ、僕は賢くなってつらいことばかりだっていったけど、今は思わないよ。賢くなってよかった。僕はとても尊いものを手に入れることができた。すごく温かくて、いいものだよ。ヨキ、ありがとう」

オリジナル・ワンが、近づいてくる。

触手のような手で、尖った岩石を握りしめている。子供を殺した相手は、変異させる気にもならないのだろう。

岩石が振り上げられ、振り下ろされそうになったとき、轟音《ごうおん》が響いて、オリジナル・ワンの触手が千切れた。オリジナル・ワンは細胞の崩壊がはじまった触手を自ら切りはなし、逃げるように天井に跳びあがって張りついた。

シュカが踵《かかと》を鳴らし、ゆっくりと入ってくる。惨状を見渡し、表情を固くする。

「大丈夫？」

たずねられ、ヨキは動かなくなったタウを両手で抱きしめ、いった。

「僕の大切な友だちが、死んでしまいました」

◇

先輩、怒ってるな。

その後の光景をみながら、放心したヨキが思ったことはそれだけだった。

シュカはとても冷静に射撃した。オリジナル・ワンは天井を這《は》いまわったが、簡単に狙いをつけて撃ち落とした。オリジナル・ワンは体液を飛ばしてシュカを変異させようとしたが、シュカは脱いだコートをひと振りしてそれを防いだ。そして四肢をもぐように体から出た触手や足に当たる部分を撃ち、まったく抵抗できない状態にした。

シュカは転がるオリジナル・ワンを冷たい表情でみおろし、撃つ。多分、それで終わっていたのだが、予備の弾丸をシリンダーにゆっくりと詰め、さらにオリジナル・ワンを撃った。弾がなくなっても引き金を引き続けた。

空回りする虚《むな》しい音がしばらく響いていた。

やがてシュカは銃をおろし、ひどく寂しい表情を浮かべた。

◇

ジグマルカン大空洞の出口にむかって歩く。ヨキとシュカと、洞窟のなかで見張りに配置されていた生き残りのハリネズミたち。地下水脈で氷漬けになっていた暗魚はみな死んでいた。オリジナル・ワンが消滅した影響だろう。

森から出たところで、後ろをふりかえると、生き残ったハリネズミたちのサイズが縮んでいた。

「なんで小《ち》っちゃくなってるの？」

シュカが質問しても、ハリネズミたちが言葉を話すことはなかった。人を恐れるように、散り散りになって草むらに逃げこんでいく。

「なんだか疲れたね」

ヨキはうなずいた。腕のなかにいるタウは、大きな個体のままだった。

「帰ろっか」

シュカがいい、ヨキはまたうなずいた。

木もれ日のなか、草を踏んで歩いていると、木々のあいだに白いブラウスがゆらめくのがみえた。プラチナブロンドの髪が、ゆれる。

「どうしたんだろ？」

「どうしたんでしょうね」

名前を呼んでも、セシルはふりかえらない。ヨキとシュカは足を速めて追いかけるが、自分の影をいつまでも踏めないように追いつけない。まるで陽炎《かげろう》のように、白い少女は木々のあいだを抜けていく。そしてついに見失う。

「ここってさ」

「ええ」

石仏のある場所にきていた。あの、ハリネズミたちがお参りしていたご神体。

ヨキはセシルの姿を探すが、静かなもので草を分ける音も聞こえず、地面をみても、ヨキとシュカの足跡と、ハリネズミたちがかつてつけたものしかなかった。

「ヒビが入ってるね」

シュカが石仏の顔をさわっていう。

「罰が当たりますよ」

「そうだね。どうせ当たるなら、もっと罰当たりなことをしておこうか」

シュカは石仏の額、ヒビのはいった部分を強く叩《たた》いた。長い年月を経て風化した石仏は簡単に砕けた。

「ちょっとなにやってるんですか、大事な文化財ですよ」

「いいのさ。これは多分、私たちへのメッセージなんだ。もしくは報酬かもしれない」

石仏の前面が崩れ落ちたところで、ヨキは言葉を失った。露出した内部は空洞になっていた。その形状から、なかが長方形に繰り抜かれていたことがわかる。そして、その石にはどこか見覚えのある、文字のような記号が焼きついていた。かすかに煙がたっており、まだ熱が残っていることがわかる。

「あったんですね、ここに」

「おそらく、ついさっきまでね」

ヨキもシュカも、石仏の内部をみつめたまま、しばらくじっとしていた。

風が吹き抜け木々をゆらす。

どこかで鳥の鳴く声が聞こえる。生物の気配が戻りはじめていた。

「どうする？　このまま悲しみに暮れながら帰る？」

シュカにいわれ、ヨキはずっとこわばっていた表情を崩した。

「いえ、とりあえず、こいつを撮影しましょう」

◇

街の宿の一室で、ヨキは荷造りをしていた。

セントラルから持ってきた銃弾や、災害対策局の局員が残していった備品をケースのなかに次々と入れていく。外ではシュカが軍関係者と話しあって、広場に残された重機関銃の撤去の作業を進めていた。他にも数少ない街の生き残りの人々に口止めをしたり変異体のサンプルを採取したりと、やることは山積みだ。

ハリネズミの折れた針を、研究材料として梱包《こんぽう》する。

ひと通りの作業を終えたところで、ヨキは椅子に座ってひと息ついてから、最後に残った生物サンプル用のケースに、タウの遺体を入れる。

「大丈夫、君を解剖したりはしないよ。こうしないと連れていけないだけさ」

シュカが手を尽くして整えてくれたタウの遺体はとてもきれいで、まるで眠っているようにみえた。その鼻先をヨキはさわる。

「旅立ちのときに、あまり感傷的なのはよくないね」

ケースを閉じて、肩に担《かつ》ぐ。

宿を出たところで、降りそそぐ陽《ひ》ざしに目を細める。遠くの空に飛行機の音。

セントラルに帰還するという実感と共に、ハリネズミたちと過ごした日々の想いが胸に去来した。タウ、ラムダ、そして多くの仲間たち。知性を獲得し、様々な感情をおぼえ、文化をつくろうとしていた。彼らのことをしっかりと記録しなければいけないとヨキは思う。それは興味深い記録という意味ではない。

朝霧と共に生じて昼には消えゆく露のように、儚《はかな》く消えていったハリネズミたち。彼らの想いを、勇気の物語を記録しなければいけない。

「タウ、一緒《いっしょ》に帰ろう。君がみたかった、空の島へ。一緒《いっしょ》に——」

ヨキは歩きだした。

あとがき

こんにちは、西条陽《にしじょうよう》です。

本作は電撃小説大賞《金賞》受賞作品『世界の果てのランダム・ウォーカー』の続編になります。短編連作ですので、本作からでもお楽しみいただけるつくりになっております。

さて、前作のあとがきをお読みの方は西条陽《にしじょうよう》があとがきを書いていることについて疑問をお持ちのことかと存じます。たしかに前作の出版にあたり、私は左手の甲にできた人の顔の形をした腫物、ファンクに身体《からだ》と意識の全てを乗っ取られ、西条陽《にしじょうよう》の人格は消滅しました。しかしあれには後日談があります。

「オレの負けだぜ。身体は返すよ」

夕暮れの河原で、ファンクはいいました。一度は消えかけた私でしたが、家族や友人がいることを思いだし、身体を取り返すため戦ったのです。河川敷《かせんじき》で、自分の左手と戦う私の姿はさぞかし奇異に映ったことでしょう。恥ずかしい思いはしましたが、なんとか勝ちました。

「でもよお、最後に短編を一つ書かせてくれよ。オレがこの世界に存在した証《あかし》としてよお、魂のリリックを遺《のこ》したいんだ。オレの存在証明。このほとばしるビートを表現させてくれよ」

私はファンクの最後の願いを聞き入れ、左手を自由にさせました。一晩のうちに短編ができあがり、ファンクは「がんばれよ、ボーイ。ずっと応援してるぜ」といって消えました。あえてどの短編とは申し上げませんが、彼の遺稿は本作に収録されています。私はその短編を読むたび、彼のことを思い出して少し泣いたりします。

さて、ファンクが消えて困るのが私です。なぜなら今までの執筆は彼に頼り切りだったからです。

続編の出版には短編が五本必要です。彼の遺稿があるとはいえ、自力であと四本書かねばなりません。アイディア自体はあったのですが、なにより難しかったのが時間の確保でした。担当編集から言い渡された締切《しめきり》までの期間はとても短く、そのあいだに完成させられるとは到底思えませんでした。

私はストレスフルな日々に荒れました。裂けるチーズを裂かずに食べたり、ドラクエの主人公の名前にファイナルファンタジーのキャラ名を入力したり、深夜に外出して周囲一帯のポケモンGOのジムを自分色（黄色）に染めあげたり、自暴自棄な生活を送りました。しかしそのような状況はある日を境に一変します。

S玉県K口市にある自宅周辺をうろうろしていたときのことです。ふと見慣れない路地があり、入ってみれば、個人経営と思われる薬局がありました。私は執筆のための活力を得るため、栄養ドリンクを購入しようと思い、その店に足を踏み入れました。

「お客さぁん、お困りのようですね。いやぁ、顔をみればわかりますよぉ」

カウンターのむこうに座る店長がいいました。店内は薄暗く、その姿はなんだか茫洋《ぼうよう》としていてとらえどころがありません。人のようにもみえますし、ただの影のようにもみえます。

私は異様な雰囲気にあてられながらも、事情を話しました。その間、ずっと、まとわりつくような視線を感じていました。そちらをみてみれば、棚の上に、人の形をした植物の根や、謎の生物の眼球を漬けた酒が売られていました。

「時間がない、のですか。そういうことなら、こいつなんざぁ、いかかでしょうかい」

店主はカウンターのうえに、五百ミリペットボトルくらいの瓶をおきました。なかにはビタミン剤と思われる錠剤が大量に入っています。出された品がまともで、私はほっと息をつきました。

夜、原稿にむかっていると、眠気が襲ってきました。私は謎の薬局で買った栄養剤を試してみることにしました。口にいれ、歯をあててみれば、カリッと小気味の良《い》い音がします。次の瞬間、眠気はとんでいました。かすんでいた視界もクリアになり、頭も冴《さ》え、気分も高揚してきます。結局、その夜は眠りませんでした。その次の夜も、またその次の夜も、眠くなるたびに錠剤をカリッと嚙《か》み砕《くだ》き、眠りませんでした。

睡眠をとらないものですから一日が長く、原稿はどんどん完成に近づいてゆきます。体調も悪くなく、むしろいつもより元気です。気になることといえば、少し体臭が生臭いことと、皮膚がよくめくれるようになったというくらいでした。

ことあるごとに錠剤を噛《か》み、あまり眠らず、いつもゴキゲンです。とても危険な感じがします。私の周囲にいた人物もそう思っていたようです。私がK都の実家に滞在していたときのことでした。

「ちょっと飲みに行こうぜ」

K都府警のO崎警部補に誘われました。彼は中学以来の友人です。てっきりS条河原町に繰り出して楽しく遊ぶのかと思っていたら、彼の職場であるU京署に連れていかれました。そこで私は髪や尿を採取されました。

「トモダチだと思ってたのにぃっ！　信じていたのにぃっ！　あんぽんたん！」

私はU京署の留置所に入れられ、涙を流しながら叫びました。しかし怒りをあらわにしながらも、内心はほっとしていました。このころになると、私はクスリ、ではなく、その錠剤なしにはいられなくなっていたからです。明らかに依存でした。これで刑務所に入れられ、やめられると思いました。しかし留置所で座って待っていると、O崎警部補が首をかしげながら戻ってきました。検査結果は陰性、つまりは問題なしだったのです。

S玉県に戻ってからも錠剤を食べつづけました。食べる間隔はどんどん短くなり、原稿もどんどんできあがり、気分もどんどんハイになっていきます。そして部屋のなかもどんどん生臭くなっていきました。鏡をみれば、頰がこけ、目は白目が大きくなり魚眼のようでした。

あるとき、錠剤が底を尽きそうになっていることに気づきました。私はたまらなく不安になりました。もう、あの錠剤なしでは生きられません。新しい錠剤を買おうと、S玉県の自宅周辺をさまよいます。しかしどれだけ探しても、店も、あの路地もみつかりません。そのうちに、建物の影から声をかけられます。

「あんたぁ、やっちまってるなぁ。あれだよ、あれ。ひひ、匂いでわかるんだぜ。キマってんなぁ。キマっちまってるよぉ」

声の主は暗がりのなか、フードで顔を隠していました。彼からは、強烈な生臭い匂いが漂ってきます。

「全部食ったら戻れねえ。全部くったら戻れねえ。ひひ、俺はもう、戻れねえ！」

声の主は暗がりへと走り去りました。最後にちらりとみえた顔は異様でした。目が魚眼になっていて、肌にはびっしりと鱗《うろこ》がはえていたのです。

読者の皆様、お察しの通りです。私は続編を完成させたいがために、恐ろしいものに手を出してしまったようです。しかしもう止まれません。あの錠剤を食べずにいると、あの噛み砕いたときの乾いた音が恋しくなり、汗が出て、手が震え、幻覚さえみるのです。

こうなった以上、なんとか私が人間でいられるうちに、せめて原稿を完成させよう。そんな思いで、机にむかいつづけました。全てを食べきってしまっては人でなくなってしまうので、できうる限り、我慢しました。ああ、食べたい。今もそんな気持ちを抑えながら、このあとがきを書いています。

食べたい。

瓶のなかに残っているのは一粒だけです。最後の一粒。これを食べてしまったら、私はもう戻れません。

頭ではダメだとわかっているのに、もう耐えられません。先ほどは、腕をかきむしってしまいました。皮膚が削《そ》げ落ちたのですが、血は出ませんでした。肉の下から、鱗がびっしりとはえた新たな腕が顔をのぞかせました。食べたい。

嗚呼《ああ》、私はもうダメです。しかし最後に、食べたい、この一粒を食べて人でなくなってしまう前に、大事な言葉をここに食べたい書き記したいと思います。

前巻から引き続き素敵なイラストを描いていただいた細居美恵子《ほそいみえこ》様、ありがとうございました。出版にあたりご助力いただきました担当編集の大谷《おおたに》様、デザイナー様、校閲担当者様、ありがとうございました。そしてなにより、本書を手に取っていただいた読者の皆様、誠にあり、たべ、がとうござ、たべ、いま、ま、ま、あ、魔、他、他、食べ、食べた、あ、あ、あ、あ、たべ、あ、あ、あ、たべ、あ、あ、――

カリッ

◉西条陽著作リスト

「世界の果てのランダム・ウォーカー」（電撃文庫）
「世界を愛するランダム・ウォーカー」（同）

本書に対するご意見、ご感想をお寄せください。

電撃文庫公式ホームページ 読者アンケートフォーム
http://dengekibunko.jp/
※メニューの「読者アンケート」よりお進みください。

ファンレターあて先
〒102-8584 東京都千代田区富士見1-8-19
電撃文庫編集部
「西 条陽先生」係
「細居美恵子先生」係

本書は書き下ろしです。

電撃文庫

世界《せかい》を愛《あい》するランダム・ウォーカー

西《にし》 条陽《じょうよう》

2018年10月10日　初版発行

発行者　郡司 聡
発行　株式会社KADOKAWA
〒102-8177　東京都千代田区富士見2-13-3
0570-06-4008（ナビダイヤル）
装丁者　荻窪裕司（META＋MANIERA）
印刷　株式会社暁印刷
製本　株式会社ビルディング・ブックセンター

カスタマーサポート（アスキー・メディアワークス ブランド）
［電話］0570-06-4008（土日祝日を除く11時〜13時、14時〜17時）
［WEB］https://www.kadokawa.co.jp/（「お問い合わせ」へお進みください）
※製造不良品につきましては上記窓口にて承ります。
※記述・収録内容を超えるご質問にはお答えできない場合があります。
※サポートは日本国内に限らせていただきます。
※定価はカバーに表示してあります。

ISBN978-4-04-893959-1　C0193　Printed in Japan

電撃文庫　http://dengekibunko.jp/

電撃文庫創刊に際して

文庫は、我が国にとどまらず、世界の書籍の流れのなかで〝小さな巨人〟としての地位を築いてきた。古今東西の名著を、廉価で手に入りやすい形で提供してきたからこそ、人は文庫を自分の師として、また青春の想い出として、語りついできたのである。

その源を、文化的にはドイツのレクラム文庫に求めるにせよ、規模の上でイギリスのペンギンブックスに求めるにせよ、いま文庫は知識人の層の多様化に従って、ますますその意義を大きくしていると言ってよい。

文庫出版の意味するものは、激動の現代のみならず将来にわたって、大きくなることはあっても、小さくなることはないだろう。

「電撃文庫」は、そのように多様化した対象に応え、歴史に耐えうる作品を収録するのはもちろん、新しい世紀を迎えるにあたって、既成の枠をこえる新鮮で強烈なアイ・オープナーたりたい。

その特異さ故に、この存在は、かつて文庫がはじめて出版世界に登場したときと、同じ戸惑いを読書人に与えるかもしれない。

しかし、〈Changing Times,Changing Publishing〉時代は変わって、出版も変わる。時を重ねるなかで、精神の糧として、心の一隅を占めるものとして、次なる文化の担い手の若者たちに確かな評価を得られると信じて、ここに「電撃文庫」を出版する。

1993年6月10日
角川歴彦

電撃文庫DIGEST　10月の新刊　発売日2018年10月10日

新作 魔法科高校の劣等生 **司波達也暗殺計画①** 【著】佐島 勤　【イラスト】石田可奈	達也が中学三年生の時に出会った暗殺者の少女·榛有希《はしばみゆき》。有希は殺人現場を目撃されたことにより、達也をターゲットとするが!?　新ヒロインと共に贈る新作『魔法科』!
新約 とある魔術の禁書目録《インデックス》㉑ 【著】鎌池和馬　【イラスト】はいむらきよたか	『黄金』の魔術師メイザースは生きていた。仇敵により危機に陥るアレイスターだが、その傍らには上条と一方通行が。科学対魔術。100年越しの決着が今ここに……!
青春ブタ野郎はランドセルガールの夢を見ない 【著】鴨志田 一　【イラスト】溝口ケージ	「おじさん、だぁれ」。三月を迎え麻衣の卒業式当日、七里ヶ浜の海岸で麻衣を待っていると、彼女とそっくりな小学生の女の子が咲太に話しかけてきて!?　春休みを間近にして、急展開をみせるシリーズ第9弾。
86ーエイティシックスーEp.5 ー死よ、驕るなかれー 【著】安里アサト【イラスト】しらび【メカニックデザイン】I-IV	レギオンの開発者の手がかりを掴むべく、レーナたち《第86独立機動打撃群》は、連邦北部に位置する王政国家『ロア=グレキア連合王国』へ向かう。白い雪に覆われた、極寒の戦場が彼らを待ち受ける。
世界を愛するランダム·ウォーカー 【著】西 条陽　【イラスト】細居美恵子	水上都市グランナーレ。音楽に愛されたこの町で、今宵世にも奇妙な音楽会が行われるという。曰く、音楽会に参加すると死者と邂逅する事ができるというのだが——。全五編を収録。
乃木坂明日夏の秘密② 【著】五十嵐雄策　【イラスト】しゃあ	実は"偽りのアキバ系"な学園一のアイドル·乃木坂明日夏。俺が彼女と出会い初めての夏休みがやってきた。キャンプにコミケにと楽しく予定を立てる明日夏だが、さらなる秘密に波乱の予感!?
数字で救う! 弱小国家3 幸せになれる確率を求めよ。ただしあなたの過去は変わらないものとする。 【著】長田信織　【イラスト】紅緒	『数字』を用いた策で、国のピンチを救ってきたナオキとソアラ。そんな二人に、いきなり婚約の話が持ち上がる。将来的に国を背負わねばならないソアラに伴侶は必須だが、果たしてナオキは……?
ビブリア古書堂の事件手帖スピンオフ **こぐちさんと僕のビブリアファイト部活動日誌2** 【著】峰守ひろかず【イラスト】おかだアンミツ【原作·監修】三上 延	旧図書室を護るため、ビブリアファイトを戦い抜いてきた響平とこぐち。なんとか部室の廃止は免れ、平穏な日々を取り戻す——と思いきや、市立図書館で聖桜女学園生と3番勝負をすることに!?
昔勇者で今は骨3 勇者と聖邪 【著】佐伯庸介　【イラスト】白狼	イザナを追ってエルフの国を訪れたアルと仲間たち。ついに再会を果たしたアルたちだったが、新旧ヒロイン集合でその場は一触即発の空気になり……お気楽だった骨勇者も、ついに年貢の納め時か!?
新作 **罪の巨人と銀時計のアイア** 【著】石川 湊　【イラスト】柏井	巨人の体内に取り込まれてしまった勇者は、咎人の少女アイアと出会う。失っていた記憶と名前を取り戻すため、二人は巨人の中心部へと向かうが、アイアには別の目的があり勇者を罠にはめ——。
新作 **滅び時だと彼女は告げた** #異能犯罪捜査〈零局〉 【著】久我悠真　【イラスト】mitan	「キミは、もう滅び時だね」。異能犯罪捜査機関＜零局＞の最年少リーダーとなった世々結嘉は、犯罪者を滅ぼすのを生きがいとする変わった少女だ。俺は誰かって?　しがないこいつの、相棒さ。
新作 **モンスターストライク THE MOVIE** ソラノカナタ 【原作】©XFLAG™ スタジオ【著】橘 もも【脚本】伊神貴世	13年前の異変の影響で、壊滅を迎えつつある東京。高校生·カナタは青い髪の不思議な少女に命を救われ、自分の運命を知る。大人気ゲーム『モンスターストライク』、劇場版ノベライズ登場。

ンダム・ウォーカー
12月7日発売予定!
ヨキとシュカの世界の謎を調査する旅はまだまだ続く——
COMING SOON...

天地の狭間のラ
西 条陽
illustration
細居美恵子
Random Walker in the space between
HEAVEN and the EARTH

「あなたを愛するために、ここまで来たんだもの」

黒い海を越え、呪われた島にやってきた美しい少女、シュガーリア。

今は滅びた死霊術師の忘れ形見である彼女が出会ったのは、大罪人の男、ヨクサルだった。

彼は無数の罪をその身に刻み、背負う悪魔は、『孤独を力にかえる』という——。

「あんた、何様のつもりだ」

「わたしはシュガーリア。この世界で最後の……死霊術師の孫娘よ」

愛など知らない男と、愛しか知らない少女が出会った時、
末路を迎えたはずの物語が動きはじめる。

水銀糖の少女の、命をかけた最後の恋は、滅びの運命に抗うことが出来るのか。

電撃文庫

大空で戦う少年少女たちは、
命の限り飛び続ける——
エドワード・スミス
イラスト 美和野らぐ
蒼穹の騎兵
グリムロックス
～昨日の敵は今日も敵～
Grimlocks
of Garula cavalry over the blue heavens
大翼鳥《ガルラ》に乗って戦う“王禽騎兵”が戦場の花形とされる時代。
風よりも速く、竜よりも力強く、蒼空を華麗に舞う少年と少女がいた。
ライバルとして鎬を削る二人を描く、爽快かつ痛快なスカイ・ファンタジー!
電撃文庫

春——。名門キンバリー魔法学校に、今年も新入生がやってくる。黒いローブを身に纏い、腰に白杖と杖剣を一振りずつ。胸には誇りと使命を秘めて。魔法使いの卵たちを迎えるのは、満開の桜と魔法生物のパレード。喧噪の中、周囲の新入生たちと交誼を結ぶオリバーは、一人に少女に目を留める。腰に日本刀を提げたサムライ少女、ナナオ。二人の、魔剣を巡る物語が、今始まる——。

電撃文庫

世界の終わりの庭で
せかいのおわりのにわで
世界の黄昏で、変わり者の少女たちが約束を交わし──
遠い未来、遠い惑星、
黄昏を迎えた世界。
スクラップ屋に勤務する
機械人形の少女と、
遺跡から発掘された謎の美少女。
変わり者二人の出会いから
語られる、彼方の物語。
遥か昔に交わされた約束の
行く末を今語ろう。
入間人間
HITOMA IRUMA
絵 つくぐ
illustr:TSUKUGU
電撃文庫

まさか勇者が可愛すぎて倒せないっていうんですか？
真代屋秀晃
ill. タジマ粒子
魔王軍幹部、JKとラブ満喫。
異世界交流
〝勘違い系〟ラブコメ！
「え！ 勇者と付き合うことなったんですか!?」
現代日本に乗り込んだ魔王軍六神将ナラクは、抹殺対象の勇者候補・乃愛になぜか告白されてしまった！
呆れる魔王軍の面々もいつの間にか勘違いの渦に巻き込まれ、恋愛は五角関係に発展ってマジですか!?
電撃文庫

はじらいサキュバスがドヤ顔かわいい。
Hajirai Succubus ga Doyagao kawaii.
旭 蓑雄
Illust. なたーしゃ
〜ふふん、私は今日からあなたの恋人ですから……！
「くっくっく……さぁ、ヤス私が男に慣れるための練習台になるのです……！」
生身の女子に性欲を抱けない男子高校生が同人誌即売会で出会ったのは男性恐怖症の落ちこぼれ淫魔。一人前のサキュバスになるためにチグハグ恋の猛特訓？
電撃文庫

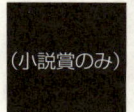